吕 新作品系列

掩面

吕新/著

山西出版传媒集团 北岳文艺出版社
BEIYUE LITERATURE & ART PUBLISHING HOUSE
·太原·

图书在版编目(CIP)数据

掩面 / 吕新著. —太原：北岳文艺出版社，2018.1
(吕新作品系列)
ISBN 978-7-5378-5518-1

Ⅰ.①掩… Ⅱ.①吕… Ⅲ.①长篇小说—中国—当代
Ⅳ.①I247.5

中国版本图书馆CIP数据核字(2017)第315207号

书名：掩　面
著者：吕　新

策　　划：续小强
责任编辑：陈学清

项目统筹：马　峻
装帧设计：张永文
印装监制：巩　璠

出版发行：山西出版传媒集团 · 北岳文艺出版社
地址：山西省太原市并州南路57号
邮编：030012
电话：0351-5628696（发行部）　0351-5628688（总编室）
传真：0351-5628680
网址：http://www.bywy.com　　E - mail：bywycbs@163.com
经销商：新华书店　印刷装订：山西人民印刷有限责任公司

开本：890mm×1240mm　1/32　字数：188千字
印张：8.5　版次：2018年1月第1版　印次：2018年1月山西第1次印刷
书号：ISBN 978-7-5378-5518-1
定价：38.00元

君乘车，我戴笠，他日相逢下车揖。

——古歌

目录

第一章　嘘

一

嘘！小点儿声！你是谁？不敢把孩子给我再吵醒了，我费了九牛二虎之力，好不容易才哄得让她睡着了，你要是再把她弄醒了，我就要疯了。对，别出声。注意，不要靠那扇门，它坏了，一靠就会掉下来，我还没顾得上修呢。什么？为什么我能够说话？这话说的，因为我是这个家里的人吗。哎，事情就是这样，我说话她就不醒，你要是一开口说话，她马上就醒了，她对外界的东西，对陌生的声音，尤其敏感。一听见声音不对，喳的一下，马上就醒了。别看是这么一个小东西，把我弄得可够呛，比千军万马也不差呢。好吧，不管有什么事，不管你是谁，你先到外面等我一会儿，桌子上有水，有烟，或许还有一点儿瓜子。等我把这半面的窗帘拉上，不然用不了一会儿，她就又会被晃醒了。

我就奇怪了，你是怎么进来的？我怎么没有听到门口的警卫给我通报？啊，哦，他娘的，看我这记性，老喽，真的不中用了，我想起来了，我这里早就没有警卫了，怪不得你这么容易就进来了，轻车熟路地就进来了。不只是你，最近一个时期以来，谁想进来都能够随随便便地进来。还说什么呢，篱笆不牢野狗入么。前几天，竟然有一个浑身是血的人，一头闯了进来，栽倒在我的面前，说要让我保护他。真是没眼光哪，难怪能把自己弄成那副模样，我怎么能保护他，我连我自己都保护不了呢。住在一个无论谁想进来就能进来的房子里，我怎么保护他？无产阶级要想解放全人类，首先得解放自己，以我目前的情况，我有什么能力为他提供保护？

你别误会，我不是在说你，我这么说，只是在说一个道理。同时，我这样说，也并不是说我害怕人民群众，不想让他们进来，不想与他们有接触，不想倾听他们的心声与需求。不，恰恰相反，我们是一分一秒也离不开人民群众的，就像鱼儿离不开水一样。鱼儿离开了水，还能活下去吗？可以说，没有人民群众这个汪洋大海，就不可能有中国的革命和胜利，更不会有我们今天的生活。这个胜不是小胜，不是小打小闹，而是大胜，大获全胜，是全面的胜利和最终的胜利。你说我说得对吗，小同志？什么，和报纸上说的一样，和歌子里唱的一样？哈哈，算你说对了，那说明我们的思想是高度统一的，各种口径和标准也都是高度统一的，达到了空前的共识与和谐。世界上什么样的国家能够取得这样的成就？只有我们！让那些人人各怀心思，你说东他偏要往西，四分五裂的，有劲不往一处使的国家和人们羡慕去吧，哭鼻子抹泪去吧！他们所谓的总统，有时候说话还不如我们的一个车间主任、生产队长顶事呢。

前几天，来了几个红卫兵，也不敲门，也不按门铃，踢开门就进来了。一进来就吹胡子瞪眼，就嚷嚷着说要革我的命，要我和他们去一趟工人体育场。我去工人体育场干什么？我又不踢球，也不跑步，我去那里干什么？他们说，就你这态度，倒霉的日子在后头呢，急需要给你来一场革命了。我对他们说，我本人就是革命者，职业革命者，革命革了一辈子，除了会革命，别的活计都不会。我把脑袋别在裤腰里闹革命的时候，还没有你们呢，你们连浮游生物、连细胞都还不是呢。

小同志，你也是红卫兵吗？不是？哦，看着也不太像。

不是我说你，你这个年龄的孩子，如果不是红卫兵，那说明你的家庭背景一定有问题哩，是吗？想参加，人家不要，是不是？

被我言中了？一看就是嘛。不过你不要害怕，我不会去告发你。六亿人口，也不能人人都是红卫兵嘛。

小小年纪，你的脸上却有那么一种东西，那句话怎么说来着？断肠人……断肠人，对，断肠人在天涯。

什么？你再说一遍，你是谁的女儿？孙渡？孙渡？我早年的同学？孙……渡？啊，我想起来了，好久远的一个名字呀。是的，他是我早年间的一个同学，当时我们都在外面留学，我学戏剧，偶尔的时候也画两笔画。而孙渡，他的专业是哲学。小同志，小姑……娘，说实话，要不是你自己说，我都没认出你是个女孩子。我想对你说的是，是他的专业是哲学害了他，而最叫人哭笑不得的是，研究哲学，恰恰又是他最擅长或者是唯一能够做得很好的工作。我这样说没有别的意思，我只是想说，有的人，一生只能做好那么一两件事情，也有的人却什么都能来两下，像是一种全才。而孙渡，显然是前一种人。

你是来找我打听他的消息的？怎么，他不见了？一点点音信也没有？怎么会这样呢？唉，你可真会找，连你这个做女儿的都不知道他的下落，我又怎么能知道呢。你也许不知道，我已经有几十年时间没有见过他了，更不知道他后来的情况。全国解放以后，他到了哪里，做什么工作，这些我都完全不清楚。有时候我也想，每个人都找到了自己最后的归宿，听上去应该是好事，可也不完全是好事。

不明白？比如一块砖，在它还没有用途，没有找到最后归宿的时候，就一直放在那里，只要是路过的人，都能看到。可是你要是把它砌到一堵墙里，外面再抹上泥，甚至为了美观漂亮，再抹一层白灰或者水泥，它算是找到自己最后的归宿了吧，可是你还能再看见它、再找到它吗？除了那个当年亲手把它砌进墙里的人，再没有人能够发现它、找到它，没有人能知道它的确切消息和下落，它到底到了哪里。如果有人想要找到它，恐怕翻遍整个世界也不会有结果。就算当年砌墙的那个人还活着，那也没用，而他要是死了，不在了，那就更永远没有可能了。

明白了吧？

所以，你怎么找到他呢？我们这么大一个国家，幅员辽阔，人口众多，一个人要想找到另一个人，那真不是一件容易的事，除非是命运有意或者无意地把他们安排到一起。还有就是公安部门、情报部门，他们最善于找人，别说是活在地面上的活人，即使是早已死去几十年的人，只要需要，他们一样能够找到。

我最后一次见到你爸爸是在哪一年？在什么地方？小同志呀，这可把我给问住了，这得让我好好想一想，时间已经过去这么久了，猛一下还真想不起来。一九四〇年？不对。一九四九年？好像也不是。一九二八年？更不对，那时候我们都还是孩子呢，比你现在还要小一点。啊，我想起来了，好像应该是一九四五年，日本鬼子被赶走的那一年。

是的，就是那一年。

一九四五年，日本人输了，怀着恨走了，穿着兜裆布，捂着脸离去。我们胜利了，每个人都笑了，都觉得万事大吉了。

是秋天，我现在想起来了，应该是深秋了，树叶差不多都已经落光了。在萧瑟的秋风里，我带着部队路过晋察冀，部队休整了两天。我就是在临走的前一天碰到他的，在一棵掉光了叶子的沙枣树下，完全是偶然遇到的，却又像是命运有意的安排，特别的眷顾，让我们在那样的一种情况下重逢。孙渡同志，你爸爸这个人……那时候应该还没有你。对，我就记得他还是单身么，我好像还专门问过他的婚姻情况，他却什么也没说。

你是哪一年出生的？一九五〇年？哦，那已经是和平年代了，战争的大幕基本上已经合上了，只剩下一些零星的地方还支棱着。

那年秋天，在晋察冀边区偶然遇到他的时候，我已经当了几年团政委了，而且很快又将要提升。可是孙渡同志，你爸爸这个人呢，我说是哲学害了他，一点儿也没有说错他。就在那棵掉光了叶子的沙枣树下，在我命令般的询问下，他才告诉我说，他现在的职务相当于副连级，也许是副营级。我当时听了，半天合不上嘴，任凭晋察冀的风沙不断地灌进我的心里。什么叫相当于？还副连级副营级？相当于副连级，那就说明他还不是一名真正的副连长，是一个具有同等级别的虚职。唉，让我说他什么好呢，我不知道他是怎么搞的，这么多年过去了，他竟然还是个副连级，完全是在原地踏步，甚至是一种倒退呢。说实话，在我们这些团以上的干部眼里，副连级简直就不算是个职务，虽然我们也都是从那样的位置上一步一步地上来的，可上来了，再回头往下看的时候，就有了一种不由自主的居高临下的往事越千年的感觉，觉得那一切是那么的遥远而陌生，觉得那只是别人的经历，而并非是我们自己的经历。人就是这样，当了部长，就不会知道下面的处长甚至司局长们每月拿多少薪水，一来是真的不知道，二来是即使知道，也会装作不知道。那是一种什么心理，我也说不上来。还说孙渡的事。虽然说我们革命不是为了升官发财，可职务也是一个人价值的体现，甚至是唯一的体现方式，它能表明一个人为革命为人民做出了多大的贡献。我们这个阵营，不承认有官，不说官大官小，而只说职务高低，分工不同。一位司令员，纵队首长，那一定是身经百战，功勋卓著的。而一名排长，一个班长，能与前者相提并论吗？他才打过几个仗，见识过几个死人？你是副连级，别人就会用副连级甚至低于副连级的心情和眼光去认识你，看待你，衡量你，知道你出道的年头不会很久，也没经历过什么，见识过什么。人家又不了解你，不知道你是一个怎样的人，有着怎样的经历和能力，凭什么让人家高看你、仰望你、敬畏你？不可能么。所以，人家只能以你现有的情况去认识你，看待你，以你现有的职务去衡量你，去计算你为革命为人民做了什么，做了多少。当然，我们根本不怕别人如何看待和衡量我们自己，我们提着脑袋干革命，也不是为了做给别人看的，不是为了让别人给我们计算功劳的。谁想怎么看让他们看去，谁想怎么想就让他们想去。可是，道理是这么个道理，而实际的情形又往往总是和道理甚至真理相悖的。

就在那棵沙枣树下，孙渡同志，你的爸爸，他对我说，哲学是一门真正的屠龙术，他与它，相忘于江湖已有多年。

屠龙术你懂吗？懂得？

我问他问题到底出在哪里，他想了一会儿说，可能多半就出在他自己的身上。

好，我赞成这样的分析和总结，一个真正的革命者，就应该光明磊落，具有这样的一种自我批评的勇气和精神，无论任何时候，都要尽可能地从自身找原因，而不能把所有的原因都推给别人或者客观因素，不怨天怨地。他能这样想问题，我真是感到十分的欣慰和高兴。按说，一个人具有了这样的一种胸襟和精神，进步应该是很快的，应该不是个问题，可是他为什么没有呢？我就又糊涂了。

不明白他这些年是怎么过来的。多年未见，双方可能都有不小的变化，猛一见面，竟都有些生了。他一身单薄的军装，领子和袖口都是破的。

在和我说话的时候，孙渡同志，你的爸爸，哦，那时候他还不是你的爸爸，他的两个肩膀不时地动来动去，我一眼就看出来了，有虱子正在他的身上流窜、奔走。为什么这样说？为什么我一眼就看出来了？因为感同身受，因为我本人也正在遭受着与孙渡同样的侵扰。不能说出确切的数字，但我感觉至少应该有两只以上的虱子正在我的身上一前一后地运动着，慢腾腾地走着。那个时候，我多想靠在身后的那棵沙枣树上，借助于树干本身的力量，像狗熊或野猪一样，狠狠地摩擦它一阵，不能指望在摩擦的过程中把它们全部碾碎、挤死，血溅腰间和脊梁，但至少也不能让它们太好过了，不能让它们就那么安逸轻松地大摇大摆地像剥削阶级一样在我的身上走来走去，作威作福。可是，我没有动，我忍了又忍，终究没有那样去做。为什么？原因很多。首先，我的警卫员正牵着马在不远处看着我。另外，也是很重要的一点，很快就要升任师政委了，虽说只是个副的，可那也不能太随便了呀，对不对？哪有首长当众捉虱子的？而且，就在距离我们不远处，有两名女战士正在洗绷带，还有几件染血的衣裳。因此，无论从哪个方面来说，都是不行的。所以，我压根儿也没打算与它们做斗争，它们想怎样就怎样吧。我只是隔着衣服，装作捶背的样子，用拳头在自己的背上轻轻地砸了那么几下，算作一种抵抗吧。也没敢想就那么几下就能把它们砸死，因为那是不可能的，不过是敲山震虎，隔靴搔痒罢了。

哈哈，小同志，让我这么一说，你的身上也一定痒起来了吧？哈哈，没事，你那是条件反射，心理作用。不像我们，我和你爸爸，还有我们无数的战友，我们那是真有虱子，我们那才真叫个痒。有时候好不容易有一点儿空闲，就想，抓紧时间赶快睡一会儿吧，新的命令说不定正在送达我们这里的途中呢，等命令真的一来了，就别想再合眼了。可是不行，你刚想闭上眼，它们就出动了，就又开始捣乱了。零星的，三五一伙的，小股的，甚至拖儿带女的，在你的身上窜来窜去，慢慢地行走，快速地奔跑，竭尽所能。那种情况下，谁又能睡着？睡是睡不成了，只能坐起来，耐心地与它们周旋，作战。它们捣乱，失败，失败了，再卷土重来，一有空就得专门腾出时间与它们进行斗争。有的战士抱怨说，不是我们不爱学习，很多时候实在是不能学，刚打开《论持久战》，刚想认真地看上几页，它们就又来了。不鸣锣开道，不摇旗呐喊，却也来得相当热闹，一上来就出手不凡，用它们的那种可能连显微镜都看不到的小牙齿，一点一点地咬你，一毫米一毫米地啃你，直到把你啃得心烦意乱，方寸全无还不罢休，真是看不到心上，谁能看进去？那些獐头鼠目的家伙们啊，今生今世，我永远都不会忘记它们的模样，它们一个个都有着极强的生命力，也好像是用某种特殊材料制成的呢。

虽然曾经是无话不谈的同学、朋友，什么样的玩笑也都开得，但时隔多年之后，我们竟都有些拘束，时间这个东西真是不得了，太厉害了，无情地消灭了玩笑和随意。尽管身上都很痒，但我们相互竟都没有提到虱子的事，要是还搁在过去，那怎么能不说？说得少了都不行。就在那时候，就因为一个小小的虱子，我忽然意识到，我们，其实并不仅仅只是我们，而是所有的人，就像在时光的河里洗澡，洗着洗着，彼此忽然就都发现对方变得陌生了，有的甚至变得都快认不出来了。奇怪吧？绝对奇怪，哪儿也没有去，就在同一条时光的河里洗澡，洗着洗着，就不对了，问题就出来了，彼此之间有了一种类似于半透明的隔膜，就像蝴蝶的翅膀，又像一个从一开始就处心积虑的建筑，出现了夹层，甚至暗道、机关。而最令人头疼和想不通的是，作为人，我们从来不曾也没有专门和刻意地去设计过那一切，它们怎么就会五脏俱全地形成并出现了呢？

这种事到现在我有时也还在琢磨。

是时光在作怪，应该怨时光吧？可是时光在这中间到底又做了什么呢，好像什么也没做呀？真不知道问题到底出在哪里。

还有，你觉得别人变了，殊不知别人也有着与你同样的感觉，甚至发现你的变化更大一些呢。人与人，相互之间好像就生活在一个又一个的连续不断的疑问和迷惑之中，每一个人，对于他人来说，就是一道墙，甚至是一个幽深莫测的去处。一脚踏进去，会遭遇什么，没有人能知道，更没有人能预测出来。

时常想这种事情，会让人觉得人其实是很渺小的，所能做的，也就是人人都能看见的那些，所知道的，也就是大多数人都知道的那些，除此以外，很难再多出什么来。一个问题，有十种解法，我们只知道其中一种。世界可能有十层，我们以为只有一层。

姑娘，小同志，你想问什么？那么冷的天，到处都灰蒙蒙的，萧瑟，冷清，你爸爸他为什么一个人在一棵掉光了叶子的沙枣树下徘徊？

小小年纪，问得好啊！胜利之年的那个深秋，当我意外地遇到他的时候，我也有着和你现在一样的疑问。

二

说实话，一开始的时候，我也不明白问题到底出在哪里，他说出在他本人的身上，那也只是一个笼统的说法，也可以理解为是他谦虚、自律、自责、自省，其实并未真正指明什么。事隔多年之后第一次见面，我也只是关心他的近况以及他的职务一直上不去的原因，因为只有找到了问题的症结所在，才能更进一步地帮助他，使他的情况得以好转。可是，我万万没有想到，还有一件更麻烦的事情才刚刚缠上他的身。

现在我可以告诉你了，孙渡，你的爸爸，他在那棵光秃秃的没什么好看的树下转来转去，愁容满面，并不是在徘徊着简单地消遣愁绪，排解什么，而是在进行深刻的剖析和反思，是在酝酿一份有相当难度和深度的检查。那份检查，是要面对上级机关和首长的，必须深刻，言之有物，否则他就很难过关。不过，即使过了关，接下来还有什么样的命运在等待着他，也是很难想象的，因为类似的人类似的例子也并不算少。

小鬼，你相信运气吗？我觉得运气这个东西在你爸爸这件事情上是一个很难绕过去不说的东西，甚至也可以说是一个关键，也许还是一个决定他一生的东西。其实，这个东西对人的作用，又何止是他一个人。

小同志，小鬼，虽然我们共产党人不讲迷信，破除各种封建的陈规陋习，否定一切有宿命色彩的东西，可是我过了四分之三的人生，经历了无数的事情，我私下里觉得，运气这种东西有时候还是存在的，虽然它本身看不见也摸不着，可是具体到哪个人走运，哪个人不走运，这还是能看得清清楚楚的呀。所以很多时候，你不承认它还真不行，它无时不在，无处不在，你拼命否认它，说它不存在，说这个世上就没有那么个东西，那也就是说说而已，其实是没用的。比如，人到底有没有灵魂？古往今来，全社会上上下下，人们一直都在想这件事，都在讨论、探讨这个问题，可是一直到今天也还是没有讨论清楚，也没有想清楚。究竟有没有，谁也不知道。相信的就说有，不相信的就说没有，这个问题恐怕永远是一桩悬着的公案了。类似这样的公案还有好多。为什么世界上一个人和另一个人的命运会那么悬殊、不同？有的一出生，甚至还没有出生，人与人之间的那种天壤之别的悬殊就已经产生了，就已经存在了，那没办法。可是还有的人，也就是大多数人，一开始的时候也许都差不多，但随着各自的命运的展开和深入，相互之间的变化就会越来越大，越来越令人不可思议，直至最后也形成一种另一种意义上的天壤之别。这中间，除去主客观的原因外，还有一种至关重要的东西一直都在冥冥之中操纵着一切，决定着一切，决定着人生脉络的起伏和最终的走向。那是什么？那难道不是运气？那就是运气，一种很是关键的东西。什么叫命运？我理解它就是生命的运气。也许我理解得不对，但我就是这么理解的。一个人有没有那种东西，是正数还是负数，好运还是霉运，那太不一样了。一个一生中总是在走背运的人，各方面的努力也许并不比别人少，付出的甚至更厉害，却为什么总是不见好？原因何在？当然，这样的分析是不能拿到任何会上去讲的，那是不成立的，更是不允许的，更不能在一份检查中流露。

我说你爸爸他运气不太好，你同意吗？同意？你也赞同？好，明白事理，又敢于面对现实，女人们能这样看问题，想问题，难能可贵，不容易啊。

你大概也知道，孙渡同志，你的爸爸，多年来一直做白区工作。那种事情，有着太多的偶然因素和很大的不确定性，它与野战部队的作战完全是两个概念，两种方式。有时候，十几分钟前确定的一件事，十几分钟以后就已经又变得面目全非，得另起炉灶，另做打算。前后不超过一个时辰，甚至就在一眨眼之间，事情就已经完全翻转，发生了翻天覆地的颠倒和变化，那是任何人力和意志都无法把握和决定的。碰到那样的事情，你只能干瞪眼，自认倒霉。所以，他的工作一直做得磕磕绊绊，这可能也是他政治上进步不快的一个原因。我早年是学戏剧的，也常听人们说，某某事情太具有戏剧性了。但是我后来终于明白，舞台上的那点儿表演，那点儿所谓的曲折和丰富，实在是太幼稚了，与真正的现实比起来，就像是小孩子在做游戏。你想，既没有真正的危险性，又那么一目了然，一眼看到底，那不是小孩子的游戏又能是什么呢？哭声是假的，笑声也是假的，仇恨如同道具，只是为了强化效果；有血，但没有血腥气，只不过是一种单纯的红色。所以，当年一回来以后，我就决定彻底告别舞台上的那种游戏，把自己完全融入真正的人生剧情中去。

如果现在再给我一次机会，让我重新选择自己的生涯，我第一个排除的仍然是戏剧。

年轻的时候不懂事，看了几个希腊悲剧，读了一点儿莎士比亚，就决定要献身于戏剧了，幼稚啊。

这就快要说到你爸爸他为什么要写检查了。

时间过去了这么多年，现在再说这些，也已经不是什么秘密了。

一九四四年年底的时候，孙渡他们接到了上级的指示，要求他们不惜一切代价地获取一份重要的情报。小鬼，小同志，请注意这句话：不惜一切代价。我后面还要提到它，因为它太像是一条远去的鱼一样，本来已经走远了，却突然又从岁月的深水处游了回来，这一游回来就和先前完全不一样了，它喷着血，带着浪，并且长出了尖利的獠牙和花斑的翅膀。

上级对这次获取情报的工作极为重视，也许从一开始就知道这是一件异常艰难棘手的事情，知道仅靠他们原有的人员是不可能完成此次任务的，所以才做了极为周密细致的又不能不说是强大的部署，从好几个地方抽调了十几名富有对敌斗争经验的同志，几方力量齐聚一处，共同完成一个任务，那就是最好的证明。有从东北秘密出关来的，也有从南方敌人的心脏地带临时抽调过来的，当然更有从陕北来的，带来最直接的第一手的思路。他们或者像一根链条一样，一环紧扣着一环，保持着单一的唯一的联系，或者像树枝一样，三五枝组成一组，形式不同，但殊途同归，目的都一样。

具体他们是怎样开展工作的，局外人都不清楚，也不可能清楚，人人都清楚明白了，那他们还怎么开展工作？其间的复杂性、残酷性和戏剧性也不是人们能够想象出来的。时光在按着它自己的速度和节奏有条不紊地流逝着，不管人们做什么或不做什么，日子都会一天天地过去，一页接一页地翻开，翻过，送走前一个黄昏，迎来又一个黎明。你紧紧张张地从早劳碌到晚，那是一天，你什么也不干，闭着眼睛躺到天黑，那也是一天。不管你是谁，也不管你愿不愿意，每个人都得跟着时间，被裹挟着往前走，没有人能置身于时光这道洪流之外。总之，经过一群人前后八九个月的秘密的甚至像是暗无天日的工作，等到第二年八月的时候，他们的努力和付出终于见到了成效。虽然在那期间，有十二名对敌斗争经验异常丰富的同志先后牺牲，从东北来的再也回不到关外，从南方来的也不再能够回到敌人的心脏地带，但大家为之奋斗的那个情报还是终于被我们拿到了，那十二位同志的血没有白流。

按照一般的正常的情况来说，经过千难万险得来的情报终于到手了，无论从哪个方面来说，都应该是一件好事吧，是一件值得庆贺的大好事吧？想要的目的终于达到了，那还要怎样呢？可是，小鬼，小同志，你今后的路还很长，你要永远记住，无论任何时候，都不要为一件所谓的好事而沾沾自喜，得意忘形。那是因为，一件事情，如果它的正面是好的、美丽的、漂亮的，那它的背面，一定是相反的、恐怖的，没有任何事情能够逃脱出这样的规律，因为那是自然的规律和法则，没有任何一件事情能够超然于自然之外。人所做的一切，都是在自然的范围内搭积木，做游戏，所有的生命也都是在做这些小游戏的过程中快速地或者慢慢地耗尽的。为了听上去不难听，像那么回事，所有这些小游戏都被冠之以事业甚至伟业的名号。对不起，扯远了。还是继续说你爸爸他们那件事，说说那好事的背面。

我小时候看见人们照镜子，总是觉得有很深的东西不能理解，又想不明白，总是想知道镜子背后有什么，所有的小孩子可能都有过那种好奇心，对镜子背后的兴趣要远远超过镜子的正面。问家里的大人，他们总是说，背后没有什么，更没有什么好看的，那有什么好看的？当时总以为他们说的是假话，在故意藏匿着什么，不想让别人知道。后来长大了才终于明白，那背后的确没有什么，也没有什么好看的，远远不如前面好看。有的人家的镜子后面可能还会夹着一张逝去的亲人的照片或画像，而那种头像，往往又是可怖的居多。在某一个阴天的午后，在家里没人的时候，猛然看见那么一张脸，不吓个半死，至少也会感到世间阴森可怖，从此就会对一切背后的东西心存余悸。

说你爸爸他们那件事。我想对你说的是，情报虽然到手了，可他们八九个月的努力是真的白费了，那十二位身经百战的南北兄弟的血也就真的等于是白流了，而且流得没有任何价值和意义，无论任何时候说起来，想起来，都会觉得太过于窝心，都会叫人心里堵得慌。这结果出乎所有人的意料。此前，什么样的结果他们都想到了，都预料过了，但唯独没有预想过这样的一种结果，活下来的人都被这结果打败了。

为什么这么说？因为，就在他们得到那情报的前一天，日本人突然宣布投降了，中国的抗日战争正式结束。一夜之间，那份原来无比重要的情报顿时变得一文不值，成了一张货真价实的废纸。这样的一个结果，难道不超出所有人的预计？使身在其中的人们哭不出来，更笑不出来，就算他们个个都是诸葛亮，也难算出是这样一个结果。虽然胜利的信念一直都是有的，我们一直都坚信我们必胜，敌人必败，但无论如何，谁都不会想到胜利的脚步声竟然就在一夜之间。天一亮，已逝的一切，以往的一切，顿时凝固，新一轮的计算正式开始。那些天，人人都在欢呼，到处都在庆祝，真不知道包括孙渡在内的那几个侥幸没有为那份情报付出性命的人，他们是怎样过来的。

小鬼，这样的事情，无论任何时候都是拿不到桌面上来的，不是吗？你冤屈吗？你能说为了成全你们的付出和运气，为了体现那份情报的价值，让日本人再晚投降几年吗？你能和日本人去商量，就让我们使用一下这个我们付出千辛万苦，付出了十几条性命的情报，等我们使用完了，让情报发挥了它应有的价值以后，你们再宣布投降好吗？能这样吗？不能这样说吧，也不能这样想吧？无论日本人还是国民党、共产党，或者是国际反法西斯组织，谁都不会答应的。日本人更不会答应。日本人会说，你们以为我们想投降吗，你们以为我们就那么愿意投降吗？我们倒是宁愿让你们使用那份情报，也不想投降，只要不投降，你们爱怎么使用就怎么使用去。他们一定会这样说。至于我们这边，国共两党，更不会同意，试问，什么样的情报能比得上全面投降？

当然，这不是事实，这都是后来人们的一些玩笑话。胜利了的人们，会拿这样的一些玩笑话来娱乐，来放松自己，用以减轻或遗忘多年来的战争创伤。

人，只要不关乎自己，任何时候都是轻松的、快乐的、豪迈的，甚至是高风亮节的、大义凛然的、不拖泥带水的、不谨小慎微的。

当初要不惜一切代价地想获取到那份情报，其目的也只有一个，就是为了打败敌人。现在敌人突然全面投降了，不用我们再打了，不用我们再费劲和牺牲了，目标已经完全实现。此前的各种努力都像是无数的小溪流一样，纷纷以各自的方式和各自的渠道奔向胜利的大海，但也并不是所有的小溪都能够流向大海，有相当一些是永远也到不了的，它们往往在流淌的过程中就不知不觉地消失了。有的因天旱或者本身过于微弱，被土地悉数吸收了，有的因这样或那样的原因而改变了方向。

胜利了，但有一个问题却像一个难看的伤疤一样暴露了出来。本来不是一个问题，也没有问题，但问题突然就有了，而且是以伤疤的形式，成为一种无法遮掩又难以抹去的存在。世界的诡异，现实的魔术，由此可见一斑。

当初要求他们不惜一切代价，也并不是专门针对他们的，很多的命令都会有这样的一项要求。人在朝思暮想一件事情的时候，是会不计后果的、不计得失的。事情成了还好说，但事情要是失败了，就又会从头计算得失，这一计算就会不得了。试想一下，如果日本人没有突然投降，如果那份情报还能够按照当初的预计和设想，顺利地实现了它的最终的价值，那一切就都好说，不会产生任何问题，所付出的一切代价也都是值得的。牺牲十几个人，再正常不过，因为要奋斗就会有牺牲，凡是参加革命的人，哪一个人不是把自己的项上人头拎在自己的手里，或者抵押在别人的手里，甚至长期寄放在一个自己恐怕永远都去不了的地方？但最终的结果却是，那份凝聚了众多人心血和生命的情报，确实在顷刻之间变成了一张真正的废纸，丝毫没有发挥出哪怕是一丁点作用。真正地让人窝心啊，真的是一点点用场也没有派上，完全就像一张白纸。不，连一张白纸都不如，因为它的上面写满了没用的东西，哪能与一张白纸相比呢。一张白纸，还可以在上面写出最新最美的文字，画出最新最美的图画，而它能干什么？

更有一种让人不能接受的说法，说是日本人知道自己要投降了，要回去了，一切都没有用了，所以那份情报等于是他们拱手相送，白送的。既然是人家白送的，怎么还会有那么多人牺牲？怎么还前后用了那么长的时间？如果事情真的是那样，那一定会把之前死去的那些人气得再重新活过来。我听了都气得吃不下饭。

当初说要不惜一切代价，既然付出代价后得来的是一张真正的废纸，那就不能不重新计算一下所付出的代价了。责任当然不能由死去的人来负，只能靠活着的人来承担。大家共同做一件事情，在做的过程中，别人不幸死了，而你还活着，这对你本身就已成为一种获得，而获得是需要付出的，不可能不劳而获，只进不出。否则，这个物质的世界，自然的世界，将势必失衡，再难以为继。

世界上的事情，算账是一种很可怕的事情，无论清算什么，人都会是严肃的，不轻松的。你见过哪一个人是笑着算账的？

哎哟哟，不好了，又哭了，小家伙好像又醒了！奇怪，我把窗帘拉得严严实实的，她怎么会被晃醒呢？什么，今天是阴天，没有太阳？哦，那就不应该是被晃醒的，也可能是我刚才说话有些激动，把她给吵醒了。其实我也不想激动，可是也没办法。说到这样的事情，不由得你不激动。不过，还有你，以后说话要注意了，什么今天是阴天，还没有太阳，我们有阴天吗？我们每天都是晴天。我们没有太阳么？我们有全世界最红最红的红太阳。关于这一点，就连我们的敌人都知道呢。

哦，不哭，一颗革命的种子是不兴哭鼻子的。出生在这么伟大富强的国家，你有什么好哭的呢，有什么不满意的呢？嗯？小心犯错误哦。

来，看看这个远道而来的姐姐。她呀，为了到处寻找她的爸爸妈妈，把自己装扮成男孩子的样子，也够勇敢的吧，也够不容易的吧？

来，看看这个勇敢的姐姐。

三

这个孩子是谁，我的孙女？嘿，就知道你也会犯大多数人同样都会犯的错误，很多人也都这么认为呢。不错，从我和她的年龄上来说，我们看上去的确像是祖孙，可事实是，她不是我的孙女，而是我的女儿，最小的女儿。对，就像你是孙渡同志的女儿一样，是的，完全一样，就是这么一回事。

小鬼呀，别看你没有开口问，可是我看出你的眼睛里有疑问呢：为什么这么老了，孩子才这么一点点，是不是？不只是你，很多人也都有和你一样的疑问呢。有疑问不怕，我们要做的就是要还事物于真相，还事情于本来面目。其实呢，也没啥，原因也很简单，我的前妻去世了，在同志们的一再劝说下，在组织和老首长们的关心和支持下，我又再婚了。本来当初说好了的，不再要孩子了，坚决不再要了，因为我的前妻已为我生育了五个子女。五个，在我们这个国家，可以说不算多也不算少，无论是作为培养革命接班人，还是作为传统的传宗接代来说，都已经足够了。其实无论多少，关键还是要看质量，关键还是要看他对国家对社会有没有贡献，没有贡献，再多也没有用。老鼠一窝被猫吃，那说起来倒是不少，可是又有什么用呢？一只猫就把它们全干掉了。

我说到哪儿了？

五个孩子？

对，我就是想说，五个孩子已经不算少了。可事情坏就坏在了女人们的身上，古往今来……唉，我现在的妻子，毛湘玲同志——她现在的名字叫李德琳——在我完全懵懂，完全不知情的情况下，运用女人们的那点儿心机和伎俩，不经请示，也不做商量，擅自做主，暗中运作，悄然怀孕，让又一颗革命的种子神不知鬼不觉地生根、发芽、开花、结果，终于破土而出了。生米已经煮成了熟饭，她已经嗷嗷待哺地来到了人世，来到了伟大的新中国，我能有什么办法呢？我难道还能再把她重新摁回去吗？不可能了，那我会犯下残害共和国少年儿童，扼杀祖国花朵的罪行。只能张开双臂接受她、欢迎她。从某种意义上来说，革命了一辈子，我是个冤大头呢。我这个冤大头，被精明的毛湘玲同志着实给暗算了一下，可她却全然不是这么看的。

唉，天底下的女人们啊，只要不是真傻，每个女人都有自己的小算盘呢。小鬼，小同志，你将来也会结婚，成家，到时候也会有你自己的小算盘呢。什么？你一辈子也不结婚？不想结？那怎么可能？谁能不结婚呢？连毛主席还结婚呢，那么伟大的领袖都是已婚的人，更何况我们普通的大众，不结婚又能干什么呢？最关键的问题是，结婚与干革命并不矛盾，并不是相互对立的。让我来告诉你吧，结婚与革命不仅不矛盾，甚至会更有利于革命，有时候甚至会成为一把革命的保护伞。不懂了吧？一个单独的男人或者女人，看上去多少总是有些奇怪的、可疑的、令人惊讶的。人家会想，这个人怎么没有老婆呢、没有孩子呢，一定是有什么问题吧？若再往深处想，再往远处想，问题就会越来越复杂，甚至越来越恐怖。女人也一样，这个女人怎么是一个人呢，都这么大了怎么还没有把自己嫁出去？长得也还行，穿得也不错，可她要干什么呢？进一步推测，不是心理有问题，就是生理有问题，只能独处，不能与人共处，有人在身边，她的那些问题就会统统暴露，所以不结婚。宁可被人在背后指指戳戳，宁可背上可疑的名声，也不愿意暴露自己的那些问题。

而如果是一个完整的家庭呢，那看上去就正常得多了，是不是？在战争年代，在敌人的心脏地带，一男一女常常会奉组织的命令组建一个家庭。为什么呢？就是为了给人以信任，让不寻常的事情变得寻常、普通，看上去不那么尖锐和令人起疑。要是再能有一个或者几个孩子，那就更像是一个正常的家庭了。为什么不让两个女人或者两个男人住在一起？因为那也不正常，一看就不对。其实很多关系都是假的，只是为了掩人耳目。比如我和毛湘玲同志，虽然她在外面忙于革命工作，我在家里又当爹又当娘，可看上去仍然是一个完整的家庭。什么？我和毛湘玲同志也是假扮夫妻？不对，小鬼，这我可要郑重地声明一下，我们不是假扮夫妻，而是真正的夫妻，老百姓所说的两口子，是正式领过结婚证的，同志们和首长见证过的。已经解放这么多年了，谁还使用那种方式。过去那是没办法，是为了开展工作，迷惑敌人。现在如果谁还采用那种方式，那就只能是迷惑组织，迷惑广大的人民群众了，那性质就不一样了，要是人家说你是暗藏的特务或阶级敌人也不冤呢。所以，我也常对毛湘玲同志说，希望你是我的最后一任妻子，而不是中间的某一个，不要再换人了。是的，我是真正地希望她做我的人生的终点站，而不是途中的某一站。

小鬼，你是共青团员吗？什么，不是？哎呀，怎么不要求进步呢？

趁年轻，要赶快向组织靠拢，这关系到你一辈子的前途。在世界上任何一个国家里，如果你什么也不是，那是很难生存的。

你还小，还没有经历过什么，感情对于一个人的磨难，有时候丝毫不逊于战争给予的洗礼。不过，好在我们这一代人不大注重那些情呀爱呀一类的东西，也主要是没有时间和精力去注重。革命可以冲淡一切，荡涤一切，革命之外的一切，都可以看作是微不足道的零碎，有些甚至连零碎都不是，简直就如同清风浮云一般。那时候我们有一个口号，叫作革命，革命，死了也要革命！有人不理解，说死了还怎么能革命？那是因为他不懂，他不懂得人虽然可以死，但是革命的精神却是永远都不会死的，万古……什么，你也不懂？那倒也是。一来你还小，二来是因为精神这种东西看不见也摸不着，要想把它一二三四地论述清楚，让人一听就明白是在说什么，是在指什么，还真不是一件容易办到的事情。莎士比亚你知道吗？学过一点点？那也是好的，学过就和没学过完全不一样。那孙中山呢，孙中山应该不陌生吧？什么，是国民党最大的官？唉，好像不能这么说吧？虽然事实就是这样一个事实，可是经你这么一说，他好像顿时就变成了另外的一个人。……这是谁告诉你的？谁让你这么说的？你们老师？

哦，不要哭，不要哭，有什么好哭的呢，你的妈妈干革命去了，顾不上回来看你，因为革命工作要比你更重要得多哟。不过，妈妈不在了，不是还有爸爸吗，嗯？你应该感到幸福和走运呢，如果哪一天上级一声召唤，一纸命令下来，爸爸也得扔下你，去奔赴新的革命事业，那时候谁来管你呢？所以，你要珍惜现在的对你来说是的大好时光，形势一旦有变，这一切都将失去。一颗革命的种子是不能动不动就咧开嘴哭的，应该是随便丢到哪里都成的，即使是被丢进石头缝里，也应该顽强地摸索着长大。你看看这个远道而来的姐姐，她的爸爸找不见了，妈妈也找不见了，可她不是还在顽强地一直都在四处找吗？你也是个女娃，你要向她学习才对呢。

来，让我想想办法。想个什么办法呢？啊，想起来了，悠一悠，晃一晃。

你说什么，怎么不请个保姆？啊呀，你这个小同志，你这个小鬼呀，年纪不大，思想倒有很严重的问题哩，满脑子封建思想，要不得啊。我先问你，保姆是干什么的？伺候人的，对吧？我们是什么国家？社会主义国家，对吧？社会主义国家，人人平等，凭什么你就要让别人来伺候你呢？你是地主老爷吗，啊？我们多少年流血牺牲干革命，为了什么？就为了让天下劳苦大众都解放，大家都过上平等的日子。经过了几十年的流血奋斗，我们好不容易消灭了剥削阶级，消灭了资本家、地主，解放和消除了长工、短工、保姆、妓女，清理了各种封建残余。新的生活才刚刚开始，这样的时候，你却建议我给孩子和我找个保姆……小鬼呀，你的这种思想是从哪里来的呢？不屈不挠的革命精神你不知道，艰苦卓绝、可歌可泣的革命斗争史你不知道，你却懂得雇保姆……啊，这让我说什么好呢？我承认，在一些首长的家里，确有用人存在，说实话，每当看到那种情景，我都不知道该让自己怎么办。大声抗议吧，不行，是违反组织纪律的；掏枪吧，更不行，哪有用枪对着首长的？也好，我现在没有枪了，已经交回去了。

嘘!

小鬼，你看见了吧，小家伙又睡着了，我们不用雇保姆了。我这办法灵验吧？不过，还不能马上就把她放下，这个时候她尽管是闭上眼睛了，也不哭不闹了，但是基本还处于一个假寐的状态，一种迷惑人的表面现象，看上去像是睡着了，也以为她睡着了，实际上却根本没有睡着，只是暂时安静了。这个时候要是就这么把她放下，用不了一秒钟，她马上就又会醒了，大声地哭闹，那样一来，此前所有的努力和工夫就都白费了，功亏一篑。是的，还得再把她悠一悠，晃一晃，再继续巩固一阵，就像巩固革命的胜利成果一样，否则，刚到手的大好局面就又会丢失。对，就像这样，等她真正睡实了，那个时候就可以真正把她放下了。

真是个好办法？是的。

不过，办法再好，我也不敢抢功，这么灵验的行之有效的哄孩子睡觉的好办法，可不是我戴某人的发明，而是东北老乡们的聪明才智的具体表现。还是那句话，人民，只有人民才是创造和推动历史前进的真正动力。卑贱者最聪明，高贵者最愚蠢。人民群众在漫长的生产劳动和生活实践中，不知创造产生了多少类似的智慧之举。

一九四六年年底，我带着队伍在北满地区创建革命根据地的那时候，我就已经知道这个办法了，不过，那时候想也没有想过，有朝一日，我本人竟然也会用那办法来亲自哄孩子睡觉。人啊，任何时候都不要把话说得太满、太绝了，你敢放狠话、说绝话，命运就敢给你来真的，有朝一日，一项接一项地兑现你的那些狂言浪语，让你自己打自己的脸。

当地的老乡们常说，小孩不睡——欠悠。什么，像个歇后语？不是像个歇后语，它就是个歇后语。再捣蛋的孩子，再难缠的孩子，再哭闹不休，再顽劣，只要狠狠地悠他，长时间地悠他，摇晃他，没有睡不着的，他一定会安静下来，最后睡着。早就被悠得晕菜了，他能睡不着吗？我们驻地的房东家里有好几个小孩，无论哪一个一哭闹，一不睡觉，他们的姥姥就在院子里大声地说，桂花，去悠他！一个年轻女子的身影立即就跑进屋里去了。用不了一会儿工夫，先前的那个聒噪不休的乱哄哄的屋子里就突然没有声音了，整个院子里也很快随着安静下来了。我们在厢房里开会，研究事情，就不再受到干扰和影响。可惜的是，这么好的办法，却不能用在成年人的身上，如果能适用于所有的人，那这个世界上就再没有长期失眠，整夜整夜睡不着觉的人了。

能把一个胡子拉碴的男人或者又高又胖的女人放进筐子里或者摇篮里使劲地悠吗？显然是行不通的。所以，我们这个世界，消灭了阶级，也消灭不了失眠。

一九四六年年底，我们驻扎在北满地区，风雪之乡。你的爸爸，孙渡同志，他去了哪里，我就不清楚了。如果没有太大的变动，他应该是还在晋察冀接受审查，也有可能是在等待有了更进一步的或者最终的结论后，再重新分配工作。抗战以后，大批的干部成长起来了，特别是营连一级的干部多如牛毛，且又年轻，有的二十出头就当连长。你爸爸作为一名老资格的副连级干部，混迹于一大群年轻的毛头连长指导员们中间，该是一种怎样的心情和处境，局外人很难揣测和体会得到。当然，干革命是不能也不应该计较和在意职位的高低的，那么多有前途又有资历的人，最终连命都没有了，那又该怎么说怎么计较呢？人活着的时候，患得患失，什么都想要，什么又都不想失去，且又总是不满足、不满意的时候居多。人如果只进不出，获取得越多，背负得也就越重，最后背不动，就会把自己压死。当两眼一闭，那真是什么也不能再考虑，什么也不能再计较了。可是，反过来说，人之所以作为人，毕竟还是要顾及脸面的，而脸面这个东西，就是每个人身上最大的软肋和命门，人几乎所有的不幸大都源于此。更何况，个人前途的问题还不仅仅是一个简单的脸面的问题，而一个不在意脸面的人，已不再寻常，在茫茫人海中属于绝对稀有者。人如果能解决了这个问题，那真是再没有什么好怕的了。按照我所熟悉和了解的孙渡，他就算是一个最不在意这些的人，他是真不在意，别说是一个副连级，比那更小，甚至什么职务也没有，他也是不会在意的。在别人那里是个天大的事，到了他那里以后，就不再算是个什么事。他和我们这些人不一样，虽然我们曾经是同学，干的也都是革命工作，可是却有着很大的不同。因为他认为参加革命是一种不可推卸的也难以推卸的责任，喜欢也得干，不喜欢也得干，需要无条件地执行，没有调和的余地。而在他的内心深处，他有他所钟情并向往的东西。据我了解，那个隐伏在他内心深处的东西，或者说事物，那个像是怪兽，也可能如同一片芳草密林一样的，谁也没有真正见过的东西，并不是革命。

这就麻烦了，小鬼，你知道吗，你懂得吗？人就怕有这个东西，有了这个东西，一个人也就有了永远的心事，等于背上了一个一生都无法卸掉的沉重的包袱。心里有了这个东西以后，无论再去做什么，都难以做到全心全意，无论对人或是对事，会永远地隔着一层皮，也许是膜，或者是雾，其间的沉重和痛苦会无法倒出，无处安放，会伴随他一生一世。就算是噩梦也有做完的时候，也没有那么漫长，它只是某一个阶段里某一个时期内的事，再不走运的人，也不可能一生一世都在做噩梦。但是，一个人有了那个东西以后，就等于噩梦缠身，无论再去做什么，无论表现得多卖力，实际上都很难再做到全身心的投入。当然，很多时候也不怕死，不只是因为严酷的环境和形势在那里摆着，怕也没用，更多的原因是因为很少考虑死的问题。我想说什么呢，我想说的是，一个心里有那种东西的人，和一个心里没有那种东西的人，那是完全不一样的，这直接导致人与人产生最根本的区别。

就是在一九四五年秋天的那一次偶然的见面，在秋风萧瑟的晋察冀边区，在那棵灰褐色的沙枣树下，别的人一定会以为他见到我这个职务比他高得多，他完全应该喊我为首长的老同学，一定会把他心里的苦闷和委屈没完没了地向我倾诉、抱怨，并直接寻求帮助和支持，但是他没有。实际的情形反倒是有点儿像是我在求他，向他恳求什么，我问一点儿，他说一点儿，还尽可能地简单、潦草，就像老乡们在家里压饸饹一样，我要是不用力，他就不会主动出来，别指望他能主动说出来，绝不会。我所了解到的所有关于他的那些事情和问题，全都是靠我自己的辛苦一点一点地挤压出来的，而不是他自己主动陈述出来的。你看看他，有他这样的人吗？小鬼，你了解你的爸爸吗？这就是他，这就是那个名叫孙渡的人。这个人，你永远也别指望他会开口求你。

记得我临离开晋察冀边区的前一天晚上，我又一次对他说起，要不跟我一起去东北，去北满吧？他却摇着头说，那怎么能行？我这边的问题还没有处理完，事情还没有最终的结论呢，我得继续等着。

我觉得他说得也对，就没有再说什么，这样，我也就再帮不上他什么了。事实上他也根本不可能跟我走，走了，他就是货真价实的逃兵，最终还得被解回来，等再解回来，问题就更大了。到那时候，我也会受到牵连，两个人都不会有好结果。关键时候，证明他的头脑还是很冷静的。此前，曾听到有人说他的精神有点儿异常，完全是没有根据的胡说。人的嘴，真是一个可怕的东西，想说一个人或者一件事情好的时候，会不顾事实地颠倒黑白，而当想说一个人或一件事情不好的时候，还是那张嘴，还是那些嘴，又会同样不顾事实地黑白颠倒，古往今来，不知有多少人栽倒在那种颠倒上。

说了一阵他的事情后，他忽然问我，现在还有时间画画吗？画画？画什么画？谁画画？这是一个多么陌生而又遥远的词啊！说实话，要不是他突然提起，我恐怕是今生今世也不再能想起这个词了，更不会记起在那遥远的青年时代，我曾立志要做一名画家或者戏剧家……俱往矣，那一切距离今天的我是多么的久远，想起来更像是一段他人的历史或一个虚无缥缈、模糊不清的梦。我都早已忘记了，亏他还记得。于是，在短暂的惊讶和感慨之后，我对他说，我现在用枪炮和部队在大地上作画，画面中有民众、有敌人，血色是最主要的色调。他听了，没再说什么，只是默默地看着我，我也不知道他在想什么。

晋察冀，虽然不像北满地区那样冰天雪地，但很多时候，气温也并不比那里高多少。它还有一个不好的方面是满目灰色、干枯，用萧瑟这个词来形容它、概括它，再贴切不过，再准确不过，再换任何一个词恐怕都不行，都会言不及义。旷野是灰的，一切景物是灰的，人也是灰色的，一切都在萧瑟中，一切都萧瑟。我们的部队也是统一的灰色或灰黄色。有时候，要是偶尔眼前一亮，突然看见一个穿红衣服或者绿衣服的女子，不用问，十有八九是地主家的闺女或者儿媳。

什么？解放区的天都是晴朗的天？小鬼哟，你说的那是歌子，歌子里唱的你也当真？那个晴朗、明朗，是政治上的晴朗和明朗，与真正的天气和气候完全没有关系。天气是晴是阴，那是老天爷决定的，不由地上的任何组织和个人说了算，他可不管你是什么样的区，白区还是苏区，国统区还是解放区，也不管你是什么样的政党和军队，奉行的是什么主义，他只推行纯粹的自然的规律和法则。解放区也不可能每天都是晴天和白昼呀，若没有黑夜，人马如何休息，如何恢复体力，如何养精蓄锐？同样，国统区也不可能永远都是黑夜，始终暗无天日。真要是那样，国统区的人和植物、各种动物，又怎么能够正常地成活生长呢？白区的人们洗了衣服以后，如何晒干呢？总不能都穿着发霉的衣服出门，每天都盖着发霉的被子睡觉吧？国民党还号称青天白日呢，常以为自己那个党是世界上最先进最了不起的政党，也号称中华民族的中流砥柱呢，也口口声声为民众谋幸福呢，你要说他们是黑夜和黑暗的代表，他们也指定不认哪。不过，也由不得他们不认，他们说不是就不是吗？不管他们承认不承认，只要我们这边认定他们是，那就行了，我们就说他们代表着黑暗。在我们这块国土上，他们不代表黑暗，又能让谁来代表黑暗呢。

小鬼，你刚才说你的母亲也没有消息，而且你怀疑她多半也有可能已经不在人世了？他们两个这是怎么搞的？两个人都没有消息？至少有其中一个在，有一个是平安的，那也是好的呀，怎么就会两个人都是这种情况呢？这种事情还真不是太多。让我想想，好像谁家也是这种情况。是谁家呢？就是眼跟前的一个人，怎么一下就想不起来了呢？算了，先不想他了，等什么时候想起来再说吧。

我没有见过你的母亲，从来都没有见过，包括她的一切情况，她和孙渡同志是什么时候相识并结婚，我也完全都不知道。我只记得一九四五年秋天在晋察冀最后一次见到他的时候，他还是单身一人。想来他们也是聚少离多，不然也不会只有你这么一个孩子。要是一个正常的家庭，都至少会有三个以上的孩子呢，我说得对吗？

我前面说过，自从一九四五年秋天晋察冀一别以后，我就再没有见过你的爸爸。从当年一同回来，一直到日本人投降，整整八年时间里，我和他仅仅也就见了那么一面，现在再想起来也真是够残酷的，仿佛阴阳相隔一般，可当时却没觉得。战争把所有的人都卷进去了，每一个人只能顾眼前那点儿事，每天都要面对生死问题，谁都不可能多想别的。我印象最深的是，有一次我的头发长了，我想剪剪头发，当天晚上天已经黑了，负责剪头发的一位同志说，天太黑了，看不大清楚，等明天天亮以后再给你剪吧。我说好，那就等明天再说。这不是一件很正常的事情吗？可做梦也没有想到，这一等待，就已经是一两个月以后的事了。为什么？因为就在当天的半夜，突然开始转移，接下来，再没有一天安宁过，所有的人都在动荡之中颠簸，挣扎。什么叫戎马倥偬？什么叫颠沛流离？那就是。不是就像，而是就是被卷进了一条身不由己的命运的洪流之中，在那条洪流之中，谁说了都不算，个人渺小之极，就是一粒沙子。剪头发？谁还能顾得上那个，谁还能想起那事？不仅答应给我剪头发的那位同志忘了，连我自己都想不起来了。那中间，谁也不知道跑了多少路，转战了多少个地方，每个人都脏得像叫花子一样，像饿死鬼一样。像叫花子不好吗？像叫花子好啊，那证明你还活着。肚子成天咕咕响，那证明你还有能力吃东西，有资格吃东西，也还能够吃东西。什么时候它完全不响了，那你也就再用不着吃什么了。

就这样转移，遭遇，突围，晓行夜宿，等后来好不容易能够安宁几天的时候，已经是一两个月以后了。在河边用河水照镜子，看见自己的头发像是用粗牛毛擀成的毡子，而且是那种肮脏的旧毡子。像一块肮脏的粗牛毛的旧毡子不好吗？好啊！要知道，当初答应给我剪头发的那位同志，已经在这次转移中永远地牺牲了，再也不能给我剪头发了。明天给你剪……这个明天可真够长的了，而且永远也不会到来了。除了那位答应给我剪头发的同志，还有好多同志，都再也不会跟上来了。无论再转移到哪里，宿营时，清点人数时，都再也不会有他们了。

小鬼啊，每当说起这些，我心里真是难过。现在，不让我管事，把原有的权力收走，让我在家里待着，做饭，看小孩，我不难过。军人嘛，就是为了打仗的，和平了，没有仗打了，战争结束了，自然也就没有什么用了，这是好事啊。最起码，广大的老百姓不用再动荡了，不用再每天担心生死问题了。你出去买菜、买粮，或者去上班，一个人走在街上，正常情况下，至少不大容易被不问青红皂白地抓走，也不用担心会有流弹飞来，把你击中。除非你自己非要干坏事，那一定会受到应有的惩处，那是另一回事。我说的是全社会的安宁。这难道不是好事吗，这难道不是我们多年奋斗的结果吗？

当然，这中间最应该受到诅咒的就是战争本身，是战争改变了一切，造成了一切。

我们当初是怎么回来的？原因很简单，还是因为战争，就是因为突然有了那场漫长的战争。国家有难了，连外国的女人、老太太，都替我们操心和着急，我们还有脸不回来吗？还有什么书好读呢？

一九四五年秋天，深秋时节，在晋察冀边区的那棵沙枣树下，你的爸爸，孙渡同志，他在全力地殚精竭虑地酝酿他的那份检查的时候，耳边突然听到了一个遥远而又熟悉的声音。他亲口告诉我的，那个声音对他说，孙，你还在埋头用功吗？我从广播里听到，你们的国家已燃起了战火，苏格拉底、斯宾诺莎也救不了你们的国家。

小鬼，小同志，我要告诉你的是，那个遥远而又熟悉的声音，来自八年前的异国他乡。

四

那是谁的声音？是我们的房东塔尼娅大婶的声音。

时隔八年之后，在寒意渐浓的晋察冀再一次无端地听到塔尼娅大婶对他说过的那句话，你的爸爸，孙渡同志，禁不住打了一个冷战。塔尼娅大婶说，人遇到这样的事情以后，是要站出来的，尤其是年轻人。他后来告诉我说，他听到的只有塔尼娅大婶的声音和一些乱哄哄的声音，却没有他本人的声音。看到萧瑟的秋风取代了金黄的夕照，天色一点一点地暗了下来，我对他说，人通常是听不到自己的声音的。他摇了摇头。

八年前，在塔尼娅大婶对你爸爸说过那番话以后的前一个晚上，在海员俱乐部的一张长餐桌前，我们这些出来还不到一年的人被叫到一起，大家彼此还不太熟悉，有不少人连名字都叫不出来。但是，一个叫贾道明的人却自动地担负起召集人和领导人的责任，向我们大家做动员报告，动员大家立即中止学业，回到故土，拿起武器，投身战场。贾道明那天说了很多，他的一张端正的面孔一会儿隐在烟雾中，一会儿又清晰地显现出来。

贾道明是这样对我们说的，他说，如果说这个世界上有什么无耻的事情的话，那么，再没有比现在的我们更无耻的了！国家有难，而我们为躲在这里，追求什么所谓的学问、事业，真正可以说无耻之极。

我现在还能回忆起当时的切身感受。应该说，贾道明的那些话杀伤力不小，而且具有极大的鼓动性和刺激性，而听众恰恰又都是清一色的年轻人，毛头小子，是最容易被煽动起来的，无事还要激动三分呢，更何况是真的有事。正是贾道明的那一番烈性酒一样的鼓动和演说，使得当时在场的很多人此前精心描绘并构筑起的一个个缤纷宏大的世界，瞬间就都坍塌了。在那种情况下，很少有人不受到震动的，不感到羞愧的。不管此前是学什么的，在那个烟雾腾腾的晚上过后，所有的专业，所有的努力的方向，在这些远离故国的年轻人的心中，统统都已变成一桩桩可耻的不可饶恕的罪恶。我记得当时有不少人是从实验室里直接来的，穿着蓝色或白色的实验服，来之前不知道发生了什么，也不知道要干什么，但是在听完贾道明的那番动员报告以后，就都明确表示不再回到实验室去了。

对此，贾道明高兴地说，对，国内的战场才是一个最大的真正的实验室。

你爸爸、我，我们当时的确都感到很羞耻。我就是在那一刻决定自己要永远告别戏剧和美术的。想想自己都干了些什么，又学了些什么，没有一点是有用处的，完全就是一种寄生虫式的生活，真是羞愧之极。

在场的都是年轻人，大家也都不客气。烟雾中，有人大声地质问贾道明，光说不干，你为什么不回去？

贾道明的头像一个船头一样从烟雾中伸出来，他无疑是想看看是谁在喊，谁在质问他，但弥漫的烟雾和嘈杂的人声使他什么也没有看到。那以后，只听见他用标准的国语，大声地回答说，谁说我不回去？你们怎么知道我不回去？我当然是要回去的。不过，在我回去之前，我要先把你们大家都动员、运送回去。

还是在烟雾中，又有人大声地说，我们不需要你动员！国家又不姓贾，又不是你一个人的国家。

贾道明说，那最好，求之不得，那也正是我所希望的。他说着话，头又往下歪了一下，其目的还是想看清刚才说话的人是谁，但烟雾还是让他无法看清。这以后，他又把头重新抬起来，摆端正，说，龙生九子，在你们的中间，难道就没有那种意志薄弱的软骨头的家伙吗？我动员的正是这些人。

有人说，谁是软骨头？请站出来。

贾道明听到喊声，冷笑了一下说，这样喊没用，软骨头的人敢站出来吗？谁要是站出来了，那不就是等于承认自己就是一个软骨头了吗？软骨头的人意志薄弱、精神涣散，他能够站起来吗？恐怕想站也站不起来呢。

有人说，既然他连站都站不起来，那你还动员他干什么？把这样的人动员回去能干什么？能扛枪还是能打仗？

烟雾中响起一阵哄堂大笑，有人碰翻了桌子上的杯子和盘子。贾道明说，不能因为骨头软就什么责任也不负，必须得动员他们回去，就是让他们做个瑟瑟发抖的旁观者，甚至做个俘虏，也得让他回去，不能让他在这里逍遥。

又有人对贾道明说，那么你呢？从一开始就把自己放在一个裁判，甚至上帝的位置上，怀疑这个，担心那个，你本人的骨头就足够硬吗？意志就足够坚强吗？怎么才能证明你的骨头就是最硬的？

贾道明说，你们可以质疑我，但我本人从不怀疑自己的意志和精神，我的这份爱国之心也不是今天的你们所能理解的。究竟怎么样，将来在抗日的战场上见分晓吧。

说的也是，在那种时候，任何一种高调的表白也仅仅只是一种表白，关键还得看将来到底怎样。不过，即使是那样虚空的表白，在当时那种场合下也是需要一种勇气的，有的人就没有高声表白，比如我，比如你爸爸。按道理来说，我是最应该站出来表白一番吧，因为我是学戏剧的，对于表白最不陌生，甚至可以说是本职，可是不知为什么，我当时竟没有说一句。孙渡呢，当时正在读叔本华的《意志论》，关于意志，他也应该有话说，但是他也没有说一句。那天晚上的集会结束后，孙渡有意地落在后面，等大部分的人都散去后，他找到贾道明，对他说，他不知道自己回去后能派上什么用场，希望贾能指示一条路给他。贾道明对他说，如果不知道自己能干什么，最好最现实的路只有一条，那就是扔掉你此前所学的那些不切实际的东西，回去以后，直接拿起枪，走上战场，朝着敌人冲过去，朝他们开枪，用刺刀刺他们。孙渡说，可是，到今天为止，我还没有见过一支真正的枪呢。贾道明说，所以，这不是正动员你们回去吗，回去以后马上就能见到了。要说真正的枪，谁见过？今天到场的人恐怕没有谁真正见过一支枪。不会可以学嘛，谁一生下来就会有一支枪放在他的面前让他看，让他见识？谁一生下来就会打枪，就会拼刺刀？

贾道明又说，抬伤员，搬箱子，这你总会吧？把受伤的人从前线抬下来，再把子弹送上去，这你干不了？

你的爸爸似乎被贾道明指示的那种情景给吓住了，他愣了好一会儿。好一会儿后，才想起一句话。他问贾道明，你会打枪吗？贾道明也愣了一下，说，暂时还不会，不过我早已抱定了要好好学习的态度和打算，只要你认真学，下决心学，没有学不会的。

贾道明说他还不会打枪，连我也有些吃惊呢，连我也没想到。因为看他的派头和他的种种表现，你会以为他很懂得军事呢，没想到竟然也和我们一样。忧愁爬上孙渡的脸。他说，不知什么时候才能学会打枪、射击。他的这句话立即又为他惹来一通批评。贾道明对他说，你这种悲观软弱的情绪要不得。另外，我还想给你指出一点，以后说话的声音要尽可能地大一点，再洪亮一点，再豪迈一点，这才像个革命志士，别总像蚊子似的。真不知道你这个样子将来怎么上战场。要是让你朝敌人喊话，敦促他们投降，就你这蚊子声音，他们能听见吗？即使他们有投降的心，也达不到目的呀。

你爸爸说，我也担心呢，让他们投降，他们怎么会听我的？

听到你爸爸这样说，贾道明深深地叹了一口气，刚想说什么，却又摆了摆手。后来，他忽然说，噢，对了，这位同学，你叫什么名字？

你爸爸说，我叫孙渡，渡河的渡，正在读西方哲学。

贾道明说，孙渡？好。不过，孙渡同学，我本来不想再说什么了，可还是忍不住要说说你。你是东方人、亚洲人、中国人，你为什么要选西方哲学呢？那和你有什么关系呢？中国这么博大精深的文化，难道还不够你学的吗？为什么非得隔山过海，跑这么远来学别人的那点儿东西呢？我实在是不明白。

我在一旁有点儿看不过去了，所以我对贾道明说，别人的那点东西怎么了？孙中山不是还多次去日本和欧洲考察学习吗？马克思恩格斯是不是别人？列宁是不是别人？中国共产党奉行的不正是他们的那点东西吗？贾道明听了我的话以后，突然像是被噎住了，他的嘴张了好几次，甚至还翻了翻白眼，却最终什么也没有说出来，转身悻悻地走了。

人是走了，不过，他所说的那些话，却都如同一支又一支的楔子，那些楔子的尖头又都仿佛涂有剧毒，他们不断地揳入孙渡的心里，使他对自身产生了一种百无一用，又必死无疑的感觉。回驻地的路上，他对我说，世界枝枝杈杈，幽深莫测，一个人要想活下去，真不是件容易的事。

对，这就是他说的。

一个月以后，他就是带着那种感觉回来的。

当然，我也回来了，我们都回来了。

我记得，回来的路上，他不止一次地小心翼翼地问我，战事到底是怎么爆发起来的？我说我也不清楚。是真的不清楚。

那个叫贾道明的人如今在哪里？嘿，你要不说，我还真把他给忘了。他是我们这一批人中第一个叛变投敌的，也是唯一的一个。那个喜欢唱高调的家伙，动员张三，说服李四，怀疑这个，担心那个，闹了半天，只有他的骨头才是最软的。一九四〇年，敌人委任他为招募专员，专门负责招募、网罗各种投敌变节分子，危害甚大。我方曾数次组织捕杀，但都因为各种因素，没有成功，几次都让他侥幸逃脱了。有人说他命不该绝，但我们共产党人偏不信那个邪，我们更愿意相信不是不报，而是时候未到。后来，终于在一九四四年的春天，杜鹃花开的时候，被我方成功捕获。被捕后，他像煮熟的鸭子，就剩下嘴硬，声称自己将赴西方极乐世界，而活着的人，留在大地上的人们，将要继续承受无休止的苦难和不幸。你看看，一派胡言嘛。负责处决他的我方人员对他说，要说别人还有可能，但你是不行了，你到不了极乐世界了，你是要下地狱的。

贾道明最终去了哪里？那还用问吗，当然是去了地狱，那恐怕也是他唯一能够去的地方了。

什么，我们革命人不相信有天堂地狱之说？那倒是，是不相信。可我们通常在说到一个坏人的时候，总是要那么比喻一下，不然又怎么能够表达我们的愤慨的心情呢？另外，不把他们打发到一个不好的地方去，又能往哪里遣送、安置他们呢？人世间已没有他们的位置，只能让他们下地狱了。啊，你这个小鬼呀，真是涉世不深，总喜欢在字面上找我们的漏洞，抓我们的小辫子。抓吧，我们不怕，因为真理就在我们的手里，我们永远是正确的，无论是谁来找我们的麻烦，我们也不怕，我们也有办法对付。不过，作为一个过来人，我还是想提醒你，你这张嘴啊，将来是会给自己招来麻烦的。因为在人世间，有一半的祸是自己说出来的，另一半来自别人的嘴，你信吗？信？好，那就好。别人的嘴里要说什么，我们管不住，也管不了，可我们自己的嘴总应该能管住吧？一个人要是连自己的嘴也管不住，那还能办什么事呢？更别说能办什么大事。但愿你能经常记住我的这句话，这会对你将来的人生大有裨益。无论任何时候，当管不住自己的嘴的时候，就想想我今天对你说的这句话。

五

小鬼，今天就在我这里吃饭，吃完饭，我不再留你，你走，去继续寻找你的父母。

什么，不吃？那哪行呢？

我这就去给你做饭。小家伙又睡着了，一会儿她要是醒来哭闹，你帮我悠一悠，晃一晃她。在北满地区，东满地区，那时候，有很多像你这么大的女孩子都在帮助她们的父母照看弟弟妹妹，看上几年，然后就都嫁人了。

我刚才焖了一点红米，就吃红米饭吧，好吗？

在你进来之前，我正在一边焖饭，一边哄孩子，给这个孩子唱歌。唱什么歌呢？唱“红米饭，南瓜汤，毛委员带我们打胜仗”。一边唱，一边我就在想，大自然好像也在和人们开玩笑呢，同时也像是在印证什么，红军吃的是红米饭，白军吃的是白米饭，如果唱成“白米饭，南瓜汤”，或者“白米饭，黄鱼汤”，那就不对了吧，那肯定不是我们的队伍。

一九四二年春，我们驻扎在一个叫海西的地方。说是驻扎，其实说隐藏或者躲藏更为恰当，因为根本就没有我们的活动范围，抽冷子找个地方休息一下，然后就又开始东躲西藏了。没有安全的地方，没有根据地，粮食还奇缺。我记得有整整一年多，从来没有吃饱过一次。我是教导员，连我都吃不饱，连我都尚且如此，就更别说下面的战士们了。晚上在野地里躺下，看着天上的星星，不觉得美，只觉得烦，越看越烦。看它们在高高的天上自由自在，想亮就亮，想暗就暗，想出来就出来，不想出来就不出来。而我们却苦难不断，一条命也不知押在哪里，今天睡着，明天能不能正常顺利地醒来，都是个问题，要是偶尔有几次这种事，那还怕什么，关键是每天都是个问题，每天都是个未知数。肚子里在不断地叫唤，提抗议，愤愤不平地要求填充东西给它们。哪有什么东西给它们？要是有，还能不给吗？睡不着，只好起来去查哨，本来临睡前已经查过了，就再查。到处走，看看有无可疑的情况。人是血肉之躯，再加上思考能力和分析能力，在各方面都最为困难的时候，这具血肉之躯是会有各种各样想法的，比如开小差，比如变节。有时候某一个人变节了，其实并不是他真的想那么做，而是环境逼的，把他逼到那条路上去了。还是我前面说过的那句话，世界上很多事情之所以发生，原因只有一个，就是因为没办法。如果有办法，很多事情是不会发生的，那我们今天看到的这个世界，也许会是另一种样子。你同意我的说法吗？同意？

就在那个五月的夜晚，我在查哨的过程中，看见我们的一名战士死在他放哨的农神庙的附近，枪抱在怀里，脸上竟遗留着一种梦幻般的微笑。我当时被吓了一跳，眼前竟浮现出一幅千军万马拼死厮杀的残酷场景。一名坐在农神庙附近的战士，与一幅千军万马拼死厮杀的残酷场景，究竟有什么关联，我也不知道。可是眼前浮现出的就是后者。那位战士怎么死的？饿死的，并不是被敌人打死的。当然，间接地来说，这笔账也应该记在敌人的头上，当然也应该算是死于他们之手。不是吗？若没有他们的残酷的扫荡和绝杀般的围困，我们就不会没有粮食，形势就会是另外的一种形势。事后我猜测，那位战士，临死前一定是眼前幻想出了粮食，南方的水稻，北方的小麦、玉米、黑豆、小米，甚至还有可能是更为诱人的美味，肉包子、红烧肉、炒白菜，什么可能都有呢。

队伍里很多人都病倒了，原因也大多只有一个，都是饿的。负了伤的人，吃不上东西，更没有营养，伤口除了化脓就是溃烂。一个排，有十来个人还能走、还能动，就已经让人很高兴了，就绝对算得上是兵强马壮。看着那情景，我们都有些傻了。我们想，这不行呀，照这样下去，不用敌人来围剿收拾我们，我们自己首先就会从内部垮掉，溃不成军。再不能不想对策和办法了。可是又有什么办法呢？向上级申请支援吧，那是不可能的事情。上级负责你们吃喝，那还要你们这支部队干什么？上面还是供给制呢，每人每天四两粮，首长们都还吃不饱呢。这一条路首先就行不通，想也别想。甚至会说，坚持不了就散了吧，取消你们的建制。另外，就算有能力给你们一点，也运不过来呀，层层封锁线犹如天罗地网，运送一袋米，可能得搭上几十条性命，最终能否运到你的手里还是个未知数。这样的事情，要是让兄弟部队知道了，受鄙视不说，能把你骂死，一辈子都别想抬起头来。那怎么办呢？向老百姓筹吧，老百姓还没有呢，总不能去抢他们吧，那和土匪、敌人，又有什么两样？同时也违背了我们革命的宗旨和目的，宁可饿死，也不能干。那些日子，快把我们几个当干部的愁死了，我们的白头发就是在那个时候开始有了的。几百双眼睛每天都在眼巴巴地看着你，几百颗心时刻都在等待着、期盼着能有什么改变和出路。那种注视，那种期盼，比几百条鞭子抽在身上还要厉害得多，让你一刻也不敢耽搁，不敢偷闲。一个营的人成天东躲西藏，像耗子一样不敢见光，除了饥饿，脸上也无光哪。什么人带着这样的部队？

我们曾偷偷地开过荒，只可惜，刚种下，就又转移了，永远也看不到庄稼的长势，更享受不到丰收的成果。我们的一位副营长曾经绝望地说，老天爷一定是不想让我们再继续活下去了，一点点希望也不给，靠山山崩，靠水水枯。我劝他应该把账记在敌人的头上，而不是老天爷的头上。

其实，命运也并不是真的就那么想把我们赶尽杀绝，只是给我们以更多的机会磨炼我们自己，就看你能不能经受住磨炼，能不能挺过来。

人类的历史上，有为数不少的事情，可能是以一种无奈的方式和结果了结的、过去的。我觉得这样的方式或许是应该赞同并拥护的，这是一条最宁静也最节省资源的路。可是，如果非要把这样的一件事情抓住不放，并不断地扩大、膨胀，穷追猛打，像张开的网，放更多的鱼进来，然后收口、扎紧，然后审查、流血、毙命，那也不是不可以，因为类似的一滴水酿成汪洋大海的例子也有很多。小鬼，你要记住，只要有人存在的地方，什么事就都有可能发生，什么样的诡谲的奇迹也都有可能出现。凡有人群的地方，就会有左中右。说的其实也就是这个道理。

小鬼，你饿了吧？多吃点儿。又没有外人，小家伙还不会吃，只有你我咱们两个人。饭不好，但是你要吃饱，吃饱了才能继续上路寻找。身体是革命的本钱，更是一切的本钱，要是没有了这个本钱，那一切的一切也就都谈不上了。

别拘束，就像在你家里一样。

孙渡同志有你这么一个女儿，我真是没有想到。

前几年的报纸上报道说，毛主席一个月吃一次肉，有人不信，可我相信。不过，在相信的同时，我也在为他的健康担忧。他要是病倒了，那解放全人类的伟大事业该怎么办呢？国际共运事业该怎么办呢？世界谁主沉浮？真令人忧虑。

你运气不错，今天正好还有一盘豆腐，我平时连豆腐也不吃。一九四〇年在太行太岳革命根据地，连以上的干部，每人每月供应五两豆腐，那是用来代替肉的。那种心情，不是你们现在所能理解的。那五两豆腐，我们真是既盼着它早一天发下来，可是又怕它真的发下来，因为一旦发下来，就意味着要赶快吃掉，而吃掉了就再也没有了，只能再寄希望于下一个月了。而下一个月是什么形势，谁都无法估计和想象，形势要是不好，更为恶劣，更加残酷，到时候不发豆腐还是小事，恐怕连性命都得让出一半去呢。有人曾说，这个月的豆腐我先不领了，因为要去平汉路以西执行任务，等任务完成回来后下个月一起领吧，一次能领一斤呢。想法不错，计划得也很好，可是等到了下一个月的时候，他却牺牲了，再也回不来了。别说是累计发给他一斤豆腐，就是发给他十斤，他也领不到了。

人，活着的时候，争这个，要那个。得到了，眉开眼笑，觉得自己厉害、有本事、有能力；得不到，就会不高兴、闹情绪，甚至心生怨恨，让仇恨和不快的种子种在自己的心间，甚至每天还要给那种子浇水、施肥，生怕它长不大，生怕它长得慢。可是，某一天，一旦闭上眼睛以后，金山银山放在他的面前，对他来说也已经再没有任何意义了。

吃饱了？再吃一点。

我太知道人在路上的种种艰辛，吃完这一顿饭以后，下一顿饭在哪里，还不知道呢，完全是个未知数。不过，有一点让人放心的是，现在不是战争年代了，一个人走在路上，起码不会有人在后面拿着枪追着你打，也不会有人在某一个隐蔽的有利位置上朝你瞄准、射击，这是最让人比较踏实的一点，这也是无数人为之奋斗和牺牲所换来的，没有前面的那种牺牲和铺垫，就不会有我们的今天。

什么？你觉得今天的社会很乱，一点儿也不好？要用发展的眼光看问题。表面上看是有点儿乱，可乱也是我们自己人在乱，是一种人民内部的矛盾和骚动，与资本主义、帝国主义列强基本没有关系。不像过去，过去那才真叫个乱，真正的乱世。从清朝灭亡，到中华人民共和国成立，乱了五十多年，各种势力犬牙交错、相互角力，一坨一坨的，一块一块的，今天碰到一起了，明天又分开了。不过也好，乱世出英雄嘛，我们共产党人就是乱世中走出的英雄，没有民国时期那个乱劲，我们又怎么能够从中脱颖而出，取得最终的胜利呢？小鬼，你说是不是？毛主席说过，乱是好事，乱了敌人，教育了人民。无数的事实也都在证明，水至清则无鱼，只有在一潭浑水里才好做文章嘛。你看现在，从前的各种势力都灰飞烟灭了，军阀、买办、各个山头也都完蛋了，张作霖、孙传芳在哪里？阎锡山、吴佩孚在哪里？都不在了。只有我们存在了下来。

什么，孙中山也不在了？小鬼啊，不能这么说，这么说是要犯错误的。孙中山和他们还是不一样的，这一点你要搞清楚。

你笑什么？难道我说得不对吗？从你进门以来，这是你第一次露出笑脸。我还以为你不会笑呢，原来你也会笑。

你接下来还要去哪里？去找什么人？一个叫晏永贞的人？那是个什么人？哦，还要去一个叫向阳农场的地方？小鬼，小同志，我这里有二十块钱，你拿着，因为你路上用得着。不，不要跟我争，想多给你也没有。现在每个月只发给我几十块钱的生活费，还有这么一个吃奶的孩子。赶快收起来，我也帮不上你什么忙。但愿他们都还在人世。但愿你能找到他们。

第二章　向阳农场

一

哦，哦，我明白了，你这么一说，我知道你是谁了——老黄的闺女。

和我在一起的那几年，你爸爸他不叫孙渡，他的名字叫黄晟。

什么，你竟然不知道他还有这么个名字？你到农场去问问，问黄晟，老一点儿的人都知道，都记得。可你要是问孙渡，相信没有人会知道，连我都不知道呢。

来，你看看吧，眼前这间挂满蜘蛛网的小屋，就是你爸爸当年住过的。整整三年，我们在一起养猪。当时，还有一个叫唐天亮的人，是我和你爸爸的领导，他就管着我们两个人，剩下的就是所有的猪、猪草、猪饲料。后来他高升了，调到农场食堂当管理员，由管猪食变成了管人的伙食。没过多久，农场就有人反映说，食堂里的饭越来越像猪食了。

养猪这边就剩下我们两个人了。鸟无头不飞。人呢，人贱啊，长期被人管惯了，猛一下，没有人管了，没有人领导了，没有人在头上作威作福了，还真是有点儿不习惯呢。你看，这不是天生的贱种又是什么？在没有领导的日子里，我就对你爸爸说，黄晟同志，你资格老，你来当咱们两个人的临时领导吧，我配合你，听从你的指挥。但是，你爸爸却说，养猪还是你在行，还是你当吧，我听你的。两个人推来让去，事情不了了之。

猪还是由我们两个人共同来养。一个人出去打猪草，另一个人就在家里煮猪食、清理猪圈、出粪、垫土。好在猪是一种最为皮实最为朴素的东西，不需要太精心，好养活，给什么吃什么，吃完了就睡去。养到年底，就都拉走了，有的拉到部队，有的拉到食品公司，剩下的几头由农场自己消化。

什么，你爸爸连养猪也不在行？当然不在行，那怎么能在行呢？谁一生下来就会养猪？他说我在行，其实我也不在行。不过是慢慢地揣摩罢了，一点一点地摸索，熟了也就在行了。每天干的就是那个，还能有学不会的，再笨的人也能摸索出一些经验来。不像刚一上手时那么生，连猪喜欢吃什么，吃多少都不知道。

你爸爸他不吃肉，这你应该知道吧？

什么，不知道？那说明他原来还是吃的。

后来他肯定是不再吃了。别看那么多猪，一茬一茬的都是我们亲手养出来的，可我们两个人都不吃肉。不，不是不想吃，是已经不能再吃了，身体已经不允许了。有一次过节，我从食堂里端了半碗肉回来，我和你爸爸分着吃了，吃的时候两个人还很高兴。可是没想到，我们很快就都不行了，躺在地上来回翻滚，肚子里像是有无数只手在使劲地抓你的肠子，扯你的五脏六腑，好像不把你扯烂、揪碎，就誓不罢休。后来，是农场用拖拉机把我们两个人送到部队的医院。我和你爸爸都在昏迷中，我们都不知道自己最终是怎么被抢救过来的。从那以后，再看见肉，我们就不再碰一下，远远地躲开，知道那样的东西已经不再和我们有关系。别人看见肉会流口水，我们不流。

人，长期不吃肉，冷不丁吃一次，肉对他来说就不再是营养，而是相反地成为一种实实在在的毒药。

这些事情你都不知道？啊，那说明他离开农场后，就没有再回家，而是又被转到了别的什么地方。究竟又到了什么地方呢，可能没有人知道。

是的，我至今还记得他离开农场，临走时的情景。是一个雨天，当时天已经黑了，大雨转成中雨，到处都下得湿淋淋的，除了泥就是水。我原想，天已经黑了，吃了饭再走也不迟吧？可是不行。你爸爸他就那样上了车，是一辆黄色的卡车，车厢上蒙着绿色的帆布。是很费力地爬上去的，我只看见他的一个后背，弯曲着往上爬。等他后来终于上了车厢里，想回过身和我招招手的时候，车已经开走了。我戴着草帽，站在雨里，身上还系着喂猪时常系的那条围裙——你爸爸他也有和我的一模一样的一条，手里拿着一个盛猪食的瓢。你的爸爸，黄晟同志，他就那样坐着那辆卡车走了，没有人告诉我他去了哪里。

我问你，你印象中或者记忆中的你爸爸，他的牙是白的还是黑的？白的？还很白？那我告诉你，现在就算他真的站在你的面前，你也未必能认出他来，你十有八九认不出来。为什么？因为他嘴里的牙差不多全都黑了，至少那两排黑牙就会让你觉得他不大会是你的爸爸，他要是张开嘴朝你一笑，你说不定会被他吓跑。把这样的一个人，能和你记忆中的那个爸爸重叠起来吗？我看难。

他的牙为什么变黑了？不知道。要说营养不良，向阳农场好几千人，最多的时候几万人以上，谁吃得也不好，就连场长，吃的也都是最普通的茶饭，并没有多特殊。别人都没有问题，不知道他的牙为什么就成了那样，难道说向阳农场的水、饭，专门就和他一个人过不去？真是说不清楚，也想不明白。这个世界上的事情，又有多少能让人说清楚，想明白呢？依我看，所谓的人生、社会、世界，全都是一笔又一笔的糊涂账，男人、女人，老人、孩子，做官的、种地的，站岗的、坐牢的，人们就在这种糊涂账里过了一天又一天，过了一年又一年，一代一代的人就这么糊里糊涂地过来了。

你想进这个小屋里去看看？不行，进不去，锁着门呢，钥匙也不知在谁的手里。别进去了，我告诉你，里面啥也没有，除了越积越多的灰尘，剩下的就是蜘蛛网和耗子，一点点有用的东西也没有。你爸爸当年从这里被转走的时候，只有一个瘪瘪的包袱，我太知道那里面有什么：一件破衬衣，一条补了不知多少次的裤子，除此之外就再没有什么了，那几乎就是他的全部的财产了。这个房子里面，既没有炕，也没有床。他原来在的时候，在四个泥墩子上搭了一张门板，每天就在那上面睡。他后来走了以后，那块门板竟也不见了，不知被谁搬到哪儿去了。你爸爸被转走后，我来过几回，目的也是想看看有没有他遗落下的什么东西。没有。

要说那里面还有没有他留下的他生活过的痕迹和气息，当年确实有，但现在肯定不行了，什么也没有了。他刚走的那几天，这个小屋里确实还有他的一些痕迹和气息，似乎他并没有走，而只是出去打猪草去了，用不了多久就又会回来，放下手里的镰刀和背上的猪草，露出黑黑的牙齿朝我笑。说在山上看见什么草了，在河滩里碰到什么人了。说好不容易把猪草捆好，还没走两步，绳子突然断了，猪草散落一地，只得蹲在地上重新捆。

是的，我隐约知道一些，他也算是一个老革命了，除了没有经历过爬雪山、过草地，那以后所发生的事情，该他经历的，他差不多可能也都经历过了。不过，他很少谈他自己，很少说有关他自己的事，有时候你问他，他也不说。无数个夏天的夜晚，我和他坐在猪圈外面的矮墙下，背靠着还有白天余温的墙，看着天上的星星，就那么坐着。听见猪在里面呼噜呼噜地睡着，青草的苦味，带奶汁的猪草的气味，不断地送进我们的鼻子里。那种时候，我常问他，在想什么，他则说，什么也没想。怎么可能不想事情呢，他的话，有时候我信，有时候也不信。

倒是他有时候会问我，哪年来的农场，家在哪里，有几个孩子，等等。好几年过去了，现在回头再说一些当年的事情，也不会觉得难为情了。论力气，我的力气要比他大，所以，我们两个人在一起喂猪，很多重活，我能干就都干了，因为那对我来说不算什么，而对他可就是一个重担了。他那样子，一看就是个书生，把浑身所有的力气都攒到一起使出来，也没有多大。像给猪圈出粪、担土垫圈这种事，一般都是我来做。

他有很严重的胃病，你知道吗？什么，连这也不知道？看来你对你的爸爸并不是很了解呀，倒更像是个外人呢。如果你将来真的能够有幸找到他，如果还有机会，要好好孝顺他。他吃过的苦，可不是你能想象出来的。

当然了，他也没有正经地好好地管过你，没有像别的做父亲的那样尽到过他的责任，这也是他时常觉得愧疚的一个原因。可那能全怨他吗？夏天的夜晚，坐在猪圈外面的墙下，他那么仰着头，长久地盯着天上的星星看，我不相信他真的什么也没有想。星星有什么好看的，值得花那么长时间仰着脸看？我稍稍看上一会儿，脖子就会酸，两个肩膀也跟着一起酸，比担土还累呢。就他那身板，他能不酸，他能不累？

平常的时候，他发呆和想事情的时间要比他说话的时间多得多。除了喂猪，除了干活儿，剩下的时间他就在那里坐着，有时候站着，我就觉得他是在想事情，想问题。至于是什么事，什么问题，他不说，旁人也就无法知晓。不过，几年下来，我也逐渐地摸索出一些东西，自以为比别人更了解他，我觉得他的心里有高山，有平原，有黑乎乎的深渊，有人声鼎沸的场景，也有冷清清的午后或者晚上。

怎么看出来的？没有，也不过是瞎猜想罢了，更多的是一种感觉。有时，他坐着坐着，会突然剧烈地抽搐一下，像是身上某个地方被什么东西狠狠地刺了一下，那种疼痛，那种反应，平常的人有时候也会有。还有的时候，他那么一抽搐、一震动，给人的感觉又像是他的身上被挖走了一大块，给我就是那种感觉和印象。

他也知道他的力气没我大，所以，两个人共同喂猪，他时常觉得他是在拖累我，时常愧疚。我这个人，只要别人那么顺毛一捋，我就会服服帖帖，心甘情愿，只要别人有那份心，我就会知足了，干再多再重的活儿也不会计较，觉得没啥。不是吗，那有啥呢，无非就是多用点儿力气嘛，今天累了，睡一觉，明天就又有力气了。当然，这种事，前提必须是对方那个人，能让你心甘情愿，你干了重活儿，多干了，不觉得是吃亏和委屈，反而会觉得高兴和舒畅。

什么，谢我？谢我什么？多干了活儿？不用谢。你这个孩子，还替你爸爸谢我呢，我们也算是难兄难弟呢，那还用谢嘛。人活在这个世上，能多干活儿，多做事情，既是一种天生的劳碌命，同时也是一种幸福呢，至少我觉得是这样。你想想，一个全身都不能动的人，他最盼望什么？最大的心愿是什么？就是希望能走动，能干活儿，用自己的两只脚踩住大地，然后迈开步伐，举起双手，挥动双臂，能弯腰，能躬身，能劳动……你问他要不要这些？是要这些动作，还是要数不清的金银财宝？我想他一定会选择前者，我本人也会选择前者。所有这些活动，无一不是幸福。当然，和一个正常的人说这些，人家会觉得很寡淡，因为他不缺这些动作，也能做这些动作，不会当回事的。正常的人，身上没有毛病的人，是不大能体会到这些的。就是因为太平常了，太熟悉了，太习以为常了，根本不觉得是个事。只有当某一天身体出现了故障，发生了问题，完全不能动了，那时候才会想起往日的那种正常的走动、奔跑，那一切的劳累，包括挥汗如雨，甚至包括和人打架、搏斗，都是多么的幸福和值得珍惜。

真要是到了那种时候，再留恋再后悔也迟了，往日的那一切再也不会回来了。所以，我的原则就是能多干就多干，因为力气是用不完的，它不像钱或者尘土，会越用越少，或者越积攒越多。一个人，十年不用力气，不能因此就说你积攒了很多很大的一笔力气，是一年力气的十倍，不能这么说，也不能这么算账，对不对？

走吧，别再看了，这间小屋，再看也进不去。最关键的是，进去了，里面也没有什么。不是我成心不想让你看，关键是也不知道钥匙在谁手里。好几年了，一点儿头绪也没有，也不知道到底是在保卫科还是在专案组。

哦，得赶快走，咱们得赶快回到猪圈那边去。我忽然想起来了，火上还煮着猪食呢，再不回去，猪食就该煳了。

二

猪食煳了没有？还好，只煳了一点点，我把它铲出来就行了。

有一年冬天，刚下过一场大雪，外面北风呼啸，我和你爸爸在屋里说话，忘了火上的猪食。后来，不知从什么时候起，它不再冒气了，开始冒烟。北风在雪地上打转，三百六十度旋转，很快就把那种焦煳的气味送到了农场的每一个角落，很多人都闻到了，连场长都闻到了。其时，场长正在和驻地部队的一位军代表研究事情，北风送来的那种焦煳的气味不断地钻进他的鼻子里。不仅如此，场长看到军代表也在不断地皱眉头、抽鼻子，显然军代表也闻到了。后来，场长实在忍不住了，就给后勤处打电话，让他们去看看是不是食堂的饭煳了。不久，有消息回来说，食堂里平安无事，没有任何东西煳了。人们就判断说，如果不是食堂的饭煳了，那就一定是猪食煳了。我和你爸爸，两个人本身都是有问题的人，发生了这样的事情，那还能跑得了？而且，两个人没有一个人去照看猪食，而是关上门在屋里聊大天。不过，这一次没有在政治路线上做文章，而仅仅只是批判、反省、住学习班，批判反省一个星期。反省期间，口粮减半。我和你爸爸，轮流着去。

怎么不同时去？看你问的，两个人要是都走了，猪谁来管，谁来喂？必须有一个人留下来喂猪，等那一个学习回来，他再去。

你现在看到的这些猪，都是今年春天才出生的小猪，就像人一样，已经又是一茬人、一代人了。你爸爸当年喂过的那些猪，早就被各种各样的人消化得无影无踪了。长江后浪推前浪，现在的这些，你要是明年再来，就又看不到它们了，到时候，见到的会是又一茬。喂猪喂得年长了，我常常会有一种当班主任的感觉，每年都有学生毕业，送走一批又一批。不过，与人家正经的班主任不同的是，我这个班主任当得少盐没醋，这么多年了，没有一个学生会回来看我。

以前，每次送它们走的时候，我都会难过几天。看着它们活蹦乱跳又憨头憨脑的样子，想到它们很快就要被送到一些陌生的地方去，被捆绑、宰杀，直想掉泪。它们不害怕吗？怎么会不害怕，肯定害怕，可是怕又有什么办法？谁让它们天生就是那种命呢，谁让它们命不好碰上了人？别说它们，就连老虎、狮子，号称山林之王，不也是人的俘虏和败将吗。现在好像是习惯了，也麻木了，知道每到年底，总有那么一次。

每年春天，是我们最高兴的时候。春暖花开，小猪们都来了，一个个都光溜溜的，细声细气地吱吱地叫着，小尾巴像小女孩们的小辫子一样不停地甩来甩去，像幼儿园的小朋友们一样欢乐无邪，又天真又傻，胆子也小。你在猪圈旁边咳嗽一声，它们都会吓得乱跑乱叫，有时互相挤成一堆，一个压一个。最让人可怜的还是那些刚出生一两天的小猪，眼睛都还睁不开，吃力地爬啊爬啊，一旦遇到一个稍微硬一点的东西，马上就吓得不敢再动了。你爸爸，平常不怎么笑，可每次看到那些小猪时，他也会十分开心，笑得合不拢嘴。每次把饲料分给它们后，他还不离去，总是要站在猪圈外面看着它们吃。很多小猪，一来了以后，就都有了它们自己的名字了，都是我们两个人给它们起的。那些名字，也只有我和你爸爸我们两个人知道，农场里其他的人都不知道，就连曾经领导过我们的唐天亮也都不知道呢。有一次，你爸爸对我说，小黑这两天不大吃东西，好像不太有精神。正好唐天亮从旁边经过，他问道，谁家的孩子病了？

我们这个农场，主要由三部分人构成。最大的那一部分是农场的正式职工，他们是农场的主人和最主要的力量；还有一部分人就是从外面遣送进来的所谓的有问题的人，比如你爸爸，比如像我这样的；第三部分就是农场的各种临时人员，这一部分人其实更复杂，他们有的是农场某某人家的亲戚，有从很远的地方来的，也有当地的，在农场里干各种各样的零碎活儿。有些活儿，有些所谓的工作，那个奇怪呀，奇怪得你都没办法，你想都想不到。比如，有一个叫伍增光的人，是农场会计潘国璋岳丈家的一个什么侄儿，老家是甘肃古浪的，也有说是一个叫高台的地方。古浪我知道，有不少红军牺牲在那里。高台我也知道，红五军团的覆灭之地，董振棠军团长就牺牲在那里。这个叫伍增光的人，本来是从甘肃来这里，来会计潘国璋家走亲戚的，结果这一来就再也不走了，永远地留下来了。一来二去，三闹两闹，竟稀里马虎地成了农场的一名临时工。他主要干什么工作呢？很多时候在场部办公室坐着，看看报纸。看报纸，正经的报纸他也不看，《人民日报》《光明日报》《解放军报》《红旗》杂志，这些他都不看，只看一份当地宣传部办的八开的小报。场长开会回来，一摸兜，没有烟了，掏出钱，说，增光，去买两盒烟回来。伍增光就接过钱，赶快跑出去。一会儿买烟回来，再把剩下的零钱如数交给场长。农场的拖拉机要出远门了，伍增光就跟着，坐在司机的旁边，他当然不会开拖拉机，遇到有情况，就跳下车去看看。农场开大会的时候，伍增光总是第一个到场，手里拿着一卷纸，却既不发言，也不在座位上坐下，而是靠墙站着，完全不知道他要干什么。后来有人发现，伍增光其实是在暗暗地清点到会的人数，看谁来了，谁没有来。人们就说，把这样的工作交给他，真是瞎了眼，全农场有一半以上的人他都不认识，他怎么知道谁来了，谁没有来？但是据说，这项工作，他又完成得很好。人们推测，伍增光很有可能是会计潘国璋的小舅子，但是，潘国璋的女人并不姓伍呀，那个额头上时常印着两三个紫红色火罐印的女人叫胡凤仙。逢年过节的时候，伍增光会拎一盒点心，去潘国璋家吃一顿饭。就凭这一点，人们又觉得，估计也不是潘国璋家的什么正经亲戚。

全农场的这三部分人里，最没有地位的就是我们这一部分，因为我们被定性为另一个阶级，这就从根本上与另外那两部分人区别开了，所以，任何人都能也都敢驱使我们，吆三喝四。一名专门负责给拖拉机上机油，有时候替食堂跑腿，会唱二人台小戏，还曾经差一点成为宣传干事的名叫陈二娃的临时人员，曾这样对一个叫谢良才的历史反革命分子说，不错，我们是临时工，但是，如果我们是零，你们就是负数——在会计的账上，你们属于红字。

这样的话很能说明问题，而种种现实也都在证明，陈二娃的话并不是他个人的别出心裁的发明。我们这些人，也的确是处在地平线以下的，是真正的负数或红字。

平常，如果发生了什么不好的事情，或者有了案子，我们首先会被集中看管起来，然后逐一讯问、审查。主要讯问的是当天或者最近发生的事，而不是你固有的那些老问题。当最终查明一件事情系一名临时人员所为，甚至是一名正式的农场职工所为，我们在这件事情上的疑点才能被清洗干净。不是负数们出了问题，而是那些零以上的堂堂正正的正数们，有理数们出了问题。

我们被释放回来，猪饿得嗷嗷叫，得赶快喂它们。它们可不管你干什么去了，它们只知道自己饿了，已经有好长时间没有吃过东西了。我切草，你爸爸生火、煮猪食，我们的脸上都呈现着晴朗之色。两个人都扎着围裙，戴着套袖，你爸爸手里拿着搅拌猪食的勺子，我扶着铡刀，有时候竟然会有一种模模糊糊的指点江山般的错觉和喜悦。

喜悦什么？你还小，有些事情你不太明白，其实生活中能让人喜悦的事情多了去了。很多时候，平静和安静不就是喜悦吗？没有人来训斥，平白无故地骂你，没有拷打和严逼，没有让你无中生有，颠倒黑白地编造自己或他人的历史，那还不喜悦吗？还要怎样才能算是喜悦呢？大猪躺在阴凉里，小猪用它的短短的小嘴拱你，那也是喜悦。拖拉机倒车的时候，轰的一声把猪圈的后墙撞塌了，你生气吗？用不着。你挑水、和泥，跟人要一点麦秸，切碎了，掺进去，把倒了的墙重新再砌起来，猪们又有了新墙，不再到处乱跑，不喜悦吗？看到满满一大锅猪食，熬得稠稀正好，还一点儿也没煳了，那不也叫人喜悦吗？你正在门口坐着，突然被关进一个黑屋子里，两天后，门开了，告诉你说，已经调查清楚了，没事了，你可以回去了。你从黑洞洞的里面出来，阳光暖暖地照在身上、脸上，又听见小鸟在你的头顶上面清脆地唱歌、叫唤，那种时候，你不喜悦？又重新回到人间，你不喜悦？天冷的时候，炉子里有火，红黄的火光一闪一闪地映照在墙上，那情景，不令人喜悦？茶壶里的水开了，从壶嘴里冒出来的白气像是热烈的蒸汽机火车，你把水倒进碗里，用最少的一小撮茶叶，沏出两三碗很酽的浓茶，觉得自己那么智慧，那么了不起，那么有本事，能做到很多人都做不到的事，你不喜悦？喝完茶，听见有人敲门，一个长得很好看的女人站在门口，向你打听一个人。你告诉她，从这里一直往东，走十来米，然后左拐，看见有几棵柳树、杨树，还有几棵杏树，那里就是。她露出雪白好看的牙朝你笑着，你不喜悦？

在养猪之前，曾经有两个月的时间，我和你爸爸，黄晟同志，被派去打扫女厕所，很多人因此嘲笑我们，但我们却不那么看。你想，女厕所，那是什么地方？那是多么重要的地方？能随随便便就派什么人去吗？更不可能派坏人去，能放心派一个坏人去吗？你也是一个女同志，你说，你能放心让一个或两个坏人去打扫女厕所吗？不放心是吧？组织上也不会胡乱派人去的。所以，无论派谁去，都是对谁极大的信任。我和黄晟同志，我们把这看作是组织对我们的信任和厚爱，我们把女厕所打扫得那叫一个干净，吸引得所有的女人都愿意去，甚至更有的女人，没事也要进去转一圈。可是，自从我和黄晟同志被调去养猪以后，那里的情况就开始差了，现在又不行了。

坐吧，这是我们这里唯一的一个凳子，别嫌不好看，你爸爸原来经常坐的就是它，他就坐在这上面想事情、吃饭、看报纸、和我说话。报纸当然大都是过期的报纸，有几个月前的，甚至还有一两年前的，就那也不是常有，偶尔有一两张，他都看得很认真。对于报纸、书，他不在乎新旧。他常对我说，只要是没有看过的，对你来说就都是新的。我说，半年前的一个政策，半年以后全变了，甚至变得完全相反，你读半年前的报纸，读到的难道不是一则旧闻吗？他说，那并不矛盾，更不是旧闻，那只能证明事物一直都是处于变化中的，无论倒退还是前进，都是一种变化，没有上半年的甲，就不会有下半年的乙。所以，你看到的并不是一条旧闻，而是一件事情的前半个阶段，或者说是一个事物的一个侧面。如果这件事情是六面体的，那我们看到的就是其中的六分之一。

这样的一些问题，我说不过他，而且还总是被他说服。他看旧报纸的时候，我就去农场对面的山坡上打猪草。牵牛花你知道吧，那也是猪喜欢吃的东西之一，大嘴一张，连花带叶子，吃得它们兴高采烈，不住地发出满意的声音。听见黄晟同志在山坡下的水渠边喊我，好像是有一只猪跑了。

每个月的月底或者月初，我们都要重新交代一次自己的问题，我们私下里管这样的事情叫“过堂”。过堂不是为了重复，不是让你翻来覆去地说你的那些老问题，而是要在原有材料的基础上有所突破，再增添和补充出新的内容。如果没有突破，如果没有新的内容，只能证明你此前一个月里没有进行深入的反省和悔过，那至少也可以说你的反省是不认真、不成功的，有继续隐瞒、继续顽抗到底的意思。所以，我和你爸爸，包括所有那些和我们情况一样的人，我们都希望自己能在月中或月底的时候，某一天，忽然如同妙笔生花一般，能够再想起点儿什么。鸡毛蒜皮的小事情当然不行，人家不要那些，你就是想起得再多也没有用。不仅没用，还有可能被认为是在应付差事，蒙混过关。真正需要的是重大的极为严重的问题，越重大越好，越严重越好。

没有人不在苦思冥想，想破了头，搜肠刮肚地想自己的从前，想那些早已过去了的每一年、每一天、某年某月某日，发生了什么，可曾说过什么样的话，做过什么样的事，当时都有谁在场。啊，一九三九年在山东根据地，一个叫汪少卿的干部说，延安每个星期五的晚上都跳舞呢，可咱们这里一个女的也没有。另一个叫彭铁锤的干部立即批驳说，济南、青岛，每天晚上都有舞会，你想去就去好了。想起来了，真的有这么回事。可那是彭、汪二人在打嘴仗啊，我当时虽然也在场，可是并没有说什么呀。再好好想想，真的没有说什么吗？有同志反映，汪少卿极有可能是汪精卫的本家侄儿，那你怎么看这个问题？那哪能知道。不过总的来看，这事有点儿离谱，总觉得不大可能。说说怎么不大可能？不说别的，光看长相就不大可能嘛。汪精卫长得一表人才，再看咱们这个汪少卿，三角眼，梯形脸，鼻梁还有点儿塌，就算是长得不一样，也不可能差距那么大呀。你见过汪精卫？开玩笑，那怎么能见过，到哪去见呢？那你怎么知道他一表人才？报纸上不是常有他的照片嘛，我也是看报纸才知道的。大名鼎鼎的“汪逆”，天下人谁不知道。好了，什么也不要再说了，光这一句就足够了，什么一表人才？这难道是一个革命干部应有的对敌态度么？问题忒严重了。

是的，当然不能不负责任地胡编乱造，胡编乱造是要付出代价的。农场二分场有一个叫徐松明的人，有一次补充材料的时候，声称自己有了重大的发现，说他本人在民国二十七年中秋节的时候，与关东军司令官在一起吃过饭，喝的是高粱烧酒和通化红葡萄酒，后又补充说是日本清酒和通化红葡萄酒。这事很快就被证明纯属子虚乌有、胡说八道。其后，又很快发现，这个叫徐松明的人，其实早在半年以前就已经疯了，神智早就不正常了，冬天光着上身在院子里走正步，绕着一尊巨大的领袖塑像来回奔跑，自己给自己喊着口令。这些都还是其次，最能证明他是真的疯了是他吃自己的屎，还有虱子。别人捉到虱子以后，都是立即挤死、碾碎，而他却是把捉到的虱子丢进自己的嘴里，要是不小心把虱子掉到了地上，还要趴到地上仔细地搜寻，找到后再捡起来，放进嘴里。站在他的旁边，能清楚地听到一个体型饱满的虱子在他的嘴里被咬开、迸裂的声音。无论任何时候，只要说起这事，一直负责整理徐松明材料的女干部李海燕便会情不自禁地恶心、呕吐，整个人如同虚脱一般。徐松明真的是疯了，就连一直都不信什么邪的专案组的人们也不得不承认真的是疯了，确实是疯了。

现在的徐松明，基本上自由了，也可以说差不多完全自由了，无论去哪里，都再没有人暗中监视他了，也不会再有人过问他的事，再管着他了。他的所有的材料也从此封存了起来，由专案组盖了封存的章，移交到档案室，不再有人翻看、研究，也不会再往里面补充什么新的内容了。

别紧张，疯的是徐松明，又不是你爸爸，你爸爸他没疯，至少在我眼里他一直都好好的。他头脑清醒，每天都在想问题、想事情，尽管谁也不知道他想的是一些什么样的问题和事情，又是一些什么样的东西长期占据着他的心，一年又一年，那些东西有无增减，有无变化，是很早就有的，还是后来一年一年慢慢地累积起来的，这些都没有人知道。但是，一个人能想事情、想问题，就证明他还是一个正常的人，头脑并没有坏了，那就应该值得庆幸和安心。像徐松明，还能想什么事情，什么也不能想了，什么也不会想了。人要是到了那一步，连想事情的能力也丧失了，那就真的完了，那和死了也没有什么两样了。

对了，我想起来了，像你这种身世，这种情况，也并不属于特殊情况。徐松明也有一个孩子，年龄看上去也和你差不多，也曾经来农场找过徐松明，可是徐松明当时不知道游荡到哪里去了。那个孩子在农场里住了三天，到处找，逢人就打听他父亲的下落，可是谁也不知道徐松明到哪儿去了。三天以后，那孩子走了。他刚走了没两天，徐松明却像一个游魂或影子一样出现了。农场里有人对他说，你儿子找你来了，没有找到你，又走了。你死到哪儿去了？徐松明表情木木的，不说话，只是笑，完全就是一个疯子的正常的表情。他早就听不懂人们的话了，无论谁说什么，都已经和他没有任何关系了。

以前那些年，像所有的专政对象一样，他被看管着，严密地监督着，说句不好听的却也不怎么过分的话，就是去上厕所、做梦，也有人注意着呢，一举一动都在一种视线里呢，像放电影一样上演着。为什么？就是怕他一不注意跑了。而现在呢，没有人再管他了，敞开了让他跑，可是他也不再跑了，出去游荡几天，没过多久就又回来了。农场里的领导们也一看见他就头疼，他们气愤地说，你倒是跑啊，锦绣河山，神州大地，九百六十万平方公里的土地，随便你跑，随便你跑到哪儿都成，跑到漠河，跑得天涯海角，在那里住下，或者死了，冻死、热死、饿死，随便怎么死，永不再回来，我们也就省心了。领导们是这样想的，可是徐松明却不知道是怎样想的，他也不是故意不让他们省心，但他就是哪里也不去，跑出去几天就又回来了，像极了离别首长和战友多日，归队心切的战士。有人说，徐松明是向阳农场精心制作的一只有着人模样的风筝，无论飞出去多高、多远，到时候就又回来了。农场的领导们说，他比风筝厉害一千倍呢，风筝怎么能跟他相提并论？风筝要是把线扯断，就彻底飞走了，永远不再回来了，可是他呢，每次都能准确地找回来，比信鸽还要记路呢。

据我看，徐松明早就已经把这里当成了他的家，当成了他的老巢和他的故乡。原籍哪里？向阳农场。和谁一起喝过酒？关东军司令官梅津美治郎大将。座中还有谁作陪？关东军参谋长板垣征四郎。喝的什么酒？日本清酒、通化红葡萄酒。听说喝完酒以后，他们曾经还打算带你去面见他们的天皇？是的，有过这事。

世上的路千万条，别的路他都不认识了，只记得一条回农场的路。

三

你的母亲有没有来过农场？应该没有，没有，在我的印象里，我反正没有见过。她要是来了，我还能见不着吗？别人不一定会知道，但我肯定会知道。

不，不是她不来，而是她不能来，或者说根本就来不了。

我怎么知道的？当然是你爸爸告诉我的，他要是不说，我消息再灵通也没有用，更何况，我们还都不灵通，两个喂猪的人，每天面对的除了猪草，就是猪饲料，能灵通得了吗？农场里无论发生了什么，我们都是事隔多日后才知道的，那还得依靠机会，得碰上那种天生爱说爱传播消息的人。要是没有那种蜜蜂一样辛勤的人，没有全农场群众大会上的通报，我们听说或者了解到的事情还会更少。平时，这里只有我们两个人，我和你爸爸，再有就是那些猪。他要是有事了，只能告诉我。

我印象中，关于你母亲要来农场探亲的事，有过两次。

第一次，听你爸爸说她有可能要来，我就立即建议他赶快把他那间房子好好打扫一下。

哪间房子？还能有哪间，就是你刚刚看见过的那一间。房子虽然小，但是住两个人，还是可以的。伸不开腿就不伸，有条件就伸，没有条件就不伸，那还不好说吗。并不是每一个人睡觉都要把腿伸得直直的，很多人都是弯曲着，甚至蜷缩成一团进入梦乡的，也不影响做梦，不影响睡眠。横竖都是个睡，讲究那些没必要的形式又有什么用呢？你没有进去过，里面的墙是最原始的土墙，坑洼不平，最省事最偷懒的办法就是用报纸糊上一层，那样一来就会好得多。但是，一来是没有那么多的报纸，其实最关键的还是不敢把报纸糊在墙上。为什么？不为什么，报纸上都是重要的指示和精神，还有好多重要的图片，你把那么重要的东西糊在你的墙上，那是什么意思？即使别人不来查你，你就睡得安稳吗？这样，用报纸贴墙的方案首先就被我们自己否决了。接下来又开始想别的办法。我忽然想起农场附近的一片洼地里，有一种很细的土，黄色的，很干净，当地人常用来抹墙。那么，我们为什么不能也把它拿来抹墙呢？当我说出这个主意的时候，我看见黄晟同志的眼睛突然亮了一下，但随即又暗了下去。后来，他说出了他的忧虑。他首先承认我的这个办法不错，可是，把洼地里的土弄回来抹墙，那不就等于是要施工吗？虽然不能叫大兴土木，但肯定是在动工，房子是农场的房子，个人能够随便动工吗？还没有过这样的先例呢。听他这么一说，我也顿时有点儿泄气，他说得不无道理，场方是不会同意这么做的。就连场长的家也从来没有施过工，当初搬进去的时候是什么样子，现在仍然还是什么样子。这么一看，还真的不能那么做。到时候，墙抹不成，再惹来一连串的麻烦和问题，那就真的得不偿失了。

什么办法也不能用，最后，唯一能做的，只是用扫帚把墙上的浮土和灰尘扫了一遍。

门上的窗户由横竖两根木条一分为四，四个小窗户，每一个都是十几厘米见方。我找来两张红纸，两张白纸，裁成一样大，糊了上去，屋里顿时就变得既好看又安静了，太阳一照，有红光在屋里闪现。是的，有问题的人也可以使用红色，而且更应该使用，过年的时候，不也照样要贴对联嘛，没见过有谁贴黑对联的，谁要是真的那么做了，那倒真的有了问题。黄晟同志，他也觉得那四个小窗户，经过那么一处理，给整个屋子增色不少，比原来更像是一个住人的地方，更像是一个正经的家了。有那么一两回，我这边已经把猪食都煮好了，他才过来。问他干什么去了，他不好意思地说，他回他的那间小屋里一个人坐了一会儿。听他这么一说，我的鼻子忽然酸了一下，好像是那一刻我才发现，他是多么的想有一个家。那种时候，由两块红纸和两块白纸装饰出来的那个小窗户重新给了他家的感觉，让他觉得安静、安心，觉得自己仿佛又身处在另一个宁静美好的世界里。

通过这件事，我发现，人活着，其实根本不需要太多的东西，真正好的东西，有那么一点点也就足够了。

除了这些，那间小屋，别的也再没有什么好收拾的了，也就那样了，不可能再弄得更好。接下去要做的事情就是要向农场方面汇报和请示了，在你的母亲来农场探亲这件事情上，我和你爸爸两个人的看法倒是惊人的一致。其实，看法一致是正常的，不一致倒是惊人的，那只能证明其中某一个人完全不了解形势和我们这个社会，是个真正意义上的傻瓜。因为，凡有生人从外面来，想秘密地来，然后又悄悄地去，想神不知鬼不觉，想瞒过农场、瞒过别人，那是不可能的。就连那些正常的没有任何问题的人家，谁家来了客人、生人，也不可能瞒过别人。左邻右舍首先就会注意到，他们会很热情地询问，是你家的什么亲戚，从哪里来，是做什么的，甚至还常常会凑上来，看看你碗里的饭，吃的是什么。如果是一碗普通的饭，他们就会说，亲戚大老远来了，就给吃这？也不给吃点儿好的？如果的确是一碗真正意义上的好饭，他们的脸上就又会浮现出大有深意的笑容。让你看了感到心慌，不知道自己什么地方又做错了，更不知道会有什么麻烦在后面等着。一来二去就熟了。有的远道而来的客人，还因此会成为左邻右舍的朋友。你想想看，你的母亲要是来了，一个女人，一个对所有的人来说都非常陌生的女人，一个生面孔，一个大活人，怎么可能不被人发现？能藏得住吗？往哪里藏？就那间七八平方米的小屋？说实话，那里面连只猫都藏不住。她来了，难道能住在那里面一直都不出来吗？不出来上个厕所？不出来活动一下？所以，我对你爸爸，对黄晟同志说，如果你的爱人是只耗子，那倒可以考虑，秘密地来，然后再悄悄地去，可以不向农场方面汇报，可以欺瞒他们一下。一只耗子，确实不大容易被人发现，即使是关心他人胜过关心自己的左邻右舍，也不大能够注意到。

你不要多心，我不是想说你的母亲是只耗子，我只是在和他讲道理，打比方，想说明我们不能胡来。

秘密是需要有先决条件的，没有条件就不会有所谓的秘密，没有条件就趁早不要想着去制造什么秘密，到头来搬起石头砸自己的脚，受害的还是你自己。把这件事光明正大地汇报上去，以后也就再用不着费劲地遮掩了。趁早别说谎，今天你鬼鬼祟祟地编造一个东西，以后接下去的日子里你就得用无数次鬼鬼祟祟去维持和养活先前的那个鬼鬼祟祟。一旦维持不了，养活不起，所有的一切就都会暴露，此前最怕的最担心的麻烦也就会立即现身，那图了个什么？一个人，要是再摊上那样的一件事，那就别想再轻松了。

这以后，你爸爸就光明正大地去向农场的领导汇报和请示。农场方面没有一个明确的态度，既没有表示同意，却也没有反对，而只是说等来了以后再说。你爸爸回来后问我，我说，那就是表示同意了呀，“等来了以后再说”，至少她来是没问题的，如果从一开始就不准她踏进农场的大门，那就会是另一种说法。

听我这样一说，你爸爸高兴了，一时竟显得有点儿手足无措，在猪圈外面走来走去。他请示回来的时候，我刚把圈里面的猪粪铲出来，正在往里面垫新土。他转了一会儿后，似乎终于明白自己要干什么了，拿起铁锹，把我刚铲出来的猪粪撮到一起，堆成一个金字塔的样子，又反复拍打、夯实。干这样的一些活儿，对他来说已经不再是个问题了，而且已经非常熟练了，就像他本来就是干这个的。我记得有好长一段时间他不行，干活儿让人不放心，总担心他会出乱子，不可收拾。

猪吃饱以后都睡着了，听着它们单纯而满足的呼噜声，我们也靠在猪圈外面的墙上歇息一会儿。两个人靠墙站着，你爸爸忽然对我说，他想把那间小屋里的地面再稍微平整一下。听他这么一说，我也想起来了，那间小屋里的地是泥地，地面上有坑，有低洼的地方，还有突出来的部分。有坑就会有坡，当然不是大坡，但坡度还是有的。在没有灯也没有月光的夜里，人在屋里走还是会很不方便，甚至还有一定的危险。他自己差不多已经习惯了那种地形，闭着眼也知道哪儿深哪儿浅。可是一个生人来了，尤其还是一个女人，那就确实不太方便了，难保她不会被绊倒，碰伤。真要是那样，窗户糊得再漂亮再好看又有什么用。于是，我对他说，没想到你的心还挺细的，我也认为平整一下很有必要。

为了更好地迎接你的母亲的到来，当天晚上我们就开始平整了。我用镐头刨，你爸爸用铁锹铲，不需要动用十字镐，普通的镐头就可以了。其实也很简单，就是把向坡的地方，把高处的土刨下来，然后填到那些低洼处，这样一来，整个地面大致就平了。从门缝里吹进来的风把一盏煤油灯刮得忽明忽暗，有时甚至直接吹灭。我们把灯重新点亮，看见屋里的地上已变得像一片生机勃勃的农田，要是撒一些种子进去，说不定过些日子就能长出庄稼来。你爸爸开玩笑说，老蒋同志，我们种点什么好呢？小麦？玉米？土豆？黄晟同志，他这个人，难得有和别人开玩笑的时候，但是我却没顾上和他开玩笑，我是在担心万一被巡逻队发现以后，该怎么应对呢？所以，我对他说，使铁锹慢慢地拍吧，把地拍平，拍实了。拍完以后，再在上面反复地踩，踩得像人家的院子，像一块真正的地，结实、硬朗，不要让她来了以后，夜里在地上走，感觉就像走在一片田野里，脚下是松软的土，耳边吹着带泥土味的风，抬起头能看见天上的星星。

利用每天正式劳动之后剩余的时间，我们有空就到那个小屋里去，两个人在地上反复地踩，迈着小而紧密的步子，可能比舞台上的碎步还要细密，一遍又一遍地走着、移动着。如果当时有人从某一个位置上观察我们，得出的结论一定是有两个行为异常的人正在地上奇怪地走动，暂时还看不出他们要干什么。夜已经很深了，整个农场都已进入了沉沉的梦乡，就连广袤的田野里也升腾、散发着一种浓浓的睡意，那两个人却在那么小的一间房子里那么奇怪地挪动着，也有点儿像是在小心翼翼地练习走路，担心摔倒，怕走到某种界限之外。一开始还数着数，计算着走了多少步，后来，由于实在太过于频繁了，便没办法再计算，只能无限地走下去。

经过了两三天的踩踏以后，那个地终于像个地了。虽然材料还是原来的那些土，但那样的土似乎已不再属于自然，不再与自然有关了，而是变成了另外的一种材料或者东西，成为一个家庭的重要的一部分。

地变平了，变白了，也变得硬了，干净了，人走在上面，不用再担心被绊倒或者扭伤，可是你的母亲却不能来了。有一天，我刚从仓库那边领猪饲料回来，你爸爸告诉了我这个消息，他说她来不了啦，她那边不批准。

我至今都不知道黄晟同志他是怎么得到这个消息的，我没有问。说实话，虽然我是一个外人，可乍一听到这样的消息，还是不免有些灰心和失望。灰心的倒不是那些日子以来的前前后后的忙碌和付出，而是一种希望刚刚升起，还没有持续多久，很快就又破灭了、碎裂了，辛辛苦苦地堆起来的一个东西，转眼之间就又被踩塌了、毁坏了，就像又一次听到了宣判。我们这个国家，说起来也够大的吧，但是你能够随随便便地走吗？想往哪里走就能往哪里走吗？傻子可能也知道不行。

一切都需要批准，没有批准，没有命令，就什么都没有。一个女人，想要去探亲，想去看望她的丈夫，如果睁一只眼闭一只眼，探了也就探了，只要夫妻们不在一起密谋什么，不篡党不夺权、不内外勾结、不搞破坏，一切都好说。探望期一到，她就又会回到原点，回到她当初出发的地方，一切依旧。但是，从严格的意义上来说，这样的一种行为完全够得上一种超越工作、超越社会，把个人私事凌驾于国家与革命之上的出格行为，不批准太正常了。试想一下，如果每个人都依照其主观意愿在大地上随意地任意地到处流窜，雨前的蝼蚁一样，那是什么情景？整个国家就会变成一幅混乱无比的流民图。

想起此前清扫灰尘、贴窗户、平整地，像大多数普通人家过年一样隆重，到头来却得到消息说这个年不过了。

不过就不过，不能过就不能过，没有什么大不了的，过了又能怎样？

你爸爸对这件事情怎么看？他能怎么看？他不能怎么看，当然是没办法。用不着怎么看，也不要觉得这是一件大事，根本不是一件大事，无论从国家、社会，还是从个人生涯上来说，它都小得不能再小。夫妻团聚，夫妻不能团聚，甚至多年不见，甚至阴阳两隔，那又能怎么样，又能算是个什么事。

我们还和以前一样，继续喂猪，继续上山打猪草，去悬崖下拉土，回来垫猪圈。猪吃饱睡着以后，再去开会、学习、补写个人材料。那期间，一个有着和我们同样身份的名叫吴大勇的人突然逃跑了，这事在农场里引起不小的震动，一个时期甚至传说吴大勇会法术，只要他愿意，就能够令绑缚他的绳索在瞬间就自动脱落或者消失。很多时候他被捆绑得结结实实，呆若木鸡，其根本原因在于他不想跑，或者说还没有想好要去哪里。一旦想好了目的地，知道自己要去哪里，就再没有什么能够拦得住他。一时间，吴大勇成了一个传奇般的人物。凡是熟悉吴大勇的，甚至仅仅只是认识，甚至仅仅只有简单的一面之交的人，一夜之间都成了研究吴大勇的专家。而那些不认识吴大勇，甚至从来都没有见过吴大勇的人，则千方百计地向那些吴大勇的专家们请教，同时也在为自己的孤陋寡闻和社会交往的狭窄而难过。当然，所有这一切，都是人们在暗地里、私下里传播的，正经场合，公开地，谁也不敢承认自己熟悉吴大勇，更没有人敢说自己是吴大勇的好朋友，有些本来认识吴大勇的人，在公开场合，却也声称自己根本不认识什么吴大勇。

果然，好几个月过去了，吴大勇还是音讯全无，出去抓捕他的人也一次次空手归来。据说，有好几个抓捕小组同时出动，他们抱着东方不亮西方亮的思想，觉得一个地方没有，不可能所有的地方都没有。另外，物质不灭，就算是死了，也还总应该有个死的东西。具体那些抓捕小组是怎么工作的，没有人知道。但是，在农场里，人们私下里传说吴大勇实际上早就已经到了苏联，刚在边境上一露面，便被那边的人接走了，并把他的眼睛染成蓝色，头发染成黄色，也可能是亚麻色。先从远东的海参崴到了伯力，又从伯力到了莫斯科，最后又从莫斯科到了列宁格勒（今彼得格勒）。到了列宁格勒，那就远了，那已经属于欧洲了，彻底找不到了。这是一种比较普遍的说法。

在农场里还有另外的一种说法，虽然人数比较少，但他们说得非常坚决而肯定，有一种亲眼看到的真实感，他们说吴大勇早就到了台湾。刚一上岛，便穿上了国民党的戎装，很快就恢复了他的本来面目。

吴大勇跑了，原来一直负责看管他的人被另外的人看管了起来，等于是顶替了吴大勇的位置。

但是，有一天，逃亡多日的吴大勇突然被押回来了，全农场的人都惊呆了，没有人能想到还能再看见他。那一天，农场里人山人海，挤得水泄不通，人们都想看看这个传奇般的人物。原来，吴大勇既没有去苏联，也没有去台湾，而是逃到了海南岛，他以为那里天高皇帝远，没有人认识他，没有人知道他是谁，但他大大地低估了海岛人民的政治觉悟和警惕性。英勇的心明眼亮的海岛人民，一眼就识破了他的庐山真面目，海岛女民兵在椰林里捕获了他。吴大勇被重新抓住，带给人们的震动，比他当初逃跑时带给人们的震动还要大。从吴大勇事件以后，一直到现在，再没有人逃跑过。人们说，跑了一个吴大勇，教育和挽救了千千万万个张大勇、李大勇。

那个人最后怎样了？你是说吴大勇？还能怎样，当然是判处死刑，执行枪决。带他回到农场转一圈，就是为了让人们看看，就是为了教育和警示更广大的人们，逃跑是没有任何出路的，吴大勇的下场就是最好的证明。这样的一个结果事实上也在他本人的意料之中，他也知道这以后他再也用不着跑了，从此一劳永逸了。

我和你爸爸认不认识吴大勇？有啥说啥，认识。

这是我晒的南瓜子，你吃一点儿吧。什么，不吃，不爱吃？嘿，我个人以为，凡是女人，不论年龄老少，可能大都爱吃这种东西。你看村里的那些女人们，农场里的那些女人们，成天呸呸地吐着瓜子皮，她们的嘴里都得时常有个东西，要是什么也没有，可能还真不行，她们会坐卧不安，也许还会觉得生活里缺少了什么。不过，你说你不爱吃这些东西，我也不奇怪，你把自己打扮成个男孩子的样子，和那些梳辫子的女孩子们确实不一样。有些女的把辫子留得长过了腰，以为很好看，其实不好看，看上去更愚蠢。

是的，能看出来，在你的身上，我多少能看到一些黄晟同志的影子，你还是有像他的地方的。没有见过你的母亲，你像她的地方或许更多一些？什么，不多？谁也不像？那怎么可能？你又不是孙悟空，孙悟空不知道自己的父母是谁，而你可是有出处的，也知道他们的名字，你只是不知道他们都到哪里去了。

你的母亲，两次说要来农场探亲，但最终却一次也没有来成。我记得，第二次听说她要来的时候，第一次贴在门上的那两块比巴掌大不了多少的红纸已经褪色了，上面粉一片，白一片，还有雨水的暗黄的痕迹。我对黄晟同志说，再换两张新的红纸吧，鲜红的，让人一看就知道你有喜事。他嘴上应承着，却迟迟没有动手，一直都没有更换。我想，皇帝不急太监急，这事，人家自己都不着急，我又着的什么急。从此，我几乎都忘了那事。有时，去仓库那边领饲料，打那间小屋前经过，会看到那扇受苦受难的矮小的门，看见窗户上的那几块当初的红纸白纸也越发陈旧了，分不清哪块是白纸，哪块又是原来的红纸。

黄晟同志，嘴上说是要换，可是一直都没有换。我想，这种事，我也不能老催他，我要是老督促他，倒好像成了我的事。

一个春天过去了，一个夏天过去了，一个秋天也又过去了。直到很久以后，你爸爸才对我说，他其实早就知道，换了也是白换，无论是鲜红的红纸，还是雪白的白纸，等待它们的命运最后都只能是褪色、变旧、变脏。而不换，失望的程度相对会更小一些。

这是什么态度？说实话，我不赞成他的这种态度。那就好比说，人都是会老的，最终也都是要死的，可为什么还要辛辛苦苦忍辱负重地活着？不如一出生就死了算了，反正最终也是个老，也是个死，不如提前解决了，那会省去很多麻烦。正常的人活六七十岁，七八十岁，就以八十岁计算，整整八十年间，会有多少想不到的困境和苦难在等着我们？

四

现在谁和我一起喂猪？自从你爸爸在那个雨天的晚上被那辆卡车带走后，有好几个月，一直都是我一个人在对付，要不是这些年积累了相当的养猪的经验，还真有可能忙不过来。上面好像也把这事给忘了，他们只知道把人从这里解走，却不记得再派新人来。仔细想一想，这事也有点儿怨我自己，我把猪喂得太好，太顺溜了，这些年连一次猪瘟都没有发生过。附近的村里有猪瘟，我这里也没事。我有时候想，要是冷不丁出个事，忽然死上一大片，那可能就立即引起注意和重视了。不出事就不会被重视。

当然，这是玩笑话。

大约又过了半年以后才通知我，说要给我这里派个人来，我也不知道要给我派个什么人来。有一天，农场总务科的翟泽民领着一个人来了，我当时正在往一个石头槽子里舀猪食，我回头一看，差点儿没有背过气去。你猜给我领来个什么人？是一个老头，看上去至少要比我大二三十岁，当时我的头就嗡的一下。我想，这么一个人，这能干什么呢？按正常的年份，按正常的情形，他这个年龄的人，是应该在家里休息，每月按时领取退休金的。不过退休，领取退休金这样的事，显然已经轮不上他了，也已经与他无关了。可是，你让他干什么不好，偏偏派他来和我一起喂猪，他见过猪吗？

翟泽民介绍说，老头姓罗，叫罗庭玉，是一名历史反革命分子，曾经被决定执行枪决，本来已经到了刑场上了，忽然又临时改判了，这才捡回了一条命，后来又辗转来到了向阳农场。一直在农场铁匠炉打铁，至于为什么忽然又让他来养猪，翟泽民却没有说。不过，根据我多年的经验，我却看他和铁匠炉的工作一点儿关系也没有，我就觉得事情有些可疑。后来我终于打听到一些情况，这个罗庭玉，在铁匠炉那边什么用处也没有，什么活儿也不能干，大锤举不动，小锤又拿不稳，完全不能胜任铁匠炉的工作，只能扫扫地，生个火。铁匠炉那边的那几个人，说什么也不要他了，而他本人也早就不想在那里待了，成天叮叮当当，火星四溅，除了危险，环境也相当的不好，受欺负，受排挤，更是家常便饭。正好我这边缺一个人，所以就把他给我派来了。我就知道是这种情况，不会派什么好的来，都是人家不要了的。

不知是怎么回事，也许是天生就不对缘分，一看见这个罗庭玉，我的气就不打一处来，这事连我也觉得奇怪，怎么回事呢，怎么看怎么不顺眼。罗庭玉，姓罗人家的一块玉？从外形上看，倒确实有点儿像是一块玉，白嫩嫩的一身肉，光溜溜的一张脸，一个标准的寄生虫的样子。有一种寄生在土豆里的虫子，你见过吗？浑身白嫩嫩的，又叫核桃虫。罗庭玉就是那个样子的，脸上深深地浸透了商人式的精明与奸诈，全农场里数他最不像劳改犯。不过，我想他还够不上绝顶的精明，如果是，就不会让自己混到这种地方来了，不是吗?

四体不勤，五谷不分，这句话如果用到别人的身上，可能会有扩大、比喻求全责备的意思或者成分，但是如果用来专门指罗庭玉这样的人，却是再贴切不过，没有一丝一毫的夸张和渲染，就像是专门为他这样的人量身定做的一个词，长短肥瘦正合体。直到今天，他也依然分不清处于生长期的高粱和玉米，不知道哪一片是高粱，哪一片是玉米，直到双方的果实都完全暴露出来，才能认出。他还有一套歪理，说什么爱吃面粉的人，不一定非得需要认识小麦，因为没有那个必要。而真正认识小麦、熟悉小麦的人，也就是那些种植小麦的人们，倒是常常连面粉的面都见不到。真是个狗东西！我一听见有人说这种话我就来气。把这么一个人弄到农场来，我想也是适得其所，他真是需要好好改造改造。

与罗庭玉一同到来的还有他随身提着的一个帆布提包，里面装着他的一些乱七八糟的东西，有老花镜、假牙、小人书，甚至还有一个挖耳勺，据他本人说是银子的。又说他本来还有一副银筷子，只可惜几年前就已经被没收了。银筷子，典型的资产阶级的玩意儿，坏人，剥削阶级使用的东西，不没收它那还等什么。银耳勺由于体积过于小，绣花针一样，每一次检查，都能安全地逃过，随便往地上的什么柴堆里、土里一丢，就很难再被发现。等检查的人离去后，再找出来。在他的那些东西里，其中有一个很小的酒精炉子，他常常用来偷偷地煮东西吃。因为长期弄不到酒精，那个炉子已然成了一个没有什么观赏价值又没有任何作用的纯粹的摆设、废品。此外，还有一副磨得油光光的象棋，那些没有棱角的棋子，不知被多少只手摩挲过，致使它们变得越来越圆光，油滑。

老家伙棋下得很好，据说全农场除了场长等少数几位领导，再没有人能下得过他。我想，那几位的棋艺也未必就一定比他高，多半是他不敢下，不敢赢人家，故意输给他们的吧！你老赢人家，谁和你玩，谁能高兴，谁能高兴得起来？性格再好的人也不行。下棋，比的就是个输赢和高低，谁愿意接二连三地输？一个烧锅炉的、喂猪的、扫厕所的，这样的人也不想总是输，有时也渴望在漫长或者短暂的一生里能赢那么一两回，让自己也高兴一回。你想想，连这样的一些人都有赢的心，那何况是领导们呢？

人是这样，就算是动物，猪、羊、小猫、小狗，甚至小鸟、小虫，也都会在有生之日想方设法地让自己高兴呢。

来到猪场以后的第二天还是第三天，我忘了具体的日期了，反正时间不长，罗庭玉就按捺不住了，蠢蠢欲动地暴露出他那一贯以来的好逸恶劳、好吃懒做的习性。他鬼鬼祟祟地对我说，他想做一碗红烧土豆，到时候想请我和他一起品尝。这算是什么事呢？还要和我一起品尝？我一听就来气。我警告他说，想另起炉灶？趁早别来这一套！整个向阳农场的人，谁不是在食堂里吃饭，就你特殊，就你有一张嘴？他说，食堂里的那种饭，那也能叫饭？我说，不叫饭叫什么，猪食？他说，要我看，还不如你煮出来的猪食那么让人看着觉得顺溜、可口呢。他讨好我、阿谀我也没有用。我对他说，那你从明天起就和猪一起吃吧。他看了我一眼，没有再说什么，转身走到磨盘那边。我让他把晚上要用的一口袋谷糠再仔细地检查一遍，看看有无钉子、螺丝一类的东西，免得被猪吃下去。

夜里，三更天的时候，我起来去上厕所，顺便又到猪场那边去转了转。回来的时候，忽然看见罗庭玉在我的门口站着，身上披着一件衣服，我不禁吃了一惊。一看见我回来，他就说，他站在这里，正在琢磨、分析，还以为我被半夜突然提审，被带走不回来了。我没有理他的茬，我的脸色可能也不太好看。我问他这么晚了还不睡觉，站在这里干什么。他油腔滑调地对我说，等你呀。

去！我说。我很讨厌他的样子，更讨厌他这样说话。整个白天都在一起干活儿，有什么话不能说，非得半夜三更跑来找我？妖人做鬼事，真是叫人莫名其妙。我把脸转过去，看着房子前面的那条路，按照一贯的规律，不久之后，农场自己的巡逻队将要在前面的这条路上出现并经过。

我还没有问他到底等我干什么，他就又鬼鬼祟祟地对我说，日间所说的红烧土豆已经做好了。我一惊，看见他飞快地从披着的衣服下面端出一碗冒着热气的土豆，直接送到我的脸前。那一刻，我得承认，无论再怎么看他不顺眼，但我顿时闻到了一种久违了的香味。就在我有些发呆的时候，罗庭玉又像是变戏法似的不知从哪里变出一双筷子，并准确而又熟练地用那双筷子夹起一块土豆，要往我的嘴里送。我抗拒着，生硬地将头偏向一边，对他说，不要这样，我不吃。但他执拗地举着筷子，堵截着我的脸，对我说，你看你这个人，我又不是要害你，也不是要拉你下水，你本身就已经在水里了，我只是想让你尝一尝这人间的美味。我说，我不尝，你自己尝吧。他说，我早尝过了，我就是不忍心都尝完了，所以才来找你，叫你也尝一尝。唉，当时也怪我麻痹大意，警惕性有所松懈，革命意志受到了阶级敌人的瓦解，在推搡躲闪之间，一不小心让他把一块土豆送进了我的嘴里——我那个后悔呀，恨自己不争气呀，难过呀、羞愧呀……可是，东西早就已经进了嘴里，而且已经消失了，再说什么都晚了。罗庭玉，老家伙，土豆烧得确实好，不是一般的好，我好像有生之年也从未吃过那么好吃的土豆，绵软，浓郁。没有，印象中从来也没有过。不知道他是怎么烧出来的，里面都放了什么东西。我那张嘴也在关键时刻不争气，一不小心就咽下去了。看见我咽下去了，他问我怎么样，还行吗。希望我说说我的感受和评价。我说，你还专门带了筷子来？他说，要请你品尝，不带筷子怎么成？我说，带酒了吗？他一惊，说，你想喝酒？我说，是不是把桌子也搬来了，赶快摆出来吧。他终于听出了我的意思，一手举着筷子，一手端着碗，有些不知所措地站在那里。一个厚脸皮的人，竟然也有那样的时候。思来想去，我想我不能鼓励他总是自己偷偷摸摸地鼓捣吃的东西，至少，那行为与在这里进行改造的宗旨是相违背的。因此，我告诉他说，他做的东西一点儿也不好吃。他听了，先是愣住了，直盯盯地看着我。过了一会儿，他才说，不应该呀？停了一下又说，那只能证明你是一个见识过大世面的人，尝过世上最好的美味。后来他端着碗转身离去，我听见他边走边嘟嘟囔囔地说，不应该呀，这是怎么回事呢？再不好，还能比食堂的东西更不好吗？像是自己在唠叨，却又分明像是专门说给我听的。

毫无疑问，罗庭玉做的东西，与农场食堂里的制作完全不是一回事，因为悬殊太大，不在同一个水平线上，所以二者之间无须比较和竞争，没有可比性。罗庭玉喜欢红烧，能够把随便什么东西都能拿来红烧，土豆算是正宗的，其他的如南瓜、葫芦，甚至白菜帮子，他都能够红烧。后来，越来越熟悉以后，他对我说，在异常寡淡的日子里，在有盐没醋的日子里，浓郁是灵魂，所以，一切都应该红烧，而不能清蒸，更不能白煮。这难道就是他红烧一切的理由？

红烧，离不开糖，没有糖，他就用水果糖代替，花二角钱，买十几颗水果糖，存起来。我相信，全中国六亿多人民，除了罗庭玉，再没有人会用水果糖红烧食物，只有这老贼能想得出来。他常说，不需要太多太浪费，三颗水果糖就能烧出一碗土豆，也许有时候色泽上会稍差一点，但味道不会差到哪里去。我见过他不知从哪里突然摸出三颗水果糖，剥掉外面的糖纸，放进锅里，用微火慢慢地融化，直到化成糖稀，再看着糖稀渐渐地冒泡，泛出诱人的红黄色。

他的土豆从哪里来，主要靠捡、靠发现，靠一双不同于别人的眼睛和一种感觉、一种特别的动物般的嗅觉。去收割过后的地里走，走着走着，有时会突然觉得脚下一硬，就知道踩住东西了，心里就窃喜，土里一定有东西。地里不只他一个人的时候，就装着蹲下去系鞋带的样子，用一只手去悄悄地刨，很有可能会刨出一个被遗漏的土豆，先握到手里，然后再神不知鬼不觉地装进口袋里。我对他说，你就不怕我向农场向专案组反映，说你捡到土豆不缴公，却自己偷偷藏起来，准备红烧？他说，别以为我只知道吃，我还是识得清人的，你不是那样的人。在给我戴高帽子呢。我问他，凭什么这样认定？他说，不凭什么，就是一种感觉，就像我觉得水果糖也一定能红烧东西一样，就像对某一垄地的感觉一样，感觉下面应该有个东西，你就蹲下去刨吧，没有大的，也一定有个小的。

他分不清大宗的庄稼，却奇怪地认识那些很多人都不认识的具有各种调味作用的小植物，野葱、野蒜、野生的茴香和花椒，这些他都认识，时常会采集回来，悄悄地晾干，收起来。

那种浓郁的味道恐怕与那些野生的植物不无关系。他和你爸爸，是完全相反的两种人。不过，对我来说，倒是一种难得的锻炼，走了冰，来了火，原来总是尽可能地让他融化，现在却要不时地压一压，也不能说是灭火，对，是时常泼一点儿凉水给他。老家伙的性格里有很轻浮的东西，就像灰尘，一不小心就飘起来了，就激荡起来了，按也按不住，而他本人也从未想过要去按，打年轻的时候可能就是这样一路过来的。

时常讨好我，甚至对我说，县官不如现管，你就是那个现管，我要是不把你弄好了，我在这里也不会有什么好日子过。

倒也直接、爽快、不隐不藏，尽管我不是他说的什么现管。

你今天可能看不到他了。什么，他解放了？那怎么可能？这个农场可能就是他这一生最后的家了，以他的年龄和罪行来看，他恐怕十有八九是要老死在这里了。今天，我派他出去打猪草去了，真不知道他能打回一捆什么来。他能把一半的心思用到打猪草上就已经相当不错了。另一半心思？另一半心思用来寻找他想要的那些东西，野葱、野蒜、野花椒、野茴香。

没什么出息，一辈子就懂得个吃，从枪口下捡回一条命，还是忘不了吃，比原来更变本加厉了。好像世界上除了吃，就再没有别的。除了现有的历史反革命分子这顶帽子之外，如果再送给他随便什么两顶帽子，用来交换几次所谓的人间美味，说不定他也会愿意交换。他可能觉得一个人头上戴多少帽子，其重要性比不上人的口腹之乐，实际上他错了。

这就是人与人的最大的区别。你的爸爸，黄晟同志，他对于吃就没有什么特别的要求，极为平淡。黄晟同志，他吃饭，仅仅是因为人活着需要吃饭，需要食物和水，不吃不行。但假如人活着不吃什么也可以，我想他一定会什么也不吃，他永远也不会像罗庭玉那样在那种事情上动脑子，想办法，四处搜寻，千方百计地让自己的口腹得到哪怕是些许的满足。而罗庭玉呢，吃到一棵自己钟爱的菜，一块小孩手掌大的肉，也会高兴好几天，就像是找到了人生的依托和支柱，整个人都有了精神。那种时候，无论再叫他去接受讯问、审查，甚至直接的体罚，他都不再往心里去，好几次都是高高兴兴地去，完了事再若无其事地回来，给人的感觉像是去工作，去履行一种应该履行的责任或者义务，甚至像是去走亲访友回来一样。走亲访友也有不高兴，不快乐，也有败兴而归的时候呢，而他却像是完成了一次融洽深情的拜访。

猪场里的这些猪，在你爸爸的眼里，是一条又一条的命，而在罗庭玉的眼里，却已经变成了一块又一块的肉。他常用他自己的眼睛去丈量它们，凭自己的感觉给它们称体重，测算它们的毛重，又由毛重推算出它们的最后的净重。

我也从来不目测和估算它们的重量，我希望它们结实，健壮，却又害怕它们长大，长肥。

什么，长大长肥了不是好事？那还用说吗，当然不是好事。可是它们不懂，这事谁都明白，就它们自己不明白，太傻了。一看见吃的来了就激动，吱吱地叫着，像罗庭玉一样，挤来挤去，生怕自己少吃上一口，生怕别人占了便宜。我有时候甚至真想提醒它们一句，占那个便宜干什么？

对，就是那个意思，就是想提醒和告诫它们，该少吃的就要少吃一点，要学会控制自己，不要那么不管不顾地三五个月，七八个月，就让自己飞速地从幼稚时期进入到成年时代，一旦你在别人的眼里已经成熟了，那人家就要按成熟的标准和要求来对待你了。

这就是我这些年来的养猪心得。

亲眼看着它们一茬一茬地被无数不知姓甚名谁的人们吃掉，我有时候真希望它们都变成刺猬。不过又一想，变成刺猬又能如何，还不是照样变成人们的盘中餐？比刺猬更厉害更凶猛的东西也斗不过人呢，就算是龙，又能怎样？只要它敢出现，只要它出现了，那命运就会和大多数动物的命运一样，被人类降服。如果不能参与战争，如果不能用于耕作、负重，就有可能会被豢养、赏玩；如果不具有可赏玩性，那就只能被吃掉；如果它的肉不能吃，那也许就会寻找出它的药用价值，或者皮毛的价值，或者牙齿和骨头的价值。比如大象，除了一副牙齿，浑身好像再没有什么用处。

唉，扯得有点儿远了，说这些干什么呢。

你饿了吧？快到吃饭的时候了。

本来应该我去食堂把饭打回来让你吃，可是从去年开始有了一个新规定，谁也不许把饭打回去吃，必须在食堂里吃，最多也不能离开食堂三米以外。

五

可以放心地吃饭了，没事，我刚才已经和食堂的管理员王忠打过招呼了，虽然说那是个很难说话的人，但今天却很意外、很给面子。他问我是谁要吃饭？我就告诉他说，是老黄的闺女。他又问，老黄是谁？我说，黄晟呀，你不记得了？原来和我一起养猪的那个。他想了半天，也不知道他最终想起来没有，最后反正是同意了，同意你在食堂吃饭。他对我说，吃就吃吧，别到处嚷嚷。我当然不嚷嚷，我嚷嚷什么，有什么好嚷嚷的。

这个食堂，多少年也没有变化，唯一变化的就是越来越旧了，所有的墙都变黑了，所有的桌子都磨光了，地脏了，一年比一年脏，人走在上面，不是脚下打滑，就是鞋会被粘住。真正有变化的是什么呢？是在这里吃饭的人，有人离开了，不在了，比如你爸爸这样的人。旧人走了，又有新人加入了进来。

你今天运气不错。我刚才在排队打饭的时候，听见他们议论说今天的菜里放了猪油，一开始我还以为他们又是在胡说八道，想猪油想疯了。经常有人开这样的玩笑，说今天的菜里有什么有什么，等到真正把菜端在手里的时候，才发现什么也没有，完全是一派胡言。人们无聊，渴望，经常会想象、编造出这样或那样的一些东西来哄骗别人，也哄骗自己。玩笑开过之后，就好像真的亲身经历了一次一样，也许会有一种满足感，隐隐约约，模模糊糊地尝到了自己想象、编造的东西。有人就会骂，没意思，老开这种玩笑有什么意思，有什么劲？

对，纯粹是在言语上过瘾。

我所以说你今天运气不错，就是因为今天他们没有胡说八道，不是在开玩笑，今天的菜里的确有猪油——你闻闻。什么，闻不出来？一看就是缺少生活经验的，吃过的盐，吃过的饭，都太少了，还没有正经经历过什么呢，不像我们这些生活的老油子。其实，菜里面有没有放猪油，根本不需要闻，看也能看出来，成色上就不一样。以往的菜，平时的菜，在颜色上是灰色的，在形态上是涣散的，没有精神，就像是一个人走了真气一样，无论怎么努力，精神就是振作不起来。菜汤里漂浮着的油汗像极了刚出生的小蚂蚁在父母的指导下练习游泳，漂过来，游过去。你用筷子把它们赶开，用嘴把它们吹开，可是用不了一会儿，它们就又游过来了。

哎呀，坏了！忽然想起一件事——罗庭玉！

哎呀，罗庭玉呀罗庭玉！我今天可是一不小心办了一件糊涂事，我派他出去打猪草，他到现在还没有回来呢，今天这顿饭，他指定是赶不上了。哎呀，他那个人，他要是知道今天的菜里放了猪油，他一定会后悔死，也一定会在心里怨恨我，说不定会记恨我一辈子呢。我确实也事先并不知道今天的菜里会放猪油，谁能想到那呢？我要是早知道，无论如何都是不会派他出去打猪草的，宁可我自己去，也不会让他去。

食堂会不会给他留饭？那怎么可能，不会的。食堂是一个集体，哨子一响，大家陆续涌入，排队，吃完饭，食堂关门，上锁，怎么会为某一个人单独留一份呢，食堂里的人还都有事呢，不可能无限期地专门等一个人，没有那样的事。今天你打猪草去了，给你留一碗，明天他抓药去了，给他留一盘？那还能叫食堂吗？

对，误了就误了，那完全是你自己的事，谁让你不按时回来吃饭呢。

今天这个事，我没有想到，罗庭玉也不会想到，他要是想到了，他一定会想方设法地在开饭前赶回来。没有人比我更了解他了，只要是吃的，一说到吃的，尤其是与营养有关的，他的眼睛都会绿了，就好像人活一世，唯一的目的就是为了吸取各种营养。猪油有营养吗？当然有，让他说，他能给你说出一大堆。这样的一个人，这样的一种腐朽没落的思想，不劳改怎么行？我粗略地过了一遍，全农场几千人，上万人，可能只有他是最不冤屈，最需要被改造的一个人。

唉，不说他了，说也没用了，但愿他永远不知道今天的菜里放了猪油。

看见窗口里面站着的一个穿白衣服的人了吗，他叫高兰图，曾经是食堂里掌勺的大师傅，对每一个前来打饭的人，他都不客气，好像是天生的仇敌，前世的冤家。无论给谁打饭，他的那只虎口周围有几片白癜风的手都会故意抖一下，那一抖，手里的勺子肯定就歪了，一勺菜立马就会变成半勺。现在他高升了，不亲自掌勺给人们打饭了，却每次开饭时都要站在窗口前，既监督掌勺盛饭的人，同时也监督所有排队打饭的人。他给人的感觉是，好像所有的人都吃的是他的饭，都在靠他养活，所以他有权利那样做。今天中午的菜里放了猪油，他不放心他们，更要亲自出马，亲自上阵。有一年过年，食堂给人们改善生活，猪肉白菜炖粉条。说来可笑也可气，我和你爸爸打到的饭里，竟然连一片肉也没有看见。对，就是他那一抖，一歪，就什么也没有了。我前面说过，其实就我和你爸爸的身体情况，肠胃功能来说，我们早就已经不再适宜吃肉了，多少都无所谓，有没有都行，我们又不是罗庭玉，非吃不行，可道理不是那么个道理。

唉，只要他在一天，管事一天，这个食堂就别想好起来。

看见那个腰里鼓鼓囊囊的人了吗？对，就是那个不吃饭，到处走来走去的人，他是我们农场的保卫科长万捷。你以为他腰里鼓鼓囊囊的是什么？是手铐、枪，还有一个特大号的手电筒。普通的手电筒用两节电池，而人家那个手电筒据说有八节电池，一打亮，就是一道强光，就是一根又亮又直的白柱子，能照亮一百米以外的人或者东西，很多人在那道强光的照射下都会惊慌失措，魂飞魄散，男人、女人，老人、孩子，没有不害怕的，它带给人们的恐惧的程度丝毫不次于手铐和枪。任何人在它的照射下都会像是处于照妖镜下一样，感觉自己已彻底暴露，现了原形，没做过什么的，也好像做了什么，连自己也不敢相信自己了。“我就知道是你”，“你跑不了啦”，“看你还往哪跑”，这几句话是万捷最常使用的，其功效与手电筒的威力不相上下。在向阳农场，万捷用不着敲门，也不需要和谁事先打招呼，可以直接进入任何一户人家和任何一个宿舍，即使是半夜三更的时候，他有这个权力。有一年，是一个夏天的夜里，我和你爸爸刚刚从政治夜校学习回来，天很热，一时睡不着，我们就坐在猪圈外面的矮墙下说话。我记得满天繁星，却没有月亮。就在那种黑暗中，突然有一道强光火辣辣地来到了我们的脸上，我和你爸爸都下意识地闭上了眼，又下意识地用手去遮挡那道强光。大多数人遇到那么强烈的照射，都会做出那样的出于本能的反应，不是吗？听见有人在黑暗中高声喝道：都老老实实地坐着，把手放下去，不要动！其实，刚一遭遇那道强光，我就知道可能是万科长来了，再一听到那声音，就更确定无疑了。万捷站在十几米开外的地方，他朝我们走过来，在那个过程中，那道强光，那根威力巨大的白柱子，一下也没有离开过我们的脸。我和你爸爸，我们两个人，像是很多那种宣传画里画着的那种坏人一样，坐在猪圈外面的矮墙下，坐在无边无际的黑暗中，脸上接受着独一无二的照射，等待着他大步流星地过来，盘查、讯问、发落。

人真是一种奇怪的东西，虽然我们心里都清楚，我们什么也没有干，就是因为天气太热，一时睡不着，坐在猪圈外面说了一会儿话，可被那强光一照射，被那声音一呵斥，还是会感到一阵莫名的紧张和战栗，有一种明显的被当场抓获的感觉。

我刚才说的那种宣传画你也见过吧，到处都有，画的都是坏人被揭露、被抓获后的情景：脸色灰白的坏人，人仰马翻地瘫坐在地上，惊恐万状，在他的头顶上方，是一只无产阶级的巨手，或者一只特大号的铁拳，整个画面都在表示坏人——一切的阶级敌人，已被彻底砸烂，砸得稀巴烂。整个画面的比例相当悬殊，坏人又瘦又小，专政的铁拳巨大无比。现在再想起来，那个整体黑暗而局部贼亮的夏夜，我和你爸爸可能就是那样一副样子。

其实，万捷科长那天并没有为难我们，当看清是我和你爸爸时，他似乎放心了不少，此前一直紧绷着的警惕性也有所减退。他用手电筒照了照我们，又照了照猪圈里面和四周的一些地方，没有多说什么，只是让我们赶快回去睡觉，然后就走了。黑暗中，能听见挂在他裤腰上的两只手铐在他行走的过程中发出的阵阵清脆的磕碰声。

很多时候，整个农场都已进入了梦乡，他还醒着，在黑暗中到处走动、查看，一有情况，那根强劲的“白柱子”瞬间就从他的手里延伸出去，照亮目标。

看见那个正在弯腰扫地，脸白得像一张纸一样的年轻人了吗？对，就是在泔水桶旁边的那个。他不是因为扫地才弯腰的，平常的时候，他的腰也是弯的，永远都直不起来了。姓白，是一个地主的儿子，据他本人在全农场的大会上交代说，他那地主父亲也曾经为革命做过贡献，最后家破人亡，谁能信他的呢？地主怎么会为革命做贡献。

再吃一点儿吧，多吃一点儿。那年，徐松明的儿子来找徐松明，人没找见，可总得吃饭吧，有好几顿饭也都是在这个食堂里吃的。当然，得交点儿粮票，交几角钱。

什么，你身上也带着粮票和钱？知道你带着呢，不过带着也不需要你来出。你误会了孩子，我不是那个意思。千万不要拿出来，你要是拿出来，我这个当叔叔的可真是要生气了。你来找你的爸爸，黄晟同志他不在，我就是你唯一可以依靠的人，吃一顿饭还要付钱付粮票，你让我的这张脸往哪儿搁呢？我就是再没钱，留你吃几顿饭还是没问题的。

哎，这就对了，多吃饭，少想那些没用的。

怎么，哭了？不要哭，让人看见会笑话呢。泪珠都掉到碗里了。

噢，我明白了，是嫌我们向阳农场的饭不好吃，没有味道，想就着自己的眼泪下饭，是吧？

好，又笑了，快擦擦泪吧。

你要到处去寻找你的父母，你身上的那点儿钱和粮票还发愁用不上吗，就怕你不够用呢，用着用着你就知道了，它们只会越来越少，不会越来越多。还有那么多地方要去呢，真担心你不会计划，或者计划得不好，身上的钱都用完了，把自己困在某一个地方动不了。

什么，你也会计划？那，那最好。不过我还是有点儿担心，连我们这些所谓的成年人都不会计划，常常缺乏预见性，常常被弄得措手不及，目瞪口呆，你一个孩子又能懂得多少呢。另外，无论是谁，无论事先计划得多周详、多细密，到时候还是会在突如其来的变化面前败下阵来。所谓人算不如天算，说的也就是这个道理。

向阳农场有一个叫韩安恭的人，当初是戴着好几顶“帽子”进来的，可是他不大清楚那些“帽子”各自所具有的分量，也许正是因为不了解不清楚那些“帽子”的分量，所以他才活得比较轻松，没有什么负担。别的人愁眉苦脸，或者沉默寡言，而他却十分活跃，隔着二里地以外就能听见他说话。每逢节日，还要写诗、朗诵，歌颂时代、歌颂农场，说农场是世界上最美丽的地方，每一个人在这里都能炼成钢铁。这个人，据说他有三套方案或者计划。第一套，在农场逐步站稳脚跟，越混越好，境遇超过大多数的普通人，这当然是最理想的一种。第二套，在农场里基本能够站稳脚跟，但远远谈不上牢固，只能做一个最普通的人，大多数人中的一员，过最平常的日子，随着光阴的流逝，到时候头发花白，全白，能够按时退休，领取退休金，能够自然死亡。第三套，完全站不稳，甚至根本就无法立足，只能眼看着自己成为一颗小石子，被历史的车轮碾碎，或者直接压进土里，死在农场，死于非命。用农场周围老乡们的话说，就是不能死在自己的枕头上，这是三种方案里最坏的一种，也是他最不愿意看到的一种，当然人生不能朝着这个方向努力，而是要让自己千方百计地远离它，尽可能地不让它在自己的命运中出现、露头。如有出现，当立即摁死，尽力扼杀，尽可能地扼杀在事情的萌芽状态。

设计好这样的人生规划以后，这个叫韩安恭的人就开始积极地实施，当然是朝着最理想的那个方向迈进，实现。怎么实现呢？你人在农场，第一步，首先要与农场的有关领导混熟，因为他们有权决定一个人的命运和境遇。但人与人的关系，相知并相交，首先需要双方条件对等，如果有悬殊，那是无法相交的，甚至连一句话都说不上，更别谈其他的。像韩安恭那样的戴着好几顶不同颜色帽子的人，怎么能与农场的领导条件对等呢，梦上一千年也梦不到，所以，他只能从别的方面想办法，慢慢地接近、表现。没有人知道他先后都使用了哪些办法和手段。心里有计划有目的的人，所使用的办法和手段不是一般人能够轻易想象出来的，更不是那种心里没目的没计划的人所能想象的，想来很多都是出人意料之举，属于令人惊诧、惊愕的范畴。如果人人脑子灵光，都能做到这一点，那这个世界上也就不存在什么笨人，不存在什么捷足先登者了，因为人人都一样了，你正在一溜小跑的时候，别人也正在大步流星地奔走，所以你不会比别人更快。农场里曾有传闻说，天还麻麻亮的时候，韩安恭就已经精神抖擞地起来了，守候在场长家的门外，等场长一家人一起来，门刚一开，他便立即冲进去帮助他们倒尿盆，但好像是遭到了拒绝，场长的女人羞得满脸通红。第一次没有拒绝得了，因为他端起尿盆就跑了，场长家的人在后面喊都喊不住。以后，连续拒绝了几次，他终于不再在那件事情上做文章了，又开始在别的方面下工夫。又听说他在农场东门外的水渠边开垦小块地，种菜。菜是专门献给场长和其他几位领导的，场长又不喜欢吃菜，命人把菜搬到食堂，并对所有的人都进行了警示和教育。还听说他极尽殷勤之能，陪着领导上厕所，边上边聊天，致使领导半天尿不出来而大发雷霆。

其实，这些还都不是最麻烦的，最让他头疼的，真正使他感到受挫，让他摸不着头脑、摸不着时代脉搏的，是场部领导的频繁的调动和更换，好不容易刚熟悉了一位，对方也差不多能认得他了，往往就在那种最关键的时刻，一个调令就把对方突然调走了，从此远离农场，不知所终。作为韩安恭本人来说，此前所有的努力和心血全部化为泡影，辛辛苦苦几个月，敌不过一张突然到来的纸。这是调走的，结果好的。还有的人，昨天还在场长办公室里坐着，今天就已经挽着裤腿出现在田里了，扶犁、撒粪，或者挥镰收割，甚至直接戴上手铐被解走。每每遇到那种情况，韩安恭就彻底傻了。世界是如此的不公，这到哪里说理去？他只能茫然四顾，六神无主了。这些年来，始终没有形成一条清晰的可以依靠的主线能够让他抓住并紧紧地靠上去，仿佛一切都是临时的，随时都能飘走、流跑，靠山山崩，靠水水枯。有一个时期，他甚至开始怀疑自己根本就是一个不祥之人，常常会有意无意地给别人带来厄运，不是吗？无论对方是谁，本来人家一直都好好的，但只要他这边一发出某种信号，一试图接近，对方很快就会在最短的时间内出现意想不到的问题，从惯常的生活秩序里被分离出来，在事先毫无任何征兆和可能的情况下，不是被迅速调走，便是在转眼间沦为阶下囚，甚至灰飞烟灭。这一切能说和他没有一点关系吗？表面上看，是没有什么直接的联系，可是真的什么也没有吗？他不相信，他觉得这中间有说道，有某种常人不能理解的东西在作祟，一定有，只是人们看不见，认识不到罢了。

这种事情，对一个人的打击是可想而知的。

这个人你是见不到了，要不然今天在这里吃饭你还能看见他，不过你也没有必要看见他。不，不是离开农场走了，而是死了，上个月才死的，就死在农场东面的那个湖里。听说是得了一种不可能治好的病，他以为死了就没事了，一了百了了，可是他不知道，他头上的那些“帽子”都还在呢，一顶也没少，一顶也没有给他摘掉。

吃饱了吗？饱了？那好，那咱们就走吧，离开这个闹哄哄的地方。这个食堂够乱的是吧，没办法，就是因为人多，人一多就必定乱，每个人小声嘀咕一句，汇集起来就能形成一种巨大的声浪，就能把屋顶掀翻，山墙轰塌。这还只是一部分呢，这还不是所有的人呢，有很多人出去干活儿还没有回来呢。一分场、二分场的人，在他们各自的食堂吃饭。下午三点钟，二分场的人回来吃饭，他们是早上八点钟出去的。现在在这里吃饭的这些人，都是早上六点钟出去的，起来得早，吃饭也就相对要早一些。

这么看起来，喂猪还是要自由一些，属于一个不错的差事，你说是不是？你爸爸有一次一边煮猪食，一边对我说，就这么过一生，好像也没什么不好。我同意他的看法，也深有同感。每天给它们弄点儿吃的，隔几天再给它们清理一次环境，听着小猪们幼稚的尖叫声，难道不比听到激烈的枪炮声和残酷的斗争声要好得多吗。你爸爸后来又告诉我说，其实从去年一开春的时候，他就已经决定从此不再写任何的申述材料了，人要是真正安下心来，一切的波澜都不过是转瞬即逝的幻影，一切都会过去的。有生之年，每个人都曾经觉得自己很重要，了不起，来世上是要做一番大事的，所以不能受到半点儿委屈和冷遇，一心希望被重视、被瞩目，觉得自己的生命是一个无比重要的生命，其他的各种生命都不能和自己的这个生命相比。可是，放在时间的长河里，放在历史的烟云中，几百年以后再去看时，才发现那个所谓的重要的生命其实什么都不是，更谈不上重要。

你看这一片柳树，当年我们刚来的时候，它们都还嫩着呢、小着呢，比人的胳膊粗不了多少，一转眼都已经长得这么大了。你说什么，一百年以后它们也都不在了？用不了那么久，七十年以后还在，那就已经了不得了。柳树的寿命都不长，属于英年早逝的，不像柏树榕树那么能活。柳树更像是一种家养的动物，活上一些年，然后到时候就没了。猪羊一两年、三五年，兔子才几个月，鸡要是不下蛋，不给主人做贡献，最多也就是一年，不可能让它多活。家里来了稀罕的重要的客人，或者到了年底，咔嚓一下，小半碗血一放出来，也就完了，一生也就算是交代清楚了。

你是说，这么难，人和动物为什么还都要想办法活着？这个问题我也说不上来，反正主动去死的人不多，而且那都是有各自的原因的，都是被逼到了死的路上，不得不死，死成为唯一的出路和办法，此外再没有更好的办法。只要还有哪怕是一线生机或者可能，人都不会去选择走那条路的。所以，永远也不要也不应该指责那些寻死的人，说他们软弱、怯懦。他们那是完全没有任何办法了，才不得不使用的最后一招。周围世界一片黑暗，远方也同样一片黑暗，世界辽阔广大，繁荣昌盛，却没有他的一点点立锥之地，他能到哪里去？辽阔是别人的辽阔，繁荣昌盛是他人的繁荣昌盛，与他一点点关系也没有，他只能远远地看一看。世界所有的门窗都对他关上了，对他来说，就剩下去死了。

这条小路，直接通向猪场那边，我们每次吃完饭，或者从仓库里领了猪饲料以后，都是沿着这条路回去，你爸爸对这条路也是再熟悉不过的。有一年，我们拉着猪饲料回来，看见一个人躺在这条小路上，身边聚集着一些淡红色的水，其实不是淡红色的水，而是被雨水稀释了以后的血。

什么，你不回猪场那边去了，这就要走？知道你找他们心切，可是也不在这一会儿工夫上，刚吃完饭就开始赶路，会走出病来的，我本来还想留你住一两天，明天农场有去沙河的马车，去换种子，我想一会儿过去跟他们说说，看看能不能捎你一段，至少把你捎到沙河也成。等到了沙河，那里就有长途汽车了。

你不去沙河？那要去哪儿？你的下一站是哪里？还没有想好？那哪成呢！中国这么大，你还能就这么漫无目的地走？把两条腿都走断了也走不完。总得有几个重点的比较有可能的目的地吧？没有？唉，不过你说得也是，你又怎么能知道哪儿是重点，哪里又比较有可能呢，我也不知道。哪里都像重点，哪里又都不像重点，觉得某一个地方最有可能，也许恰恰那个地方又最没有可能。咱们现在就是想弄个计划，列个提纲，画个路线图出来，也没有用啊。

你非要走，我也不能再留你了。你记住，中途如果遇到什么过不去的坎或者难处，你就回来，回向阳农场来找我。

再见，孩子。

哦，对了，你等等，我想起来了，我这里还有一包人丹，可以预防中暑，你带着，要尽量在有树荫的地方走。

第三章　新华书店的晏叔叔

一

对，我就是晏永贞，你就叫我晏叔叔吧。

是的，没想到，白莽同志的真名竟然叫孙渡，当时就觉得“白莽”这个名字肯定不是他的真名，可是我们有纪律，不能问，也不敢问。

真没想到我还能见到白莽同志的后代，所以说人这一生，每一天都是新的，都和已经过去了的一天完全不一样，不知道会遇到什么。即使不遇到什么，也会和昨天、前天不一样。比如，昨天我穿的是一件有点儿发白的蓝上衣，今天就变成了这件灰的，这也不能不说是一种变化吧？这就是一种变化。

你来得巧，你要是再晚来一两个小时，你肯定就见不着我了，我就走了。什么，下班回家？那怎么会？哪能那么想呢？动不动就下班回家，那么多的革命工作谁来做呢？我们正准备要送书下乡，把我们伟大领袖的光辉著作送到田间地头，送到工厂、学校。这一次是一千二百本“红宝书”，六百本《国家与革命》，六百本《哥达纲领批判》。除此以外，还有三千枚主席像章，三千座主席的瓷像，满满的两拖拉机呢。

我不仅和你的爸爸是战友，与你的妈妈也是战友呢，你长得很像你的妈妈。你的妈妈，叶小林同志，那也是一个非常勇敢的人哪。

什么，你的妈妈不姓叶，也不叫叶小林？那她叫什么？黎锦书？啊，怎么从来没听说过这个名字呢？那可能是我记错了。我怎么记得是叶小林呢？哎呀，时间对人的摧残实在是太厉害了，比战争还要厉害呢。

对不起，看我这记性，老了。

这么多年过去了，有些事情确实不记得了。

民国二十七年秋天，我受组织的派遣，以一个书店店员的身份，秘密地前往灵城。我去的时候，那家书店里已经有两个人了，其中一个就是你的爸爸白莽同志，也就是你所说的孙渡同志——我还是就叫他白莽同志吧，叫习惯了。那年我十七岁，白莽同志长我几岁，所以我是店里最小的店员，整天拿着个鸡毛掸子，掸灰尘、生炉子、上护板、打水、扫地、外出跑腿。来了客人，也一般不用我招呼，除非忙不过来。为什么不让我招呼？一来因为我小，看上去还是个孩子，但最主要的原因恐怕还是因为我识字不多，好多书的书名都不认识，念不出来，那还怎么招呼客人，给人家介绍？要是碰上一个话多的，更进一步地问，这本书里写的是什么？我就更答不上来了，完全摸不着头脑，只能傻眼，因为当时我也确实不知道那些书里都有什么。

那个书店里一共有三个人，除了我和白莽同志，还有一个人就是我们的经理老赵。老赵不仅是书店的经理，更是我们的真正的领导人。我后来才发现，他不光领导着我们两个人，同时还秘密地领导着许多我们当时还不认识的人，其中有当地的中学校长、山货行老板、送信的邮差，还有一位竟然是保安团的参谋长。看到那些人，我当时非常激动，当他们在楼上秘密地开会的时候，我一个人在楼下，拿着鸡毛掸子，一边装作打扫卫生，一边为他们望风。我当时就想，我们的党真是了不起呀，真是伟大呀，在敌人还在睡觉，还在做美梦的时候，已经秘密地把工作做到了社会的各个方面，像空气一样，无所不在。这么做事情，还有什么做不成功的呢？将来不胜利才怪呢。这样的党，我跟定她了。想我一个穷孩子，每天在山上砍柴，看见有部队路过，就把柴刀往腰里一插，就跟上他们了。十四五岁能革命吗？当然能，当然没问题。会背“老三篇”吗？会呀，只要告诉我“老三篇”是个啥东西，再用心听上几遍，就一定能背下来。不识字不等于不会说话，不等于不会记东西。

所以，我到书店不久，老赵就给白莽同志布置了一个任务，在不耽误工作的情况下，让他教我学文化，尽可能地在最短的时间内掌握更多的文化知识，越多越好。所以，我永远铭记着白莽同志，铭记着老赵同志。

有必要说说我们的领导人老赵。老赵，至今我也不知道他到底是哪里的人，关于这一点，不仅敌人不知道，连我们自己的同志也都不知道，谁能说清楚老赵的老家是哪里的，恐怕没有人会知道。老赵多年从事白区工作，南方北方都在过，先在南方，后来北上，会说很多个地方的话，如果想从他的口音上判断出他的出生地，那是枉然。因为他有很多个地方的口音，却又可以说没有口音，也没有什么明显的漏洞，甚至蛛丝马迹可供捕捉。这是在说话方面。在别的方面，比如在饮食习惯上面，更是如此，更是让人摸不着头脑，可以说什么破绽也没有，无论什么样的饭他都喜欢，什么样的口味对他来说都不是个问题，尤其在这一点上，连他到底是南人还是北人，你都辨别不出来。他也因此常对我们说，干我们这种工作的，不应该也不能有明显的个人嗜好，要有，也必须得克服。如果不克服，甚至任其任意滋长，掉脑袋只是个时间问题、场合问题。个人掉了脑袋是小事，关键是你还肩负重任，会对革命造成更大的损失。比如你喜欢吃醋，比如你对辣椒有着不可割舍的情怀，那别人很容易就会找到你的出生地。给你端来一碗加了盐的牛奶、奶茶，你喝第一口时皱了一下眉头，由此便可断定你必定不是在草原上长大的。所有这些漏洞，都可能会对革命造成极大的损失。老赵，可以一年不吸一支烟，也能够一个晚上抽光一包烟。他有烟瘾吗？他没有？他无所谓？没有人知道，也没有人能判断出来，老赵不给你留那种机会。另外，还有他的名字，也永远是一个谜。他不知有过多少化名，他真正的名字恐怕只有他本人清楚，甚至有可能连他自己都弄混了。太多的名字代表着一张又一张的面孔和一个又一个的身份，就算他再精明过人，有时也难免有弄混的时候吧，我是这么想的，但是，老赵弄不混。在他的心里，好像始终有一道界限分明的分水岭，该是哪一部分的，他清清楚楚。比如，人们都叫他老赵，谁敢说他就真的姓赵？肯定不是。我们有时候想，老赵啊，什么时候才能还原、澄清出一个真正的老赵呢，去除掉加在他身上的那些所有的伪装？又想，恐怕不可能了，是斗争的需要，形势的所迫，才让他变成了这样。随着形势的变化，加在他身上的各种颜色只会越来越厚，越来越多，永远也不会有洗清的那一天了。

我和白莽同志就是在这样一个人的领导下工作的。在我们那个书店，老赵就是党的化身，他的话就是上级的指示。白莽同志是需要戴眼镜的，但是老赵却不允许，不让他戴。什么原因，也从来不做出解释，只是说，需要你戴的时候，自然会让你戴的，就算你不想戴，那也由不得你。这是命令，更像是一项纪律。所以，从书店开张的那一天起，白莽同志就没有戴过他的眼镜，他把它放起来了。没有了眼镜的帮助，他无论看人还是看字，都显得有些吃力。有时候，看到他把脸贴到书架前费劲地寻找一本书，我在一旁都会不由得暗暗替他使劲。有时候我就想，老赵为什么不让白莽同志戴眼镜呢，戴个眼镜怎么了？书店的人，戴眼镜不是更正常吗？共产党、国民党、日本人，各种势力的人，都有不少戴眼镜的，怎么偏偏就不让白莽同志戴呢？想不明白。直到后来有一次，一位首长路过，半夜里老赵带着我们护送首长过铁路，白莽同志因为看不清路，不断地踏进水里，十分狼狈。首长就说，这位同志近视得这么厉害，怎么不配一副眼镜戴呢？配上一副眼镜吧，戴上它，能更好更清楚地为革命工作呢。白莽同志什么话也没说，只是与我抬着首长的两只箱子，默不作声地往前走着。安全顺利地送走首长以后，又过了两三天，老赵对白莽说，既然首长让你戴，那你就再戴上吧。从那以后，他的那副眼镜才又重见天日了。

好多个夜里，老赵出去布置工作去了，书店里关了门，就剩下白莽同志和我了，他就开始教我认字、写字。有时候，一个字会让我写好多遍，他呢，就在一旁看书，我不会的时候就随时问他。我小时候不是每天都要上山砍柴嘛，他就教我“上山砍柴”几个字怎么写。入夜以后的灵城，到处黑灯瞎火，几乎没有人在外面行走，亮着灯的地方也很少，我们算是其中之一。为了不引人注意，为了随大流一起进入黑暗，让别人以为我们也睡了，或者觉得这房子里根本就没有人，我们总是尽可能地不让一点儿灯光泄露出去，窗户上挂着深暗的帘子，再加上外面的护板，基本上做到了严实，做到了滴水不漏，我们不止一次地做过试验，站在黑暗的外面往里看，是看不到一丝灯光的。

一段时间以后，我觉得我已经学会并掌握了不少的字和词了，于是有一天我问白莽同志，我能从你的手里毕业了吗？他有些惊讶地说，开什么玩笑，那怎么可能？你才认识了几个字呀，还得继续学呢。

我的文化知识就是从那时候开始有了的。到那年年底的时候，我已经能够读懂《宁冈调查》《中国的红色政权为什么能够存在》那样的文章和小册子了，这首先要归功于白莽同志的教育和帮助。以后，再有客人来店里的时候，我也能招呼他们了，因为我也认识许多的字了。

经常有日本人会光顾我们的那个书店，有的倒也客气，完全就像是去看书买书的，作为统治者和侵略者，他们的另一面被很好地掩藏了起来。当他们不说话的时候，当他们安安静静地站在书架前翻书的时候，时间好像停止了，历史好像被卡在了某一个地方，不再前行，不再运动，并开始长出苔藓，开始风化。让所有的颜色，各种的东西，都变成同一种的白色的面面，那就叫风化。老赵坐在楼上他的办公室里，假装在订货，实际不是在订货。他的那顶灰色的礼帽就放在他面前的桌子上。那说明什么呢，说明情况或许不太正常，随时撤离也都是有可能的。要是他的帽子和衣服挂在一起，那就是比较平静的一天。白莽同志，你的爸爸，在书店里站一会儿，然后再坐一会儿，就那么来回倒替着。我呢，手里拿着鸡毛掸子，我要是不拿鸡毛掸子，老赵就准会说我不勤劳、不像话。特别是有外人在场的情况下，他看我的时候，那眼神像刀子一样，还说要打发我这个好吃懒做的学徒回家，他要更换新的店员。越人多的时候，他似乎就越焦躁，对我也会格外严厉，有时甚至会趁人不注意，暗中狠狠地掐我一下，最严重的一次，把我掐得眼前直冒金星，好像有无数的蜜蜂在嗡嗡地飞舞。我曾经难过、痛恨，后来才明白了，他一来是做给别人看的，二来是真的担心我会给他出岔子，做出什么让人起疑的事情来。老赵，是的，他老到，经验丰富，这不假，谁都承认，可是也不能因此就觉得别人就都是傻子和白痴吧？革命光靠你老赵一个人就能干成？那还要我们这些人干什么？我也参加革命好几年了，事关革命利益的事，我还是能分得清轻重的。

我记得有一个叫福山的人，非常喜欢看书，经常到书店里来，我们管他叫太君。他说，不要叫我太君，就叫我福山吧。我说，福……山太君？他笑着摇摇头，走到一边看书去了。晚上，书店关门以后，汇总一天的情况，说起那个叫福山的人，老赵说，不知你们注意到没有，这个侵略者是以一副微笑的面目出现的，我郑重地提醒你们，这更应该引起我们的警惕。白莽同志说，他注意到他看的都是些哲学方面的书，他对哲学有着浓厚的兴趣，从很多方面的表现上来看，更像是一个拿枪拿错了的人。老赵说，有同志已经被麻痹了。世界上的敌人，有多种多样的，有拿枪的敌人，也有不拿枪的敌人，有凶神恶煞的敌人，也有面带微笑的敌人，这个福山，我看就属于我说的后一种。白莽同志说，福山更喜欢中国的老庄哲学，这很能说明问题。文学方面，他是从荷马、维吉尔、贺拉斯、但丁开始读起的，也很能说明问题。老赵说，很能说明什么问题？你说的这些人，我们全都不认识。听你的意思，只要读了这些人的书，侵略者就不是侵略者了？白莽说，有这种可能。遗憾的是他们的书都没有能够真正地深入人心。就拿中国的老庄哲学来说，如果人人都信奉，那这个世界上就绝对不会有战争，甚至连普通的纷争也会很少。老赵说，老庄是谁？那还不赶快以国共两党共同的名义把他请出来，让他帮助我们，尽快地阻止眼前的这场战争？白莽说，老庄是两个人，他们生活在距今大约两千多年前。老赵听后，咝咝地吸了一口凉气，对我说，小五——小五是我的一个化名——同志，白莽同志这是在和我们磨牙呢，也许是晚饭吃得太饱的缘故，我看以后咱们的定量得再减一减，前线的战士们大都吃不饱呢，而我们这里却撑得人难受。白莽好像没有听清楚老赵在说什么，更没有听出老赵话里包含着的讥讽的意思，他仍在继续说，没有战争，每个人就都可以做自己最想做的事情，我们也就用不着在这里假装开书店了。我们三个人，一定是三种不同的职业，走的是三条甚至三条以上的道路。白莽同志，你的爸爸，人家老赵说什么，他没有听清楚，但是他说的那些话，我和老赵可是都听清了，听得清清楚楚。我当时也理不出个什么头绪来，但是我忽然隐隐约约地觉得有一种细微的像灰尘一样的危险正通过门缝吹进来，吹到我们的中间。我好半天一直没有说话，我只是看着眼前的书店和另外的两个人，同时还在看着那种用眼睛看不到，但是却能够隐约感觉到的东西，也许它根本不是从门缝里吹进来的，而就是从我们的中间忽然生出来的，就像那些生长在墙脚里的菌子，本来什么也没有，但是忽然某一天，几个摇摇晃晃的菌子就是在你的眼皮子底下长出来了……那时候，我看见老赵的脸色有些变了。老赵问你的爸爸说，现在我们正在做的事，难道不是你最想做的吗？如果不是，那你告诉我，你最想做的又是什么？夜深了，老赵忽然有些烦躁。正是从那时候起，我开始明白，一个人的经验再丰富，意志再坚定，有时候也不能抵挡烦躁。

但是有一天，老赵忽然指示，要想尽一切办法，与那个叫福山的家伙建立友谊，取得他的信任，进而从他的身上获得我们想要的东西。老赵的这个命令主要是对白莽同志发布的，当然也包括我在内，我这个拿鸡毛掸子的也不能袖手旁观，要让福山从根本上信任我们这个书店，至少也要成为他最愿意去的地方之一。从军营里出来，首要目标要往哪里去？书店。第二个目标是哪里？还是那家书店。这就是我们想要的效果。

其实，老赵一开始并不是这种态度和立场的，因为福山在看书这个问题上十分信任白莽同志，老赵很反对，老赵是把这件事作为一个问题反映到上面去的，没想到上级组织不仅不认为是一个问题，反而觉得这是一个绝佳的机会，立即指示老赵，命令白莽同志搞好关系，为我所用。这样，老赵的态度才来了一个一百八十度的大转弯。是的，一百八十度的大转弯，先前我说是三百六十度的大转弯，那是不对的，那不是等于没转吗。我的本意是想说，老赵的这个弯子转得多么大，转得多么的厉害，心情太过于急迫，有点儿说过了。

我一直不明白白莽同志怎么会懂得哲学，我当初得到的信息是，他是以一个小学教员的身份参加革命的。什么，他本来就是学哲学的？他也不是小学教员？啊，这么多年过去了，我直到今天才终于明白了。

每周的星期四，是福山的休息日，如果没有临时的或者特殊的情况，他一定会准时来到书店，一来了就直奔他熟悉的那一排书架。书架上有一套《休谟》，一共三本，福山很是喜欢，时常拿在手里翻看、摩挲。白莽同志把这一情况向老赵做了汇报。老赵没有多犹豫，他对白莽同志说，舍不得孩子套不住狼，他喜欢就送给他吧，不要收他的钱。福山意外地得到那套书后，异常的惊喜和感激，弯腰、鞠躬，一连串的作揖。

日本人，你们这么大的孩子们不了解他们，我可是知道他们，小岛，小国，地方一点点，物产也不丰富，导致人人都活得谨慎，像干鱼一样紧缩。说好听一点儿是节俭、勤勉，说难听一点儿就是小气。你给他一个东西，他眉开眼笑，可你要想从他们那里得到点儿什么，那可就难了。福山也是个小气鬼，白衬衫的袖子和领口上都有补丁，一粒米掉到桌子上，也要捡起来吃了。别看他那么喜欢哲学，东方的西方的都喜欢，可是为人其实一点儿也不宽广。我常想，他的哲学都学到哪儿去了？

事实上，整件事情，是我们这边太着急太急于求成了，还有想当然的简单和乐观，以为只要是个敌人，他的身上就一定藏着无数的秘密，一定就会有源源不断的情报可以被挖掘、被获取。人有时候真不能太简单太乐观了，更不能期望得太高太多。满心以为福山是一块肥肉，随便碰一碰就会油光四溅，血沃千里，却完全没有想到实际上他真的是一条又紧又硬的咸干鱼，浑身上下什么油水也没有。从始至终，他没有给我们提供过任何一点有价值的东西。他知道的，我们都知道，甚至还有我们知道的，他却不知道。也许是他什么都知道，就是不说。从始至终，反倒是他在我们的书店里白看了不少的书，还无偿地混走一套三卷本的《休谟》，还有一本康德的书，一本毛边版的《道德经》。从始至终，占到便宜的只有他——干鱼一样的福山。

事后，老赵沉痛而又恼怒地说，这种赔本的买卖，以后再也不能干了。

我说这些你能明白吗？不明白也没关系，我可以告诉你，就是说，在这件事情上，你爸爸的工作是没有成效的，没有收益的。如果把它当作是一宗买卖来看，那就是一宗只赔不赚的买卖，作为老板，你想老赵能高兴吗？我，作为一个手拿鸡毛掸子的小店员，当然也不能说没有一点责任，少不了也要被老赵批评、训斥。但谁都明白，这件事的主要责任并不在我的身上，我可以挨批评、挨骂，但不大需要承担责任。挨骂怕什么，谁没有挨过骂，那不过是一种口头上的声音而已，骂完了也就都完了，就都过去了，第二天，太阳一出来，又是新的一天，一切又都会重新开始。而承担责任，那就不一样了，承担责任就是从此有重东西压在你的身上或心里了，要让你背着那些东西，从此你就很难再走得很快了，从此在别人的眼里和印象里也就有了不一样的色彩了。

后来，福山就不再去书店了，因为他要调走了。有一天，他又来到我们那个书店，我们也不知道那是他最后一次光顾我们的那个书店。他告诉我们说，这次他不是来看书的，而是来向我们辞行的，因为他很快就要随部队开往南方去了。我和老赵听了都不禁一惊，我们互相看了一眼，这狗日的，没想到，他最后不经意地说出的那个消息倒算得上是一个标准的情报。这家伙，一年多了，嘴紧得要命，白看了我们那么多书，临走了，第一次出卖情报给我们，很难讲他是有意还是无意的，真不好判断，也猜不出来。不过，那也不能叫出卖，应该叫泄露才对。

你爸爸？我正要说到他。我想说白莽同志，他这个人的运气真不能算好，也不知是怎么搞的，运气常常是阴差阳错地来了，却又阴差阳错地与某些人错过，让他们永远也见不着面。没错，福山最后一次来书店向我们辞行的时候，白莽同志正好不在场，书店里只有我和老赵两个人。这样，就等于是我和老赵在第一时间内，经由我们的手，得到了福山带来的那个情报，我们也完全没料到会有那样的事。等福山一离开以后，老赵立即就向上级做了汇报，上级回电表扬了我们。

我说白莽同志运气不太好，是因为福山来书店的真正目的是向白莽同志辞行的，并不是向我和老赵辞行，他和我们两个人又不熟，无论他去哪儿，无论有什么事，都没有必要也没有理由专门跑来一趟和我们说，对不对？可叹的是，你的爸爸，白莽同志，他恰好不在。也正因为他不在，福山简单地说了几句话，很快就走了。

二

你爸爸他去哪儿了？咳，老赵派他去护城河边取东西去了。

不，不，你先别激动，要冷静！在这个问题上，你可是有点儿冤枉人家老赵了，老赵绝没有那个意思，看见有情报来了，就故意把白莽同志支出去了，故意让他失去分享上级的表扬，故意让他与功劳无缘。老赵那个人虽然有这样那样的一些毛病，但本质上还是一名真正的久经考验的无产阶级革命战士，一位有着相当觉悟的领导同志，他怎么可能那么对待自己的同志呢？我亲身经历过那一切，我怎么会不知道。实际上，老赵还是很器重你爸爸的，器重他有文化、有纪律、立场坚定、爱憎分明。你想，这么一位负责同志，这么一位领导同志，怎么会去有意难为一个年龄比他小又朝夕相处的同志呢？所以说，你真是冤枉人家老赵了，任何时候，都不能那么武断地不假思索地判断问题。

听我给你说孩子，我一说你就明白了。首先，去护城河边接头、取东西，是好几天前就早已经定好了的，并不是当天才临时派他出去的，这一点至关重要。关于谁去护城河边接头、取东西的问题，我们认真地研究过。首先，我们都觉得老赵作为我们的领导，党的负责人，他是最不应该轻易抛头露面的，多抛头露面一次，就会多一次危险，毫无疑问就是这样的。老赵不能出事，老赵要是出了事，那损失的就不是某一个组织，而是一大片。所以，不需要多加考虑，第一个不能去也不应该去的就是老赵。老赵被首先剔出来，放到一边后，就剩下我和你爸爸了。我，成天拿着个鸡毛掸子出来进去，上护板、扛麻袋、洒水、扫地，包括门前的台阶和台阶下五步以内的地，每天都要清扫一遍，让人一看就是一家正经做买卖的，不是那种随时都可能关门走人、溜之大吉的来历不明者。周围一带的人都认识我，最常见到、最熟悉的人也是我。撇开这些不说，就我个人来说，我倒是很想去，可是老赵不让我去，他还是担心我会把事情办砸。就这样分析来分析去，不久以后我也被剔出来了，被放到了一边。一共三个人，有两个人已经被剔出来放到一边去了，就剩下你爸爸一个人了，那还有什么好分析的？于是，白莽同志说，不要再浪费时间了，我去吧。于是，事情最终也就这样定下来了。

你看，你是不是有点儿冤枉人家老赵了？

这个事情从一个侧面也可以说明，作为党的负责人，老赵不放心我，而对于白莽同志，他还是很放心很信任的。

还有，也是最重要的一点，福山最后一次来书店辞行，我们事先根本不知道，也不可能知道，那哪能知道呢，日本人的事，就像天上的云彩一样不可捉摸，他来不来，什么时候来，完全取决于他，决定权并不在我们的手里。就连你爸爸，他与福山的关系那么近，他也完全不知道。小鬼子心血来潮，突然觉得应该到那个书店去转一圈，他就来了，你能有什么办法？而且，他突然像平时一样登门了，他要是不说，谁能想到他这一回是来告别的？梦也梦不到，还以为他又是来看书的，更不可能知道他还会不经意地带来一个情报。人世间的事，一年之内，一天之内，甚至几分几秒之间，没有人能预料到会发生什么，没有人能具有那个功能，谁也无法知道下一秒钟会发生什么。我这么一说，你明白点儿了吧，老赵在这中间并没有人为地刻意地去做什么，一切都是自然发生的。福山那天要是不到书店去告别，那就什么事也没有，情报、功劳，也就相应的都不存在、不会有。巧就巧在他那天没有任何征兆地去了，而白莽同志又恰好不在……难怪常有人说历史是巧合，无数个巧合堆成了历史。也有人说是必然，是命中注定。怎么看都行，都对。

比如我，现在上级又派我到书店来工作，是碰巧因为我解放前曾经利用书店做掩护，从事过秘密工作，现在又回到书店，可谓熟门熟路。可是，从另一个方面看，世上那么多工作，那么多职业，而我却这么多年一直都离不开书店，这难道不是一种命吗？不是一种必然吗？为什么不派我到轧钢厂去？是因为我不会轧钢？谁一生下来就会轧钢？为什么不让我去军队、去矿山，而总是在各个书店之间转来转去？当然，这是因为工作的需要。可工作的需要是什么？不就是一个人早已注定了的命吗？我们这代人的命运就是忠于党忠于人民，无论到哪里都是为人民服务。

别着急，我知道你想问什么，你是想知道你的爸爸既然不巧错过了福山和他的情报，那么，他去护城河边与上面派来的人接头总应该接上了，对不对？有得有失，那才叫人生，不能全是得，也不能全是失，对不对？可是，我不得不告诉你，你的爸爸，白莽同志，他这个人的运气真的是有点儿问题，让人想恭维都难。在这两件事情上，他竟然没有得，全是失，全是背面。我这么说，你明白了吧，他没有与那位交通员接上头，后来听他回来后一说，我们都陷入了沉默中，好半天谁也没有说话，因为真不知该说什么才好。要找原因。只能说是天有不测风云，是又一次意外和巧合。如果往深里再找，还不知道会找到什么呢，很有可能就又会不可避免地牵扯到他的运气。我们是革命者，唯物主义者，我们多么不想承认，不愿意看到那种东西的存在。

怎么回事？原因只有一个，那位交通员临时出了问题，根本没有在规定的时间出现在规定的地点。说起来，这事完全不能怨白莽同志，他应该一点儿责任也没有。

你的爸爸，白莽同志，他在护城河边等待了很久，已经过了约定的时间了，对方却还没有出现。按规定他应该往回撤了，可是他觉得不甘心，还想再等一等，担心万一自己刚一离开，那位交通员就正好出现了呢？这样的可能是完全有的。路途的长短、路上可能出现的或者完全意想不到的情况，这些都有可能成为决定性的因素，成为交通员迟到的原因。谁想迟到呢？交通员也不愿意迟到呢，他巴不得早一点完成任务。此外，交通员是徒步来，还是乘车来，坐车是坐什么样的车？汽车？人力车？也有可能骑一辆单车来呢？要是路上再有点别的意外呢，有人突然把他撞到了，或者他因为匆忙把别人篮子里的几个鸡蛋给打碎了，一下突然围上来好几个人？或者，有人拦住他问路？这些，他都不知道，所以他才决定再延长一点时间，再多等一会儿，尽管也明知这样做是违反纪律和规定的。再等十分钟，十分钟以后还不出现就马上走人。白莽同志在心里对自己说。不，十分钟太长了，已经严重违反规定和纪律了，再等他八分钟，八分钟一到，立即从这护城河边离开。啊，不行，八分钟也不行，八分钟也还是严重地违反组织纪律的，只能再等他五分钟，五分钟还不出现，就真的不再管他了，哪怕他当着自己的面突然被捕，那也救不了他了。

五分钟又过去了。该来的那个人却一直没有来，倒是有几个形迹可疑的人开始零星地在护城河一带出现了，白莽同志这才把自己撤了回来。

回来后，白莽同志说，今天太不顺了，没有一件事情是顺利的。

虽然原因是多方面的，但没有按照预定的方案接上头，就等于是一次失败。老赵又十分的烦躁。原本计划当天晚上我们要临时增加一个菜——炒豆芽，以示庆贺，但后来老赵断然宣布，取消了当天晚上的炒豆芽。老赵说，事情办成这样，还有脸吃？我是吃不下。

老赵吃不下，难道我们就能吃得下吗，我们也吃不下。白莽同志向老赵说明情况。老赵说，我不是说你，我是说我自己没脸，我是领导人，责任在我。又对白莽同志说，你为什么不按照规定回来？为什么要多等他十分钟？白莽同志说，不是十分钟，只等了五分钟。老赵说，五分钟就可以吗？五分钟就没有违反纪律？五分钟内会发生什么，你难道不明白？你今天能够侥幸回来，完全仰仗于敌人的懒惰，他们要是稍微勤快一点，你就别想回来了。吃炒豆芽？到敌人那里喝辣椒水，吃“花生米”去吧。

“花生米”你知道吧？就是子弹。更准确地说，就是子弹的头，就是脱离了弹壳后射到人身体里的那一部分。什么，你知道？好，真不愧是革命者的后代，连这个也知道。我还以为你不懂呢，以为你只知道用盐水煮、用油炸的才叫花生米呢。老赵说那些，其实也完全都是一时的气话。想一想，我们当年要是都吃了敌人的“花生米”，他作为主要负责人，他也会有重大责任呢，要是情况更严重一些，说不定他会吃到我们自己这边的“花生米”。另外，作为朝夕相处、同甘共苦的战友，他也会痛心呢。老赵他也是人哪，并不是一块姓赵的石头。他的生气和担心也都不无道理，事情没有办成不说，就连那位交通员的生死都是个问题呢，还都在半空中悬着呢。活不见人，死不见尸，到底是他个人单方面遇到了什么困境，还是已经出事了，被捕了、叛变了、牺牲了？所有这些，都无不令人揪心而烦躁。如果牺牲了，那就按牺牲的办法来；如果叛变了，那就更要做好各种应对的办法和措施。而当时我们面对的情况却像是在一片雨雾里，眼前什么都看不清楚。

大约又过了七八天以后，新的交通员又到了，上级密令我们再次前去接头。这一次，老赵想来想去，决定亲自出马。临出门前，他做了较为周详的准备，粘了一点儿假胡子，又用黄凤莲水抹了一遍脸。有一种花，是叫黄凤仙还是黄凤莲，我忘了。就叫它黄凤莲吧，我有一个表姐就叫黄凤莲。黄凤莲开黄花，色泽鲜艳，浓郁，弄到皮肤上、衣服上，很难洗掉，当地的人们常用它来染布、染线。老赵用一点儿淡淡的黄凤莲水在自己的脸上抹了一遍后，立即就像换了一个人，站在我们的面前时，连我和白莽同志都认不出他来了，要不是明确知道这就是化了装以后的老赵，我们的领导人，仅凭那张黄梨般的脸，还真不敢认。是一副什么模样呢？这么告诉你吧，完全就是一个病恹恹的看上去没有多少时日的晚期肝脏病人的模样，这样的一个人出了门，凡是看见他的人，都会下意识地不由自主地躲开，躲得越远越好，甚至多看他一眼，都会觉得自己有可能已经被传染上了。毒害之大、之深，不需要做太多的说明和铺垫，只需病恹恹地往那儿一站，就足够了。

老赵去接头成功没有？那还能不成功吗，当然成功了，非常成功，而且非常顺利，就像在一个风和日丽的春天里散步、踏青一样。这一次，风尘仆仆的交通员准时地出现在了规定的地点，“黄脸病人”凭着自己多年的斗争经验，一眼就认出了他。交通员把一件随身带来的实物交到老赵的手里后，很快就又安全地离去了。

你是不是在想，这件事情，要是由你爸爸来完成，完成得那么顺利，该有多好？我也那么想过，你别以为我没想过，但可惜不是他。

其实呢，你也完全用不着那么想，都是革命工作，都是为了打败敌人，谁完成不一样？对不对？

整件事情里，最麻烦也最累人的就是那件不知从哪里带来的实物，要是没有那么一个具体的东西，电报就可以解决一切问题，交通员也就不必来了，也就用不着派专人冒着危险一趟一趟地跑了，更不必前后两次更换交通员。那是一个什么东西？我哪能知道。老赵回来后没有说，也压根就没让我们看，只是说接头顺利，成功了，其余的就不再多说了。老赵不允许我们打听和猜测，更不允许我们妄加议论……说实话，这么多年过去了，直到今天，我也仍然不知道那是一个什么样的实物，不知道那位像雨前的闪电一样出现了一下，然后很快就又消失了的交通员，交给老赵的到底是一个什么东西？真是叫人好奇呀，它一定相当重要，要不然老赵也不会闭口不谈，永远地瞒着我和你爸爸。我和你爸爸，那都是他的部下、亲密战友，都是自己的同志呀，他都不说。事情已经过去这么多年了，当年的很多人也都不在了，按说那早已不再应该是个秘密了，可事实是，直到今天，它还是一个秘密，当年什么样，现在还是什么样，有点儿怪吧？怪就怪在它早就已经没有什么价值和意义了，可它在形式上竟然还是一个秘密。

老赵那次接头回来后，其实是很得意的，尽管他尽量要表现得平静、自然，但我和白莽同志还是能看出来的，他其实不平静，一点儿也不平静，短时期内很难让自己忘掉那件事。按说，像他那样经历丰富的老革命是不应该那样的，从南到北，腥风血雨，几十年了，什么没见过，什么没经过，还用得着为一次普通的接头成功而高兴吗，而沾沾自喜吗？表现得像一个初出茅庐的新手。后来才明白，主要原因可能还在于革命常处于低潮，有时候简直什么事情也不能做，稍有动作，便有可能付出极为惨痛的代价，能让人高兴的事情少之又少，终于连老赵这样的人也变得太渴望一场胜利了，不管大小，只要是一场胜利，那就是好的，它能给人以信心和鼓舞。人是需要有信心和被鼓舞的，男人、女人，老人、孩子，只要是人，莫不是如此，不能长期处于一种饱受挫折和反时针的不顺的状态，如果长时间那样，人就会像是站在烈日下或者暴风雨中一般，不知什么时候就会突然倒下，有的人可能从此就再也不会爬起来了。

我猜得没错，果然，老赵终于忍不住摸出他那个用了好多年的小锡酒壶，往嘴里灌了两口。这就是他心里高兴的证明。任何时候，只要一高兴，他就会忍不住想喝一两口。但也就仅仅只是一两口，从不会多喝。喝过后，他把手里的酒壶重新塞紧，用手背抹了一下嘴，有些吁喘地说，你们以为我就那么想去接头吗？我其实不想去。遇到这种事情，我总是想让你们年轻人去……可是我不去行吗？

听到他这样说，我和白莽同志几乎同时对他说，你不去哪能行，就得你去，只有你去了，事情才能办成。

我们的话似乎并没有博得他的赞同，至少在他的表情上来看是这样的。他巡视般地把我们挨个看了一遍，然后突然又嘭的一声拔开了小锡酒壶上的软木塞，又往嘴里灌了两口。我吃了一惊，老赵这是怎么了，这已经超出他平时的定量了。他的眼睛里红红的，像是酒精的作用，又像是一夜没有合眼。他看着我们，看了一会儿，忽然莫名其妙地说了一句，今天就这样吧。然后就走了，上楼上去了。

我和白莽同志互相看看，都没有明白是什么意思。

晚上，上好外面的护板以后，我回到店里，白莽同志正在给大丰凉中心县委写一封信，希望他们的三连能够运动到距离我们三十里左右的千户岭一带，如有可能，把那里的三四十个敌人解决掉，那是最好的。如果不能，条件不成熟，则游而不击，只形成干扰。信是用白矾水写成的，写几个字以后，就得停一会儿。不过，它要比用米汤写的字安全系数大得多。用米汤写成的信，纸张干硬、紧巴，一看就不正常，一看就有问题，太容易被识破。用矾水写字，也是经过漫长的摸索，偶然发现的，所有这一切，全都是被逼出来的。就像你们现在写字，只懂得使用铅笔和钢笔，光明正大地勾描、涂抹，不需要把所写的字隐蔽起来、伪装起来，这多好啊！就这还有好多孩子们不愿意写呢，真是身在福中不知福。在我们那个时候，这些想也不敢想，就连随便在墙上、在什么地方写一个字都是不行的，不被允许的，因为都有可能酿成一场大祸。我平时练习写字，就用小木棍在地上写，写完以后，用脚一蹭，就什么痕迹都没有了，既练习了字，又不会留下麻烦。

信由一个叫霍九的羊皮贩子带走。

后来才知道霍九也是我们这边的人，是以贩卖羊皮作为掩护的，常年奔走、来往于各地，无论任何时候，身上都带着一种浓烈的明显的羊膻气。有人说，十里地以外就能闻到霍九的味道，那是夸张。但相隔几十米，甚至一百米左右，只要鼻子里远远地一闻到羊膻气，不用问，一定是霍九来了，正在往过走。就连村里的女人们一闻到，也转身就跑，并火烧火燎地告诉同伴，霍九来了。就凭他身上的那味道，没有人愿意靠近他，因此他总是安全的。我们后来终于明白了，霍九同志，一颗红心红似火，一片丹心向阳开。他把自己武装得像臭狗屎一样，利用人们普遍的心理，利用很多人不喜欢的羊膻气，很有效地最大限度地保护了自己，也极为有效地最大限度地保护了革命的事业。好几年，由他一个人串联起的几条联络线路从来没有出过任何问题。

在约定的时间里，霍九来了，一进门就把我和你爸爸熏得倒退了好几步，脸上脏得好像有一两年没有洗过，上面说不清是污垢还是烟尘。我个人觉得，霍九身上的味道，并不仅仅只是一种浓重的简单的羊膻气，更有一种恶臭，总体来说比较复杂，难怪没有人敢靠近他。我听老赵曾经介绍说，霍九年轻的时候曾经是一个很英俊的小伙子，不知后来怎么变成了那样。老赵说，是形势的需要，斗争的需要，不然，他常年奔波、来往于好几条交通线上，十条命也不够用的。

有一个半是笑话半是真事的传说，就是关于霍九的。有一次他去军区送情报，正好首长们在开紧急会议，霍九于是就坐在门外的台阶上等着。一边等着会议结束，一边解开上衣，顺便搂草打兔子地捉几个虱子。虱子们在他的身上横行，折磨他已经很久了，而近一段日子以来尤其猖獗，已然到了一种不可一世的地步。霍九聚精会神地坐在门口的台阶上对付着虱子，但是他不知道他身上的那种没有任何人能受得了的气味已经通过门缝飘到里面去了。正在开会的一位首长第一个先闻到了，他奇怪地抽了抽鼻子，不明白自己闻到了什么。紧接着，第二位首长、第三位首长，也都先后闻到了，有人下意识地捂住了鼻子。其实，在那之前，几名参谋、门口的警卫人员，他们早就闻到了，只是不敢说，怕影响会议的进程，不得不忍着。现在，既然几位首长都先后闻到了、都被惊动了，会议也就不得不中断一会儿了。首长们抽着鼻子，不约而同地互相问道，是什么东西这么熏人？一开始他们以为是后勤部门的人从哪里拖回了死猪死羊，伙房要给大家打牙祭、改善生活。后来参谋们如实相告，说外面来了一个叫霍九的情报员，是来送一份重要的情报的，此刻就在门外的台阶上坐着，首长们闻到的觉得很熏人的那种味道就是从这个霍九的身上散发出来的。一位首长皱着眉头说，怎么臭成这样？太可怜了！赶快先带他去洗一下，然后再给他换身干净的衣服。另一名参谋向首长解释说，不行，他不能洗，也不能换衣服，他就得那样，他要是洗干净了就麻烦了。把脸洗白了，把身上洗干净了，谁也不知道，也不敢保证这以后会发生什么。

他们接着向首长们汇报了相关的情况。好几年了，霍九就是以那样的一副形象和面目为革命工作的，由他负责联络的几条线路一直都严丝合缝，滴水不漏，从来没有出现过任何问题，没有人被捕，也没有人牺牲，更没有人变节，成为我们的几条真正意义上的隐蔽战线。几位首长听后，好半天都没有说话。后来，其中的一位首长眼眶湿润了，首长感叹道，革命真是太不容易了，太艰难了！不知有多少像霍九这样的好同志，我们任何时候都不应该忘记他们，不能忘记他们为革命做出的贡献。

就在霍九带着信走了的那天晚上，白莽同志对我说，与霍九同志相比，我们为党为革命做的事情太少了，也太不够了。那倒是，关于这一点，我也承认。由于工作的特殊性，霍九一个人连接着众多的人，而那些人相互之间也根本不认识、不知道谁是谁，只有霍九一个人知道他们，知道在这张无形的网上一共有多少人，都是些什么样的人。如果某一天，霍九要是出了什么事，那这张严密而无形的网将会彻底破掉，后果不堪设想。两个或几个我们的同志，都是为党工作的，但由于互不认识，互相提防，其中一个完全有可能将另一个干掉，这也是没有办法的事。但是，如果有霍九在，这样的事情就不会发生。

白莽同志又说，真羡慕霍九同志，像一匹革命的骏马或一只革命的蜜蜂。

我对白莽同志说，革命工作，分工不同。事实上，我们每天不也是在努力地为革命工作吗，也并没有混饭吃。有那么一句话，很多同志不是常说吗，活着干，死了算，明天是什么样的，谁又能知道？但是老赵又常教育我们要对革命充满信心，那我们就满怀着信心，迎接每一天。白莽同志说他羡慕霍九。我问他，那你也愿意像他那样脏臭吗？他说，愿意呀，那无非是招人嫌，不讨人喜欢，那又有什么呢？我们自己的同志怕和他一起坐，问题是敌人也不喜欢他，也怕见他，怕他身上的味，那是多么好的事啊！白莽同志，他说他从没有想过要讨谁的喜欢，他只在乎自己对革命是否有用。

三

对，你爸爸他就是那么说的，他说他羡慕霍九，希望成为霍九那样的人，做一匹革命的骏马或者革命的蜜蜂，飞过平原、山区、森林、河流，把敌人赶回老家去。不过，他真要是变成了另一个霍九，我敢肯定你的母亲绝不会嫁给他，哪怕他是英雄。女人们，心里想的和实际做的，往往是两张皮，两回事。当说起一个具有传奇色彩的英雄时，她们面色潮红，两眼闪闪发亮，恨不得立即就以身相许。可是，当那个真实的人——比如霍九——突然带着浑身的恶臭和羊膻气出现时，她们又会立即落荒而逃，头脑比任何时候都要清醒，生怕与自己有哪怕是一点点的瓜葛和粘连，这就是天底下的女人们。所以说，叶公好龙的故事常演常新，无时不在上演，会永远演下去。中国的古人们说，女人和小人都很难弄，都不太好弄，这话基本属于真理。

对不起，我忘了你也是个女的，不过，我不是在说你，因为你现在还不能叫女人，你还是个孩子，离做女人还早着呢。

什么，迟早也会有那么一天？那倒是，自然规律嘛。你爸爸只有你这么一个女儿，晏叔叔家里有三个女儿呢，再加上我老婆，也就是你婶婶或者阿姨，总不能因此就说晏叔叔的家里有三四个比小人还难弄的人吧，啊？哈哈！人世间的事，有太多说不清的，也没有绝对的东西，并不是所有的女人都有问题。要是桩桩件件都能说清楚了，弄明白了，可能也就不叫人世间了吧。

你出来带着你母亲的照片了吗？带了？那给我看看，我看看到底是不是我从前认识的那个叶小林？

啊，果然不是。

哦，这下面还有日期呢：民国三十八年摄于察省南大街。照片上的这位女同志就是你的母亲？哦，让我想想，叶小林的两个眼睛好像要比你母亲的更大一些呢。孩子，我可是有啥说啥，我们共产党人最讲实事求是，我不是说叶小林的眼睛比你母亲的大，就比你母亲漂亮，那是两回事。看这照片，你的母亲应该比叶小林漂亮。这位女同志，我看来看去，还真是从来都没见过。

唉，我想起来了，我真是糊涂了，这和叶小林有什么关系呢？一点儿关系也没有了，早就没有那种可能了。

叶小林是谁？是我们从前的一个战友。

叶小林，有时候也叫叶林、吴雪，这只是我知道的两个名字，应该还有我不知道的，至于她的真正的名字叫什么，可能也没有人知道。不管是什么吧，听着这些互不相干的名字，你能想到它实际上指的是同一个人吗？自始至终，只有一个人在暗中顶替着那些不同的名分。无数使用假名字的人在同一片土地上奔走、来往，问一个人姓什么、叫什么，那没有意义。他即使告诉了你他姓甚名谁，也丝毫不能说明什么，尤其是在那个时候，更是没有任何意义，因为那完全不是真的。

我有没有很多名字？有呀，怎么会没有呢，没有怎么工作呢？我现在的这个名字就不是我最初的名字，我的父亲，我的爷爷，他们并不姓晏。我的那几个孩子，她们有的跟我姓，有的跟着祖先姓，别人看了，会以为不是一家人，会以为某一个孩子是老婆带来的，或者是某一位战友的遗孤，以为我们那个家庭是东一个西一个地拼凑、组合起来的一个家庭，实际上我和你婶婶都只有一次婚姻。

有人就说过，说新华书店晏永贞家，五口人，四个姓，比《红灯记》里李玉和一家人还复杂呢，人家李玉和一家三口人，至少表面上都姓李。

什么，改过来？还改什么，没有必要了，也没有可能了。档案还能随便改吗？更何况也不在我们自己的手里，在自己的手里就能随便动吗？我就是晏永贞，只是晏永贞，不是任何人。无所谓了，这也不是什么大事，平时我都想不起来。今天要不是你来了，我早就带着图书和像章走了，哪还能想起自己是谁。

一位上级领导同志曾经对我说，你以为你真的是在新华书店工作吗？我说是呀，难道不是吗？我要是不在书店，那我在哪儿呢？他说，当然不是！表面上看，你是在书店，但实际上，你还在前线。前线？上级领导同志的话真把我说糊涂了，我想，这是怎么回事呀？全国都解放了，都已经解放了这么多年了，仗早就不打了，怎么我一个人还在前线呢？领导同志看我愚笨，一时反应不过来，就对我说，你是在坚守一个无产阶级的阵地，有多少封建的残渣余孽，地富反坏右，各种敌人，时刻都想着要夺取并占领这个阵地，那不是前线又是什么？你不在前线又在哪里？哎呀，原来是这么个前线，他这么一说，我总算是明白了。领导同志又说，你好好想想看，看是不是这么回事。于是，我就开始想。一想，还真是，越想越觉得是，领导同志说得对，我就是还在前线，至今还没有撤下来，至今还没有接到撤离阵地的命令。啊，我终于想起来了，这期间，一名曾经的工厂主的儿子，想加入共青团，还做梦都想到国营新华书店来工作，想戴上我们的蓝布套袖，还想佩戴上“为人民服务”的胸章，想站到我们这个阵地上来。他动用了各种关系，软磨，硬冲，什么办法都用上了，但我们硬是顶住了，硬是没让他进来，硬是没让他冲上来。我问上级领导同志，这算不算守住阵地了？领导同志说，算呀，怎么不算，当然算了。

领导同志，确实是高瞻远瞩，能让最不起眼的事，贴在地上的事，我们以为是平常的事，瞬间变得伟大，高耸入云。

接着说叶小林。

叶小林以一个裁缝铺做掩护，在那之前，组织上为她制定了一份属于她个人的相当可信的身世和经历。城郊的平川里有一个身材高大的女人，她的身份就是叶小林的四姑，如果有人去她那里打听，询问叶小林的情况，她能够如数家珍地说出叶小林的童年以及青年时代的所有的事情。她可以不记得自己的生日，但不能不记得叶小林的生日，二十五年前，叶小林出生的那一刻，是一个什么样的天气，是雨天还是晴天，甚至天上的云彩是雪白的鱼鳞样的，还是火烧般的红色，她至今都记得。有人说，这个四姑的记性可真够好的，中年以后的女人，竟还有这样的记性，实在少见。一个人出生的当天，是什么样的天气，就算是亲生母亲也很难记住，一个做姑姑的，凭什么会记得那么清楚？这件事实际上做得有点儿过了，要是遇到真正认真的人，有头脑有谋略，善于分析问题的人，是会出问题的，就凭你那么伶牙俐齿，对于几十年前的一件事记得那么清楚、详细，那就必定有问题。好在没有几个人知道她们的情况。你去找裁缝做衣服，还会打听裁缝的身世和来历，关心她是一个怎样的人吗？一般人都不会的。另外，城郊的平川里人口也很少，即使常看见一个身材高大的女人出来打水，也很难把她与某一个裁缝铺联系起来。

我曾经问过老赵，为什么要给叶小林安排这么一个四姑呢，让她是她的亲生母亲那不是更好吗？老赵没有接我的话茬，而是对我说，第一次，我原谅你的无知和鲁莽，但以后再不要让我听到你的这种话，更不许妄加猜测和议论。

对于上级，对于上级做出的一切安排，不准怀疑，不准私自揣测，更不允许几个人在一起议论和分析，这是我们的规定和纪律。我其实是知道这纪律的，并且也一直都在遵守着，只是在这件事情上一时忘记了，因为我产生了一种错觉，纯粹把它当作别人家的一桩家庭琐事了，从而忘记了这是一次有计划有部署的组织行为，更忘记了它很大程度上其实是在表演，是在展开和收拢的过程中演给别人看的。

这也是我当年不成熟的一个表现之一。要是放在现在，我才不会去问呢。组织有组织的考虑，集体的智慧难道还不如某一个人的智慧。

我第一次奉老赵之命去叶小林的裁缝铺，是去取一封密写的信。我去的时候，叶小林正在给一个胖女人量尺寸。可能是在时间上或者别的什么方面出了点儿毛病，比如我去的路上耽搁了或者走得太快，致使时机不是太好，因为最理想最安全的应该是只有叶小林一个人在，而不应该有外人在场。正是由于时机没有把握好，没有控制好，所有才在不该出现外人的时候出现了外人。你露出了空隙，所以才会有外人趁机渗了进来，溜了进来，插了进来，要是没有那个空隙，那就谁也进不来。虽然说只是一个普通的女人，她也是按照她的规律和方式行事的，也不能说明什么，不能就认定她是敌特或者是与敌特有关的人，但被她无端地看见，总是没有必要的，也是非常不好的，因为这样的事是完全可以避免的。某一天傍晚，当我在书店外面上护板的时候，如果正巧这个胖女人从书店外面经过，如果她的脑子还不是太笨，记性也还没有坏到一转身就忘事的情况下，她是能够觉得眼前这个正在上护板的人，是有点儿似曾相识的。不，好像还不是似曾相识，应该是肯定见过。是在哪里见到的呢？啊，想起来了，那天在裁缝铺！对，就是在那个叫叶小林的女裁缝那里。一个每天出来上护板，每天手拿鸡毛掸子的下等店员，那么远去一个裁缝铺干什么呢？难道他有足够的钱去给他自己或者他的家人定做一件衣服吗？真不像，无论如何都不像。可是，如果不是去做衣服，他跑那么老远，又是去干什么的呢？

事情往往就怕这么想，也就怕这么问，这么一想，这么一问，问题紧跟着就来了，好多的事情都是这样发生并逐渐展开的，有的会在此基础上越发展越深入，越发展越庞大、越复杂，甚至会超出所有人的预料和控制范围，最终变得无法驾驭，彻底失控。而如果不想，不去追问，同样的好多事情也就都会就此断开，不再有下文。

不是我多疑，也不是我把事情想得太复杂，我们的这些知识和经验，全都是老赵平时教导的结果。他常教导我们说，别以为生命就是一条禁得起折腾、耐得住摔打的牛皮口袋，有些时候，还不如一张纸。划一根洋火，把纸点着，那张纸也得烧一会儿，才能烧完。而生命，有时候仅仅只是一眨眼的工夫，一条命就没有了，事情就天翻地覆了。那张纸还没有烧尽，人已经提前完了。

这些话，这些经验，常常让我们觉得，人生，有今天没明天，有时甚至还不如一根洋火漫长。

还没有见到叶小林，就先听见那个胖女人在说话，我站在外面听了一会儿，大致听明白了胖女人的意思。胖女人认为叶小林给她量的尺寸不对，因为她的肩没有那么宽、那么厚，腰也没有那么粗，腿更没有那么粗。叶小林对她解释说，仔细地量了两遍了，不会有错的。胖女人说，她自己在家里不是没量过，也量过，尺寸不是现在的这尺寸。听见叶小林问她，那你是怎么量的呢？是这样……胖女人说着，然后开始用手比画。比画了一阵后，叶小林说，你量得不对，难怪我们的尺寸不一样。胖女人说，我觉得是对的，我从来都是这么量的。叶小林对她说，如果按你的尺寸，衣服做好后，你根本穿不进去。胖女人说，你就做吧，一定能穿进去。

听见两个女人在屋里不紧不慢地那么说着，我在外面快有点儿疯了。胖女人，不承认叶小林给她量的尺寸，只承认她自己量出的尺寸，我觉得，她不是在否定叶小林的手艺，也不是在坚持她本人的尺寸，而是在一门心思地为节省布料做着不懈的努力和斗争。你想嘛，如果裁缝不按她量出的尺寸，那就势必要多费布料，而多费布料就意味着要多花钱，所以她才要力争，想办法将裁缝说服。

我在外面听着，心里一阵阵焦急。这个叶小林，只顾在尺寸上和那个女人绕圈子，你来我往，难道忘了今天有人来取信吗？这事要是让老赵知道了，老赵是会动怒的，甚至会使用组织措施。什么，组织措施就相当于家法或者帮规？这是谁说的？可不敢这么说，更不能这么比喻和理解。

我不能再等下去了。于是，我推开门走了进去，叶小林看了我一眼，那个胖女人也看了我一眼，两个女人竟谁都没有觉得吃惊，就好像没有人进来，屋里还是她们两个人。不过，叶小林已经有了要结束的意思，她对胖女人说，尺寸还是按我量的那个尺寸做，我少收点儿钱，你看这样行吗？听见裁缝这样说，胖女人立即就同意了。我想，她可能要的就是这样的一个结果吧。这个世界上的女人们啊，真是让人一言难尽啊。

我拿到信没有？当然拿到了，不拿到还能行吗，那又不是像去拿一个碗、拿一件衣服那么简单，那么不重要。如果拿不到，将直接关系到十几个人的性命，有人会在完全懵懂、在按部就班的情况下被突如其来地葬送掉，到死都不明白自己是如何被葬送的，眼睛都很难闭上呢。

表面上看，那完全就不是一封信，而就是一块普通的布，很薄，比常见的手帕还要小一些，上面什么也没有，无论谁看见，都绝不会想到会有十几条人的性命隐藏在上面。哎呀，在刚拿到手时，我也是出了一身的冷汗。叶小林同志，运用她的机智和细心，把它缝在一件尚未完工的呢子外套的里面，成为那件外套的一个内兜，天底下的事，再没有比那更自然、更天衣无缝的了。也正是因为它显得无比自然，所以，当那个胖女人离去后，叶小林同志取下那件尚未完工的呢子外套，开始拆里面的那个内兜，当时就连我也以为它真的就只是一个普通的内兜呢，做梦也不会把它与我要来拿的那封密写的信联系到一起。叶小林同志坐在她平常坐的那把椅子上，用剪刀仔细地拆线的时候，我当时还很不理解呢，我感到烦躁不安。因为我想到我从书店出来，一直到她这里，这中间耽搁的时间也实在太长了，而且眼下还在等，真不知道什么时候才能把那封信真正地拿到手。不瞒你说，有一阵子，我的革命意志和信心甚至出现了短暂的滑坡，我甚至很混账地开始怀疑叶小林的这个多少有些凌乱的裁缝铺里到底有没有那样的一封信。可是如果没有，老赵又派我来干什么呢？说明还是有的。就在那时候，组织的命令和嘱托、老赵的声音，以及那十几条性命一起发出的喑哑的呼喊，又一次在我的耳边及时地响起，使我重新有了力量，又一次稳住了自己。这以后，我对那个仍然在不慌不忙地拆线的女裁缝说，叶小林同志，请赶快把那封信给我，等我走了以后，你再慢慢地收拾、鼓捣你的那些衣服。听到我的催促，女裁缝叶小林头也没抬，手也没停，只是用一种十分平静的声音对我说，马上就好。马上就好？我想，拆一个衣服的内兜难道就那么重要吗？我这里还在心急火燎地等着呢，她倒像是一个没事的人一样一点儿也不着急。不过，也就在那时，叶小林终于拆完了。她把那块拆下来的布在我的面前抖了一下，对我说，这就是那封信。

那一瞬间，我几乎惊呆了！我看着那一小块普通的带着毛茬的布，又看看站在我面前的神态平静的叶小林，要不是只有我和她两个人在场，要不是听她亲口所说，我又亲眼所见，我怎么也不会相信她手里的那一小块不起眼的布，会是我此番奉命前来要携带回去的密信，会是十几个人的性命……那一刻，我又激动又惊讶，我对叶小林同志说，真是没有想到，更没有看出来。

叶小林同志也笑着说，要是谁都能看出来，那还叫什么密信？那敌人不也一样能看出来吗，那我们还费尽周折地传递什么呢？

我让她把那块上面承载着十几名同志生死存亡的布给我，她却反问我说，你打算就这么把它握在手里拿回去吗？她这么一问，把我也问住了，光顾着激动了，我还真的没有想好，怎么把它带回去。还没有等我想出更好更稳妥一些的办法，叶小林同志就让我把我的上衣脱下来。这一回我看明白了，又是她，叶小林同志，一针一线地把那块布又缝到了我的衣服里，一转眼就变成了我的一个内兜。接着她又嘱咐我，回去后，要用小刀或者小剪子把线挑开，要慢慢地拆。我当时就对她佩服得不得了。这封信，光是往衣服里面缝，她就已经亲手缝了两次了。

你说什么，我和她都太笨了？那依你的意思呢？把那件呢子外套直接穿走，那样就会节约很多时间？哎呀，亏你能想得出来，你们这些年轻人啊，要是让你们去做那些事，不知会做成什么样呢，有多少同志可能也不够牺牲的，中国的革命说不定至今还在黑暗中摸索呢。一九四九年全国基本解放？我看够呛。

那怎么能行？我告诉你，那件呢子外套是一位客人在她那里定做的，我怎么能随便穿走？再说，那件衣服还没有最后完工呢，领子还没上呢，扣子也都没有，啥也没有，你让我怎么穿？穿出去像什么？不暴露自己才怪呢。还有，季节也不对呀，当时正是五六月的夏天，我穿着一件厚厚的呢子外套出去？那只能等着让人来抓了。当地的老百姓有一句俗话，皮裤套棉裤，必定有缘故。那就很能说明问题。一个人，你要是想让自己显得不正常，有问题，你尽管照着那个样子去穿。

叶小林同志不能说笨吧？要说我笨，我还承认，并且心服口服。可是要说叶小林也笨，我不能同意，更不能答应。都说女人愚蠢的多、蠢货多，但是我要说，叶小林同志不仅不愚蠢，不仅与那个词无关，相反她非常智慧，而且胆大心细。当时她才二十五岁呀，但是已经具有了七八年的革命斗争经验。组织上非要安排她做裁缝，每天要应对各种各样的难缠的男人女人，在各种布料之间穿梭往返，其实是有点儿浪费人才。我觉得，如果让她去指挥一个营、一个团，也应该绰绰有余。

白莽同志与叶小林同志究竟是什么时候认识并建立感情的，我完全不知道，我大约是最后一个才知道的。我是怎么知道的呢？有一次，老赵批评白莽同志，说感情这东西是世界上最害人的东西，处于我们目前的情况，再加上环境的恶劣，形势的严酷，这种事尤其要不得。因为，感情会使一个人失去理智，如果是两个人同时都陷进去了，那就会让两个人都失去理智，甚至丧失信仰，不仅害人害己，更严重的可能会危及革命事业，那样就危害更大了。我就是在老赵批评白莽同志的时候，才知道那件事的。一开始还没听懂，后来才明白他们是在说什么。当时，我也非常吃惊。老赵一半是代表他本人，一半是代表组织，与白莽同志进行谈话的，主要是教育和批评。老赵说，平时看你老老实实的，没想到突然在我的眼皮子底下整出这么个事来，老实说，比敌人突然摸到我们的门上来还要让我吃惊呢。接着又说，叶小林同志肩负重任，工作也非常出色，如果让她突然陷入一个感情的旋涡里，什么后果你想过吗？不淹死，也得被卷走，到时候恐怕谁也再捞不出那么一个完整的人了，这中间的损失，是没办法用数字来计算的。说到底，叶小林同志再坚强，也毕竟还是一个女人，而一个女人，如果一旦被所谓的感情所控制，是很容易忘记国家与民族的，也很容易会背离曾经的信仰与誓言。那种时候的女人，头脑会发昏，身体会发酵，身心会变成纯粹的动物，可以连一切都不顾，整个人就是一个只会喘气的动物。那种时候，什么国家、民族，所有的一切都会烟消云散，都不及她们的切身感受来得更重要，任何一种主义也都不再具有意义，只剩下一种肉体主义。肉体也能叫主义吗？不知道。

老赵的话让我更吃惊了，惊得好久都说不出话来，我也不知道我该如何看待这种事。我也同样吃惊地发现自己竟然没有态度，不知道自己究竟是站在一个什么样的立场上的。不过，在党小组会议上，我还是追随老赵举了手的。斗争那么严酷，我后来终于发现我其实也是不赞成他们的。我的不赞成有没有更深的原因？我觉得可能是有的，那就是，在我的心里，在我看来，叶小林同志应该是属于整个革命事业的，而不应该属于具体的某一个人、任何一个人。不能想象她挽着某一个人的胳膊，与其亲密地说话、散步，天黑以后一起回家，同枕共眠。真的不能想象，无论那个人是谁。

老赵还说，都是出生入死的战友，能和自己的战友谈那种事吗？

这样的话，我也是不赞成的。不能和自己的战友谈恋爱，难道能和不认识的人，甚至和敌人去谈？

不过，我相信，白莽和叶小林，他们之间绝对是最纯洁的革命友谊，至于有没有个人感情，也肯定是有的。白莽有一条围巾，听说就是叶小林送的，不过他很少围。我不知道是为什么，是怕人说，还是不舍得围？有一天夜里，我们在东瓦窑举行党小组扩大会议，本来应该有叶小林参加的，但老赵担心人多眼杂，怕叶小林同志暴露，就没有让她来参加。当时天气非常寒冷，每个人一说话都喷吐着白气，但即使是那样的天气，也仍然没有看到白莽同志围那条围巾。如果叶小林同志当时也在场，不知她会做何感想。

白莽同志有没有什么东西给叶小林，我不知道，估计没有，因为他什么也没有。他、我，包括老赵，我们都什么也没有，没有家室，没有财产，甚至连一件稍微像样的私人之物也没有，就连睡觉的铺位和一点儿简单的行李都不属于个人。老赵、白莽、我，我们三个人共同使用一个很旧的铜脸盆洗脸，老赵还有皮肤病，但我们从来也没有当回事。现在的人们说，皮肤病会传染，但我和白莽同志也并没有被老赵传染了，至今都不是好好的吗。我们书店有一个人叫皮富贵，也有皮肤病，没有人敢和他握手。时间一长，他自己也心虚了，一看见人，就马上把自己的两只手藏起来，就像他是一个没有手的人。藏手不要紧，问题是整个人也跟着变了，长期萎靡不振，心事重重，走路贴着墙根。我一看，这不行呀，作为书店的领导，我得带头破除这个迷信。我就对皮富贵说，皮富贵同志，不要怕，没有人和你握手，我和你握。握手，多么简单平常的一个事，可是，当我伸出自己的手以后，可怜的皮富贵同志顿时泪流满面，一秒钟前还愣着，一秒钟以后就泪流满面了。他坚持不把他的手伸出来，还说，晏书记，我不能害你呀！握手怎么是害我，赶快拿出来。在我的带动下，我们的两位副书记和副经理也都敢与皮富贵握手了，以后，又有农村部的主任，还有会计汪明霞，都敢和皮富贵握手了。一段时间以后，我问他们，皮富贵把他的问题传染给你们没有？大家都异口同声地回答说，没有！又说，皮富贵同志真是自觉呀，没见过那么厚道的人，每次和我们握手，都要提前戴上一副事先准备好的新手套。唉，这个皮富贵呀，有时间我还得说说他。

所以，我也实在想不出白莽同志能送什么给叶小林。其实，我们整个革命队伍都是如此，上自最高首长、革命领袖，下至普通士兵，都是一样的，名副其实的无产阶级革命队伍，这也是我们能够夺取最后胜利的根本原因。部队的战士们其实比我们更艰苦，洗脸主要依靠河水，有时甚至多少天都洗不上一次。洗不上就洗不上，眼角里全是眼屎，像霍九一样肮脏，照样不影响我们战胜敌人。敌人及其家眷们的脸倒是洗得很干净，还涂脂抹粉，还化妆，可那又怎么样，不也失败了吗？从打仗，从战争的意义上来说，一穷二白不仅不是坏事，恰恰是好事，最好的事。

不妨试想一下，如果我们的革命队伍里，每个人都家资万贯、良田千顷，我们还能够继续打胜仗吗？不能了吧，打不了了吧？在数不清的财产面前，一个人背负着那么多的利益，生命陡然就变得昂贵了、重要了，不能再随随便便地牺牲了，更没有人愿意去牺牲自己。决死队、敢死队，不再轻易能够组成，都是富人了，叫谁去呢？谁去都不合适，谁都不想去。官兵们手里都有钱了，没有人再愿意去拼命，人人都想保全自己，都想让自己活下来，都想让别人替自己去死。过去不是常有那种人么，我出钱，你替我儿子当兵去。

本来见面的机会就不多，这样一来，以后就更少了。有时候去叶小林那里取信，本来应该白莽去，但老赵却要让我去。老赵的用意，不说我们也明白，他是怕他们之间的感情影响了工作。不错，从斗争的严酷性和大局上来讲，老赵那样做是对的。老赵坚持认为，所谓的感情，其实就是个害人精，是世界上最害人的东西，搞革命尤其要不得，一个人陷入那里面，会迷路，会不知道自己是谁。而要是没有那种东西，我们就能更干净利落，义无反顾地完成一切事业。我记得有一年中秋节，我们三个人分着吃了一个月饼。吃完后，对着皎洁的月光，老赵和我们开玩笑说，现在这个时代没有太监了，如果有，把他们组织起来，那有可能是一支最纯粹最勇敢的最勇往直前的决死队。白莽同志当时就说，老赵言之有理，有史为证，明朝的阉党就都足够凶悍，正常人很难打赢他们。

我在一旁听着，我想，他们这是在说什么呢？那样的天下，即使打赢了，又有什么意思呢？

每次从叶小林那里拿了信要走的时候，叶小林同志总是很关切地问我们近来怎么样，并一再提醒我们要注意自身的安危。我觉得她好像想说什么，却又没说出来。于是，我就常对她说，我们都很好。说完后，再加一句说，白莽同志也很好。其实在说我们很好的时候，已经包括白莽同志在内了，为什么还要再加一句呢？因为我觉得那是她更想听到的。她关心我们，一个女同志，我觉得，倒是她自己，一个人守着那么一个光线幽暗的裁衣铺，更叫人担忧呢。我的脑子里曾经不止一次地浮现过这样的一幅图景：某一天，当我又去取信时，看到昔日的裁衣铺已经人去屋空，院子里和门前长满了半人高的荒草。里面一片狼藉，各种衣料呈垂死状，有的被剪烂，有的被践踏，胡乱地堆积着、飘零着，充满痛苦和幽怨地纠缠在一起。被砸坏的缝纫机，像变黑的骨架，生硬地倾倒在墙角……我也不止一次地用意志驱赶过这些不祥的图景，想让它们永不再浮现。可是不成，刚赶走没多久，就又来了。那时候，我就对自己说，这不是真的，也永远不会成为真的。我还曾经浮现过做皇帝的图景和梦想，难道那也是真的吗？好的、坏的，都不是真的，都不能算数，都不过是人的一种思绪和忧虑罢了。

四

没有，叶小林的那个地方一直没有遭到破坏，这与她平时的谨慎和细心有很大关系。不谨慎会怎样？很简单，那就会送命，不仅自己送命，常常还会连累殃及别人，甚至一个地方的所有的同志，都会连锁反应般地跟着暴露、遭殃，就像在瓜地里拉秧一样，拉住一根藤，会带起所有的藤。到那时候，所有的瓜们就都暴露出来了。

你刚才不是还问霍九现在在哪里吗？他哪里也不在，早就不在这个世界上了。

人们常说，老虎也有打盹的时候，一打盹，必定出事。霍九就是不小心打了个盹，就是属于那种情况，机警了那么多年，可是偶尔打了个盹，结果就把自己打没了。

一九四四年春节的那几天，是七八年来相对平静的几天，没有任务，形势也不像一两年前，甚至半年前那么吃紧。正是在那种情况下，好多年从来没有正经休息过的霍九决定给自己放两天假。好多年一直有人说他不会生活，不懂生活，所以他决定趁这个难得的空隙，好好休息两天，让人们看看他霍九到底会不会生活，懂不懂生活。他理了头发、刮了胡子、洗干净了脸。据后来有人说，他在腊月二十九那一天，刮下来的头发和胡子加起来有半箩筐。我觉得，霍九，他可以洗脸，甚至去城里的浴池里泡个澡都不是不可以，但他确实不应该理发、刮胡子，那可能是他犯的最大的一个错误。现在看起来，似乎正是那件事使他由原来的暗处一下子转到了明处，等于是把自己彻底暴露了。

有人认出了他。

大年初一，多少年身经百战、具有丰富斗争经验的霍九死在一条僻静的街上，一开始还有人以为是一个醉鬼趴在那里，从除夕夜一直趴到初一，因为他的身边还有一个摔碎了的小酒坛子，坛子里的酒和他的血黏稠地混合在一起。

霍九是被人从背后开枪打死的。那件事我们曾经暗中调查了一段时间，军分区敌工部也派人参与了调查，但一直没有调查出结果，始终不知道是何人所为。

当时我们内部有人说，什么人能把霍九打死？那得是一个多么厉害多么了不得的人？就算是三头六臂，也未必能把霍九怎么样，更别说取他的性命。但是，也有人不同意这种说法，把霍九打死，不一定非得就是一个十分厉害的十分了不起的人，不是吗？关云长死于潘璋之手，难道能因此说潘璋的武艺在关云长之上，比关云长更了不起吗？所以，依据情况看来，任何人都有打死霍九的可能，甚至一个独眼的人，一个缺胳膊少腿的人，一个胆小的平时连鸡都不敢杀的人，都有可能。

霍九，像一匹骏马，像一只蝴蝶，奔驰了好多年，飞舞了好多年，在大年初一，新的一年的第一天，突然倒下了，脸朝下，趴在地上，再也不动了，永远也不会再站起来了，永远也不会再往各个联络点去了。

关于霍九之死，当时有很多种说法，说什么的都有，甚至还有鬼怪之说。说除夕那天午后，天色灰暗，霍九在那条僻静的街上，突然遇到一个过去的熟人，而那个熟人，已经死去好多年了，霍九不知道。霍九在那条僻静的街上，看到熟人提着一个白纸的灯笼，大过年的，好像是找不到家了，脸都急白了。霍九就劝他不要着急，又帮助他一起找他的家，可是找到一个门，不是，又找到一个院子，也不是，把那条街都找遍了，还是没有找到。就在那时，天上下起了雪，漫天飞雪，每一片雪花都有小孩的手掌那么大。最后，霍九看到雪越下越大，整条街上只有他们两个人，霍九就对那个人说，实在不行，你就跟我走吧，我刚打了酒，我请你喝酒，我也是一个人，我也没有家呢。

烈士？没有，霍九没有成为烈士。我们的制度对烈士的要求是很严格的，他是在休息的时候出的事，并不是在执行任务的过程中牺牲的，这一点至关重要。这件事在当时没有任何说法，解放后好像也再没有人提起过。你知道，霍九一直没有家庭，没有后人。这种事，只要你的后人不去奔走，是没有人为你奔走的。说到底，那关别人什么事呢？比如你，白莽同志有你这么一个女儿，他下落不明了，没有消息了，不知去哪里了，你就出来四处寻找他。如果白莽同志是又一个霍九，同样没有家庭，没有后代，无论他到了哪里，在不在人世，又有谁会出来打听，四处寻找他呢？对不对？无论他到了哪里，无论他的结局是什么，和所有的人都没有关系，不是吗？你死了，不在人世了，那就不在了呗，那关人家谁的事，那不关任何人的事，也不关世界的事。你死了，太阳就不出来了？太阳每天照常升起，雨照常下，雪照常落，真的就像是仅仅走了一匹马、少了一只蝴蝶，对世界来说，那又算得了什么，几乎和什么也没少一样。

现在，常听说某某老将军回忆录出版，某某老艺术家庆祝自己从艺四十年，那些事情都是谁搞出来的？都是他们的后代搞出来的。如果一个人没有后代，没有后代们的张罗、奔走，是不会有那些事的。

霍九没有家庭，没有后人。但是，霍九真的就不重要吗？他死了，真的就像是世间走了一匹马、少了一只蝴蝶一样吗？

谁也没有想到，自从年初霍九死了以后，在接下来的几个月里，由他原来负责串联起来的那几条秘密路线和十几个联络点，都先后遭到了破坏和毁灭性的打击，纷纷出事，到一九四四年年底的时候，仅剩下唯一的一个联络站。更确切一点来说，仅剩下的那唯一的一个联络站，也仅剩下一个人了。那个联络站的负责人邱成发，因为出去买米而意外地偶然地逃过了一劫。回来的时候，一切已天翻地覆，面目全非了。原来的那个地方显然已经成为一座虚席以待的坟墓，不能再继续用了，更不能再回去了。负责人邱成发远远地注视着他的那个小心谨慎地经营了多年的联络站，表面看上去好像与平时没有什么不一样的地方，联络站里的桌椅板凳，一应的东西，还是按照往日的方式和位置摆放着，门窗也都完好无损，他出门前特意挂在外面的一只作为联络信号用的藤条筐子也还在原处挂着，一切还是那样的平静，可是又是那样的不平静。没有火焰，也没有灰烬，但是却有一种挥之不去的被彻底焚烧过的气象。没有人说话，更没有人走动，但是却明显地感到有无数张“渔翁”的脸在屏声敛气地蹲伏着，等待着最后一条鱼儿落网。没有枪声，也没有刀光，但是却有万劫不复的恐惧在徘徊，在狞笑……负责人邱成发，当天晚上就没有地方去了，他不得不扛着刚买来的米，开始寻找新的落脚点。

那时候，在最困难最血腥的日子里，有人想起了霍九，霍九要是还在，那许多的破坏性的毁灭性的事件也许一件也不会发生。

现在，我们用今天的眼光看过去、看历史，觉得已经到了一九四四年的年底了，转过年，再有几个月，抗日战争就全面胜利了，全国人民浴血奋斗终于有了最好的结果，那是站着说话不腰疼，那更像是在观赏一台关于历史的节目。但在当时，根本看不出什么胜利的迹象。我们周围的人们，谁也不知道这场漫长的残酷的战争还要持续多久，谁会以为，谁能想到，再有几个月就要全面胜利？那怎么可能，想都不敢想。谁要是敢那么想，也许会戴上“左倾”冒险主义或者“左派”幼稚病的帽子。也许中央首长们高瞻远瞩，提前觉察、预感到了什么，但我们不行，我们长期活动在下面的人，真不知道胜利已经不远了，怎么敢那么想呢？我们长期就像是在地洞里活动，虽然我们也经常学习，知道一点辩证法，知道矛盾总是在转化中的，但真的很难与实际联系起来。所以，对于事物从量变到真正的质变，其实也是一知半解的，更预测不出来。抗日战争，量变了将近十四年，马上就要开始质变了？谁敢那么想？说出来也不会有人信你的。你又是谁，凭什么敢做出那样的推断？牺牲的精神和准备，我们都是有的，一直都是有的，胜利的信心也有，但究竟什么时候才能看到胜利的曙光，什么时候才能取得胜利，真不知道，只能一天一天地斗争，苦熬吧。什么时候牺牲了，那也就算了，等不到胜利的人多得是。

霍九多年来一直小心地维护着的那些秘密的联络站，像雨后的水泡一样，一个一个地都消失了，以后，绝大多数都再没有恢复起来，这给我们的行动增加了许多意想不到的困难。有时候去一个地方，两眼一抹黑，不知道该去找谁才对。深夜里，又冷又饿，看见有房子里亮着灯，灯下有人坐着，有人在走动，但就是不敢进去。要是在以前，霍九还活着的那时候，我们直接就进去了，因为人虽然陌生，但是肯定有我们的同志，再陌生也不怕。而现在，只能在外面徘徊，我们从前的同志都牺牲了，没有人再接应我们。白莽同志有一次被人用绳子绊倒，幸亏对方只有两个人，要是有十个人，我们可能就都没命了。

谨慎重要不重要？我说这些的意思就是想说谨慎太重要了。我个人甚至觉得，没有谨慎，甚至就可以说没有一切。这样说夸张吗？一点儿也不夸张，因为不谨慎可以毁掉一切。人生在世，不管什么年代，都得睁着一只眼睛睡觉。即使是现在，我们不也时刻还要提防帝、修、反，走资派和右倾分子对我们的进攻和破坏吗？我们何曾睡过一个放心觉？战争年代养成的习惯，睡觉不敢脱衣服，我现在也经常不脱衣服就睡着了。

当年，老赵带着白莽同志去灵城筹建书店，还没有到达目的地灵城，老赵就已经被人认出来了。老赵说，这还能干？还在路上呢，就已经被堵上了。这件发生在途中的有些突兀的事情，给当时还没有任何斗争经验的白莽同志很好地上了一课，使他既见识到了老赵的人际广泛和工作作风，同时却又隐隐地觉得像老赵这样具有相当江湖色彩的人，其实是已经不大适宜再继续做秘密工作的了。因为，不管你的身份有多少种，名字有多少个，但面孔却只有那最原始的一张，人也只有那一个，任凭你怎样变幻，你的那张脸，以及脸上的只属于你个人的那种东西，是很难大变样的。有人可以忘记你曾经是做什么的，却对你的独特的相貌印象深刻，只要牢牢地记住了你的那张脸，你所有的身份和职业就都不再能说明什么。人家会记得，就是这张脸，就是这个人。

这件事别说是年轻的白莽，就是饱经沧桑的老赵本人也吃惊不小，当他被人突然抓住一只手的那一刻，他也着实吓了一大跳。

在距离灵城还有不到三十里的一个小镇上，白莽跟着老赵，正在一条十分狭窄，但在那个镇上已算是宽绰繁华的街上走着，一个穿酱色衣服的人，不知是从哪个方向过来的，突然出现在他们两个人的面前，紧紧地抓住老赵的一只手，大声地说道，老范啊，这一年多你跑到哪里去了？我找遍整个淮南，也没有你的踪迹。

老赵毕竟是老赵，他的吃惊也是短暂的，一眨眼的工夫，他也很快就认出了眼前那个正在朝他大声说话的人，想不承认，想躲开，都已经不可能了。看见有人正在朝他们这边观望，老赵带着白莽和那个人走到一个僻静的街角。那时的老赵已经不再是老赵了，而是那个人眼中的老范。还没有站稳，那个人就又急切地说，老范啊，你让我找得好苦，我找遍了整个淮南……老赵对他说，家里发生了一些变故，我不得不回去。是什么样的一些事情呢，一走就是一年多？穿酱色衣服的人似乎天生就具有一种刨根问底的精神和禀赋，带着一种说不清是埋怨还是关切的声音在说，像是在问老赵，又像是在自言自语。之后，又提到他们的过往，他对老赵说，我还欠着你一笔哔叽款呢，这你总不会忘了吧。老赵说，忘了，还真是忘了。都是过去的事了，还提那干什么，忘了它吧。但是穿酱色衣服的人却说不能忘。他说，不能忘。事情可以过去，欠的债也能过去吗？老赵果断地说，能，一切都会过去，一切也都能过去。穿酱色衣服的人暂时不再纠缠欠债这件事，转问老赵住在哪里，晚上他要去看他。他对老赵说，你还没有告诉我你怎么会来到这里，你同样也不知道我又为什么会到了这里。他说他就住在铁匠铺那边的洪家货栈，门口有鸡毛和一堆黄土的那一家。还说他房间的隔壁住着两个闽南人，每天半夜了还不睡，不停地在说话，也听不懂他们在说什么，声音如同青蛙在叫，又响又难听，都快把他吵死了。

按照计划，老赵他们原本是要在那个镇上住一宿的，但当他们从外面回到旅馆以后，老赵却让白莽赶快收拾东西，即刻离开那个镇子。那时候天已经黑了，外面什么都看不清了。白莽一边收拾东西，一边对老赵说，咱们要是走了，过一会儿，你的那位朋友要是来了怎么办呢？老赵皱起眉头对白莽说，怎么办？你留下来等他。婆婆妈妈的，一点儿也不像个年轻人。我年轻的时候，可不是你这样的。听到老赵这样说，年轻的白莽不再作声。该收拾的东西都已经收拾好了，本来就没有多少东西，那时，一眼望去，桌子上、炕上，都已经变得空荡荡的。老赵还特意掀起炕上的席子看了一眼。

这以后，他们吹灭了灯，提着东西从里面出来，又将房门重新掩好。穿过黑暗的后院时，上房里忽然传来一阵歇斯底里的咳嗽，把白莽吓了一跳。老赵低声说，没事，不要怕，是住在上房里的那个患肺病的陕西人。白莽说，老赵，你怎么知道那个人是陕西的，而且还有肺病？老赵没有说话，只是带着他快速地往外走。

沙枣树、榆树、青杨树，还有一些好像总是在歪着脖子看人的树，不时地出现在他们的面前，像是要把他们重新拦截回去。有的树本身不高，要是再没有多少树叶，就很像是一个人或几个人直挺挺地站在那里。从白日里那条人来人往的街上经过时，年轻的白莽又闻到了那种尚未散尽的人间烟火的气息，两边的屋檐、墙上，被一代又一代的行人的足迹磨光的街面上，似乎依然停留潜藏着纷纷攘攘的人声。只是一种正常的人声，谈不上是鼎沸，小镇上从来没有过人声鼎沸的时候。

黑暗中，老赵对白莽说，形势过于复杂，我们不得不多长个心眼儿。白莽说，你是说，你对你的那位熟人了解不深？老赵说，不能算深。深又怎样？更何况，这一年多来，他在干什么，我完全不清楚。人是会变的，一年，能发生很多变故。一个人，上午还好好的，一中午不见面，下午就有可能完全变了，更何况是一年呢。一年，说短也短，说长也足够长的，足够让一个人从里到外，改换门庭，变得面目全非。

耳边回响着老赵的声音，脚下在不停地走着，再抬起头时，白莽发现他们已经顺利地出了镇子，来到了旷野上。老赵接着刚才的话继续说，即使在我们这个阵营里，不也时常会有人变节吗？当初在党旗下宣誓的时候，说得多好，言之凿凿，信誓旦旦，恨不得马上就把心掏出来给组织看，可后来呢，有人连几年都坚持不了。白莽说，午后我们遇到的那个人，万一他真的什么问题也没有呢，就是单纯地想找你叙叙旧呢？老赵说，如果他是清白的，如果是那样，那也就只能对不起他了。其实也没有什么对不起的，他不是还欠着我的一笔钱吗？叙旧又能怎样，不过是说几句闲话，没用的话。可是，你就能保证他真的没有问题吗，真的不会把敌人带来吗？谁也不敢下那个保证。你要记住，在生死问题上，没有“万一”这个词，以后绝对不能有这种想法，更不能在这种想法下行事。年轻不懂事的白莽说，在理论上，“万一”这种现象是存在的。在哪儿呢？老赵左右转了两下后说，我怎么看不见？我战斗多年，从来没有看见过你说的那种现象，倒是常看见有人不断地栽倒在那上面，死在“万一”那把刀下。

在漆黑的旷野上，他们朝着灵城的方向运动，也不能完全确定那个方向就是对的。猫头鹰在旷野里叫着，白莽以为是斑鸠在叫。而事实上，到那时为止，他连斑鸠也还没有见过，更不知道斑鸠的叫声是怎样的一种声音。

这是一种说法。还有另外的一种说法是，当天晚上，那个人按时来到老赵他们住的地方，刚一进门，还没有来得及开口，便被早已等候在门后的老赵给扑杀了。老赵说，必须这样干，否则我们就得遭殃。万一是冤枉的呢？老赵说，如果真是冤枉的，那就算是他为革命做出了他应做的贡献，人民会记住他的。

什么，没有人知道他？那倒是，连我都不知道他叫什么，到底是个什么样的人。不过，也不能就说他是白死了，因为确实无法在那么短的时间内一下就甄别出他的真实身份和真正的意图，老赵当时也是没办法。自古以来，白死的人不在少数。要怪就只能怪他太热情、太冲动、太莽撞，看见个脸熟的就赶紧扑上来，那哪成呢？他不应该在那个时候遇到老赵，因为老赵正肩负着重要的使命。遇到了也没关系，只要不上去相认，悄悄地走开，就什么事也没有了。

老赵那时候常对我们说，我要是心不硬，哪能活到今天，一百条命也不够用的。

还说，一个人心不硬，立场和意志都不坚定，感情用事，就是对革命事业的极端的不负责任。你死了，你以为仅仅就只是一条命没有了吗，没有那么简单，实际上是给革命、给党和人民的事业留下了又一个窟窿。也不要以为死了张三，还会有李四补上，是会有后来者补上的，但不能那么计算，那中间造成的损失和破坏是难以估量的，是另一回事。

这话是对的。霍九死后，就是一个最明显的最能说明问题的例子。好几年，再没有人能够代替霍九去填补他留下的那些窟窿，几乎所有的路线都再也没有发展起来，从此就都沉默了、荒废了、烟消云散了。一个人或者几个人再去从前那些留有霍九足迹的地方，会明显感到举目无亲、凶险四伏。那凶险并非主观臆断，也非心理作用，而是真正的事实、真正的存在。常常就在一道墙的后面、一扇窗户的后面，有枪管醒着，伸着脖子。

所以，老赵信任谨慎的叶小林，我们也都信任她。她的那个裁缝铺，就那样谨慎而又默不作声地存在着、坚持着。但一个时期以后，她的门前和院子里，还是长起了半人高的荒草，荒草丛中，蝴蝶来了，野猫也来了。白蝴蝶蓝蝴蝶在草丛上面飞，黑色的，身上带着条纹的野猫在草丛里蹲伏、奔走。

不，她那里没有遭到破坏，而是奉命把裁缝铺关掉了，因为有更重要的事情需要她去做。你知道，一件事情，自己主动不做，与被人破坏做不成，那应该是两回事、两个概念、两种性质的问题。叶小林一开始去了哪里，我们并不知道。过了一个时期以后，隐约听说她好像是去策反一个重要的人物，要“不惜一切代价”地去接近他。老赵在一次只有我们三四个人的会上说，我知道你们中间会有人对这件事有意见、有看法，但请收起你们的意见和看法，任何人都要服从组织的决定和安排。

那是，谁能不服从组织的决定，谁能不听从组织的安排？更何况我们根本没有意见，就连白莽同志也是沉默的，服从并赞成组织决定的，这个问题也不是一个敢不敢的问题，更不是一个胆量不胆量的问题。至于他心里真正是怎么想的，我们不得而知。不过，最初的一段时间，我能看出他的心里应该是难过的，有时候，悲伤会直接而明显地写在他的脸上，存在于他的一些行为里。我也曾提醒过他，至少有老赵在场的时候，最好不要那样。老赵是干什么吃的，什么看不出来？在我的印象里，我记得白莽与老赵后来有过一次争执，两个人吵得很厉害，好像是因为一件什么事，我具体不记得了。表面上是因为那件事争吵，但深层的原因恐怕还有别的，比如叶小林的突然消失。当然，这也只是我个人的一种猜测，不一定就对，也许我的那种猜测完全是错误的呢。

从此以后，一位心灵手巧的女裁缝从灵城人们的生活里消失了，很少有人再见到过她，至少我从那以后，一直到今天，几十年过去了，就再没有见过叶小林同志。所以，你刚一来的时候，我就冒冒失失地问你的母亲是不是叶小林，这你能理解了吧？

在我们这个世界上，有些事情，只有女人才能去办，才有可能办成。白莽同志不懂，我原来也不懂。

什么，你也不懂？唉，不懂就不懂吧，慢慢会懂的。

一个叫大老刘的人接替了叶小林原来的工作，但他显然是不能再以叶小林同志的那个裁缝铺继续做掩护了。傻大黑粗的大老刘，无论让他做什么样的工作，都会让人觉得他很难把事情做好、做精细、做漂亮。就因为他那个人，他的外形，你就会不信任他的技艺、手段，甚至他的心思和智慧。大老刘有智慧吗，有缜密的头脑吗？人家可能就会说，不大可能吧。要说别人还有可能，可要说这个傻大黑粗的黑家伙，真是不太像呀。一切都是粗糙的、砺手的、带毛边的，似乎永远与整洁和精密无关。吃一碗饭，呼噜气喘，声音大得隔壁院子里的人都能听见。睡觉更是呼噜震天响，还大声地喊叫，能把从屋前路过的行人吓一跳。我听一些老同志们介绍说，像他这种情况，这么打呼噜的，危害极大，在井冈山时期，是要被枪毙的，因为你一个人打呼噜，有可能暴露整个部队的行踪，会导致全军覆没。我个人觉得，最适合他干的事情，莫过于扛机枪，或者给炊事班背行军锅。让他来传递情报，真是有点儿用人不当。当然，这是我的错误的认识和对同志的偏见，是应该受到批评和需要改正的。不过，大老刘本人也并没有为自己证明了什么，他与他的前任可以说差得太远了。看看大老刘，人们更加想念叶小林。

前后还不到一个月，大老刘就暴露并被捕了。

两次营救大老刘都没有成功，没救出他来，还牺牲了两个同志。不过，有消息说，大老刘在狱中还算坚强，但他不希望组织再继续营救他，因为那会造成更多更大的牺牲，他只希望以他一个人的牺牲来换取更多人的平安。然而他眼下求生不能，求死不得，敌人怎么会轻易让他死？连打盹都有人在一旁看着。最后剩下唯一的一个办法，就是设法通过一些途径，把药送进去，送到大老刘的手里。他一看就会明白，这是他本人的意愿，也是组织的一种无奈之举和对他的一种期望，目的就是为了不使革命遭受更大面积的破坏和损失。什么药？鼠药，毒耗子的药，总不可能是清凉下火的药吧。对，就是要让大老刘把药服下，早日解脱，不再受折磨。

白莽同志具体负责这件事的实施，药从他的手里出发，中间辗转经过好几双手，最终要送到大老刘的手里，大老刘把药吃了，事情就算成了，圆满了。那些天，他不断地联络、疏通，一个教书的、一个做饭的、一个公务员，然后又是一个做饭的，还有两个模模糊糊的人，所有这些人形成了一条看不见的歪歪斜斜的线路，起点是白莽，终点是大老刘，药从白莽的手里最终到达大老刘的手里，就是这件事的全部过程。

我们后来去过一次城西的乱坟岗子，去寻找大老刘的尸体，但没有找到。如果有，应该是不难发现和辨认的，因为大老刘比一般的普通人要高大得多，光看躯体，也是很容易就能识别出来的。

这件事最后就这样过去了。有一点可以肯定的是，大老刘没有背叛革命，没有出卖任何一个同志，他其实还是掌握着不少东西的。

每当有身边的同志牺牲，我们都会对活着的同志更加珍惜，会更加体会到生命的不易和宝贵。那个人，昨天还和你在一起开会，想捏你一点儿烟丝，卷一支烟抽，你没有同意，你甚至还说他脸皮厚，结果他就没有抽成。而今天，他已经牺牲了，你想把一整盒烟丝全都放在他的面前，让他抽，随便他怎么抽，他却再也不能抽了。这种事，对人的震动是最大的。然而由于环境和条件所限，又实在对活下来的同志无法给予更多的帮助和关心，只能尽最大的可能，减少每一位同志的危险。比如，为了更好地保护某一位同志的安全，组织决定他或者她，从此不再与我们中间的任何人联系，而只与一位负责人保持一种相对单一的静默的联系，这样就会最大限度地减少他或者她暴露的机会。再比如，某某同志的四岁的女儿要过生日了，他想在回家的途中买一小块牛肉，再买一个面包，回去简单地庆贺一下。我们就劝他，是不是还可以更简单一些，牛肉是不是可以不买，面包是不是可以用馒头来代替？因为，你在街上逗留的过程，买东西的过程，就极有可能是你暴露的过程。有的同志不听，不听就出事了，而听了的，就没有出事。

所能做的，所能给予同志帮助的，也就是这些。

不过，这样做也有这样做的弊病，比如像前一种情况，单线联系，是在很大程度上能够保护同志们的安全，但这样做的麻烦和后果是，一旦那位负责人不幸牺牲，那位同志就会成为一只真正意义上的离群的孤雁，因为从此再没有人能够证明他或者她是谁，曾经做过什么。你说你是我们的同志、一九三六年的老党员、一九四〇年的老地下、是久经考验的共产主义战士，可是谁能证明呢？一旦证明不了，你就有可能谁也不是，什么也不是。革命成功了，想捧场的、想加入的、想靠拢过来的人有的是，搭上了这艘胜利的船，后半生的境遇就会大为不同，而搭不上，结果也会可想而知。

我说这些的意思是，有不少的同志，都就此别过，从此再没有见过。原以为见面不是个问题，总应该还有机会能够见到，怎么会见不到呢，有的同志就住在距离我们只有几十米的地方，但没想到见不到就是见不到，三十年前的一次街头的握别，会成为终身的永诀。比如叶小林同志，她现在还在不在人世，我都不知道。我希望她还在，并且生活得很好。

有没有不能证明自己，从而没有搭上这艘胜利的船，后半生过得极为凄苦的？那怎么会没有，有的是。东乡那个地方有一个两条腿都流脓流黄水的人，不能动了，成天坐在一堵土墙下，两个眼睛成为两个名副其实的黑窟窿。据他本人说，他的两个眼珠子是囫囵地被敌人挖出来的，两个眼珠子被扔到地上，当时就被野狗吃掉了。他说他是我们的同志。但是，连民政部门也不相信他，因为无法证明他是谁。我曾经去看过他两次，我相信他，可是，我相信有什么用呢？对他一点儿帮助也没有，也丝毫不能帮助他改善或者改变什么。得上级或者民政部门相信才行。等我后来第三次又去了以后，他已经死了。我在他生前住过的那个土窑前站了一会儿，心里难过呢。又一想，死了也好，至少不用再受罪了。

这些年，我在书店，时常会留心来买书的人中，有没有我认识的过去的人，可是，一年一年地下来，一个也没有遇到。也许有，有人来过，但是正好我不在，那就又一次错过了。还有的人变化大，就算站在你的面前，你就能保证一定能认出来？

我常常想，某一天，要是我在来买书的人中间，猛然看到老赵、白莽、叶小林，或者他们中间的任何一个人，我一定会高兴得跳起来，不顾一切地扑向他们……

有一天，一个浑身脏污、看不清面目的人，坐在书店外面的台阶上，在专心致志地捉虱子，有小孩子们叫喊着，不停地朝他扔石子。我心里一惊，脑子里轰的一声：那不是霍九吗？他多像是当年的霍九啊！外出归来，正坐在某一块石头上做短暂的休息，临时抽空捉几个虱子，然后再去往下一个联络点……但那不是霍九。

那当然不会是霍九，霍九早就不在了。

五

霍九牺牲一个多月后，我曾向老赵提出申请，希望能到最前线去，直接拿起枪战斗。我原以为我提出这样的申请，老赵会夸奖并鼓励我去的，却没想到结果正好相反，他一听就不高兴了。要知道他是这样的一种态度，我是不会和他说的。他首先反问我说，你以为我们现在是在哪里？在革命根据地？我们难道不是在前线么？每天战斗在敌人的身边，连敌人是双眼皮还是单眼皮，某个人喜欢吃酸的还是吃辣的，有什么毛病，甚至某某人的娘舅在哪里都一清二楚，这还不是最前线吗？你还要往哪里前？前线的战士知道敌人几点开饭，几点换岗，几点熄灯吗？老赵像老鹰看小鸡似的看着我，忽然又用一种奇怪的我从未听见过的声音对我说，你娃别不知足，我一个报告打上去，马上调你去炊事班做饭，做完饭再把锅背在身上行军。

老赵走后，我问白莽同志，他这说的是哪里的话？白莽同志想了一会儿之后说，好像应该是陕西话。

人一着急，有时候很容易就会在话语上暴露出他最原始的出生地，这经验正是老赵曾经教导过我们的，那么，他说的人，难道就不包括他本人吗？老赵难道是陕西人？没有人能说得上来。最早的时候，因为年轻、不懂事，曾经问过老赵，结果不仅没有问出来，反倒还被老赵训斥了一顿，以后就不再打听了。

什么，现在这种事不算是秘密了？谁说的？那要看是谁。如果是一位重要的人物，他的一切，仍然还是一个秘密。比如，他病了，得了一种病，这事能让更多的人知道吗？不能，因为那是一种秘密，公开它并没有什么好处，别有用心的人会充分地利用这件事。诸葛亮当年死了以后，为什么不公开，一直不敢说死了，为什么还假装健在，还在运筹帷幄？因为那是国家的最高机密，事关国家的前途和命运，这就是重要的人与不重要的人的区别。你看平时，一般的老百姓得了个什么病，嚷嚷得满世界都知道，周围的街坊邻里们没有不知道的。那是为什么？那就是因为他不重要，一点儿也不重要，可以随便说、随便看、随便死。他病了，七八个月卧床不起，然后又死了，都是在人们的预料之中的。家里的人不仅不能隐瞒，而且还要必须把这件事尽快地嚷嚷出去，使远近的亲戚们知道，让周围的街坊邻里们知道。知道有一个人就要从正常的生活秩序中退场了，再过些天要是看不见他，不要吃惊，也不会吃惊。人嘛，谁都得走那一步，谁都会有那一天。毛主席不是早就说过么，死人的事是经常发生的。他说出了一个颠扑不破的最普遍的真理。

再比如，老赵的皮肤有问题，一直都治不好，事实上也从来没有时间去治疗。好多指甲也都是黑的、坏死的，还有疝气。另外，肚子痛起来的时候，常常痛得他咬牙切齿，翻来滚去，全无半点儿特委负责人的样子。那时候就需要给他吃一点儿洋烟，吃了以后，一会儿就不痛了，立即就又有了特委负责人的应有的庄重和威严。一来二去，竟有了烟瘾。不过他能克服，能够用顽强的革命意志战胜烟瘾。洋烟你知道吧？对，就是鸦片，真没想到，你连这也知道？我明白了，这也是被生活磨炼出来的吧。咱们再说老赵。老赵，他就是一个地方的特委的负责人，他的那些毛病也好，暗疾也好，我们都知道。可是，他的职务要是再往上高上几级呢，他的那些毛病，我们能知道吗？不可能再知道了，因为有了距离。我们假如说，再以后，他越往上升，关于他，我们所知道的就会越少。他要是升到一个我们大家谁都够不到的位置，那他的所有的那些不能说的东西，就都自然而然顺理成章地成了最高的机密，是不是呢？当然，好的东西是不会成为机密的，因为那是要向人们和外界大力介绍和宣传的，不是怕人们和世界知道，而是就怕不知道，就怕了解得还不够，就怕宣传得还不深入、不全面。

其实，所有的人都是一样的，把好的东西尽可能地展现出来、发掘出来，让人看见。把不好的东西都小心地隐藏、掩埋起来。就连小偷小摸的人，都不愿意让别人知道自己有小偷小摸的毛病，都要想办法掩盖起来，甚至会装出一副乐善好施、仗义疏财的样子。不宽容的人、刻薄的人，时常会把宽容挂在嘴上。不厚道的人、不良善的人，时常会把厚道和良善挂在嘴上。没有文化的人，动不动就要提到文化。还有比如像我这样的，没有多少文化，却一辈子和书打交道，扒都扒不下来。真正的泼皮无赖，常常总是会以贤淑静雅的面目呈现给他人，几乎很少有人不被蒙蔽。就像一扇门，门口门外打扫得干干净净，一根草都没有。但只要推开那扇门，说不定就会看见里面一片狼藉、阴暗、肮脏、凌乱无比。

你看我们后面那个库房，凡是从那里面出来的人，都是一身灰。

难道库房里就必须得有灰尘吗？非得有灰尘才能叫作库房吗？未必。主要是因为长期不清扫的缘故，主要还是个认识问题，因为人们能够认同，认为那是正常的。而不脏、没有灰尘，反倒会不习惯，会感到奇怪。

很可能所有的一切都是一个认识的问题，包括一个人的命运，也存在着一个别人对他的认识问题。

白莽同志的命运与别人对他的认识不无关系，当然与他本人更有关。其实不只是他，包括我、包括很多人，都是一样的。一个人活得怎样，当要取决于别人对你的认识时，想一想就觉得真是可怕。所以，在这样的情况下，每一个人活在世上，都必须得好好表现才行。有人也许会说，我就不想好好表现。我想说的是，那你要怎样？其实，那关别人什么事，到头来倒霉的还是你自己。

你在学校里表现好吗？在老师和同学的眼里，你是一个怎样的孩子呢？什么，不知道？那怎么能行呢？不过，那倒也是，人怎么能够知道自己在别人的眼里到底是个什么样子呢？别看我在说你，其实我自己也不知道我在别人的眼里、在上级领导的眼里，是个怎样的人呢。你一心为公、忠于党忠于人民，可别人未必是这么看你的。不过，我也管不了别人怎么看，我只有一个原则，那就是，党叫干啥就干啥。如果革命需要我去牺牲，我也没有二话，不会说个“不”字。

我是这样的、老赵是这样的、叶小林是这样的；你的爸爸——白莽同志，他也是这样的；千千万万的革命战士，莫不都是这样的。

那一年，我们的处境异常艰难，根本没有办法去开展任何工作，稍有一点儿动作，立即就会招来流血牺牲、人头落地。就连出去送一封信，也会做好回不来的打算，出门前提前安排好一些后事。其实，能有什么后事好安排的，一没有财产，二没有家室子女，根本不需要安排什么，所能做的，无非是留下一个未了的心愿或者一个什么理想。要是父母还在世的，就给父母留下一个足以能支撑他们活下去的假消息，说自己还在，而且混得很好，希望他们安心等待、好好活着，将来接他们出来享福。就算是这样的假消息，多半也是转达不到的。比如你的老家远在广西，或者在四川湖南的某一个深山里，那如何能转达得到？而且，他们是否还活着，都是一个未知数。因此，所谓的最后的留言，也不过是一种哄骗自己的托词，明知道什么也留不下，什么也捎不回去，可还是要象征性地留一点。

我们艰难，敌人其实也不好过，当末日来临时，人、各种事物，其实是有一定征兆的，只是身处其中的人们看不清、认识不到罢了。敌人的表现就是极度的紧张和害怕，还有最后的残暴。他们规定距离公路一千米以内，严禁种植高秆作物，像高粱、玉米、麻，这样一些里面能够藏人的高秆作物是不允许种植的，公路两边只能种植土豆、黑豆。那种低矮作物，别说人，连一只羊也藏不住，野兔在里面奔窜都能看得清清楚楚。另外，路两边的大小树木也都全部锯走了。

原来我们一直觉得自己是在暗处，这时才发现，其实已经被逼到了墙角。

有一个姓白的地主，手里有一支民间武装力量，曾经对我们有过一次帮助，当然我们也帮助过他们。在我们走投无路的时候，组织决定派我们的人到他们的队伍里去，和他们搞好关系，帮助他们发展，把我们的思想和立场渗透进去。给他们做思想政治工作，告诉他们应该怎样，不应该怎样。当手里有人有枪的时候，要明白枪是用来做什么的。姓白的地主说，就是为了保护自己、不受欺负。我们的同志就说，对。可是，有的人手里虽然有千军万马，却时常又会觉得无路可走，那又是为什么呢？那是因为他们的心里是黑暗的、没有光明，而没有光明就没有未来。先后有三名我们的同志到过那支队伍里，其中周世信同志，因为本身就一直有重病在身，所以去了二十多天以后就不幸离开了人世。这件事让姓白的地主和他的手下大为感动，由此他们的态度和立场也迅速发生了质的变化和飞跃。那支原来不起眼的队伍，一天一个变化，包括政治上的变化和军事上的变化。很快他们就引起了敌人的注意，敌人就开始把重点放到了他们身上。

令人感到惋惜的是，那么好的局面，却并没有能够维持多久，仅仅半年多以后，他们就被消灭了，包括姓白的地主本人和他的家人，全部遭到了消灭。听说只有一个十来岁的孩子，由于事发的时候正在一个亲戚的家里，才有幸逃过一劫，但后来那个孩子流落到了哪里，也没有人知道了。我们寻找过那个孩子，但一直没有找到。

你说什么，是他们帮我们减轻了压力，又替我们牺牲了？不能这么说，也不能这么看问题。都是为了革命，为了中国人民的解放，不存在谁替谁的问题。说他们是替了我们，那我们又是替谁在奋斗呢，嗯？要奋斗就会有牺牲。

不过，我要告诉你的是，就在那次反“扫荡”的战斗中，你的爸爸，白莽同志，他暴露了，不能再像过去一样继续在书店里露面了。暂时他就在书店后面的那个小院子里窝着，大概有一两个月，每天给我们烧火做饭，同时抄写一些东西。也不能提着篮子出去采买。买粮买菜，还得我去。有生人来时，马上躲起来。

有时候，我到后院里去打热水，看见他一个人捂着脸，坐在炉子边。

老赵向上级汇报了白莽同志的情况，上级决定白莽同志转移。我记得当时一共有两个地方可以供他选择，一个是晋东南，一个是苏北。

说实话，我当时非常羡慕白莽同志，能去一个新的地方重新开展工作，一切都是新鲜的，那有多好啊！不管是晋东南还是苏北，在我看来都很好。

有一天，不知是怎么回事，在后院里烧火做饭的白莽同志把饭烧煳了，还不是煳了一点点，都冒烟了。老赵本来很饿了，吃完饭还要去穆林区见一个人，却又眼看着饭吃不成，所以很生气，狠狠地骂了他。就是骂，不是惯常的批评。你知道骂和批评之间的区别吗？差不多？不，还是不一样的，差别还是很大的。以后你参加了工作，成家立业了，你就会明白的。不过也有的时候骂和批评是分不清的，那中间的界限要模糊起来也是非常的模糊。骂，是私人性质的，而批评，是属于组织行为的，这就是二者之间的最根本也是最大的区别。一般的老百姓、街坊邻里、张三李四，互相辱骂，甚至动手打架，那多半是为了某一件私事，肯定和组织纪律没有关系。而一个人被批评，那就说明他在革命事业中有过失、有错误，需要被批评。如果错误非常严重，那就不仅仅是批评的问题了。虽然有一个具体的人在批评你，但那个人却并不代表他本人，而代表的是背后的那个组织。并不是我在和你说什么，而是组织在指出你的问题。我们这个阵营，是有他的一套东西的，外人有的时候不一定能够理解和懂得。

革命，如果没有一种铁的纪律做保证，还真不行。

敌工部的陈部长，井冈山时期的老革命，有一次在讲话中说，我们的党，在她幼年的时候就很厉害，很了不起，幼小却不幼稚。

就在那期间，一件异常棘手的事情又来到了我们的面前。由上级派出的一位负有重要使命的同志正在途中，却已不知通过什么渠道走漏了消息，敌人已张开一张网，正在等着他往里走，情况可以说万分危急。我们接到的命令是，必须尽快想出一个最佳的计划，阻止事情的发生和进一步的恶化。

想什么办法呢？我们谁也没有见过我们的那位同志，又不知道他的具体的行程，比如他昨天到了哪里，今天又应该到达哪里，所有这些全都不清楚，只知道他如果照现在这样一直走下去，总有一天会走进敌人的那张网里，到了那个时候，一切就都迟了；而最不现实的一点是，我们无权命令敌人撤退，收走他们的那张网。如果能那样，那还能叫敌人吗，那相互之间还有什么好打的？

那个事情，快把我们都愁死了、急死了，老赵的头发一日白似一日，嘴里嘴外都长了泡。我们不是没有想过，如果派人去沿途寻找，又怎么能知道途中的哪一个人才是我们要找的人？即使有幸找到了，他又如何能相信？身负重任的人对谁都不会相信，他只相信最初的那个原始的约定。办法一个一个地想出，又一个一个地被推翻。老赵近乎虚脱地说，已经没有时间了，得赶快想出一个办法，必须得想出一个办法来，而且还必须得能用、可行，能够实现我们的目的。时间在一分一秒地过去，老赵看着他手里的怀表，就像看着一枚定了时的炸弹，如果不抓紧想出一个办法来，爆炸只是个时间问题。

夜半时分，鸡已经叫了第一遍了。就在那时，有人忽然想出一个办法，那就是：派出我们的一个人，以最快的速度，赶在上级派来的那位同志之前，提前到达约定的地点，及时地露面、出现，尽可能地把自己暴露给敌人，而又不致引起敌人的怀疑，让敌人以为捕到了真正的目标。这样，等上级派来的那位同志真正到来时，敌人已经收网了，可以确保那位同志的安全。

这个办法一想出来，可以说振奋人心，所有的人都从极度的紧张和疲惫中睁大了眼睛，办法的确不错，足以制胜。可是，紧接着，一个问题来了：派谁去呢？明摆着这是去送死啊，把自己千方百计地往敌人的罗网里送，肉包子打狗的事。敌人不要还不行，不相信也不行，得让他们要，得让他们相信你就是他们要捕获的目标。

就在大家面面相觑的时候，白莽同志忽然站起来，郑重地对老赵说，老赵，让我去吧，给我一次报效革命的机会。老赵吃惊地看着他，连平时的声音也有些变腔变调。老赵说，白莽同志，你真的愿意去？白莽同志说，有什么不愿意的，当然愿意。就请你批准吧。老赵踌躇了一会儿说，可是，你很快就要去苏北或者晋东南了。白莽同志说，眼下最紧急的是这件事，去苏北或者晋东南，可以往后放一放，实在不行就派别的同志去。如果我能完成任务回来，到时候再去也不迟。老赵一改平日的严厉，赶忙说，好，好好好，去苏北或者晋东南的事，到时候再说，一切都好说。

老赵终于同意了。他说，白莽同志，希望你能发扬大无畏的革命精神和机动灵活的战略战术，完成任务，战胜敌人，活着回来。

老赵这样说，是表明领导和上级的一种关怀和希望。事实上我们在场的每一个人都知道，他这一去，很难再活着回来了。

由于白莽同志的主动请缨，派谁去的问题解决了，此前一直沉闷如黑夜的特委扩大会顿时不再沉闷了，大家纷纷献计献策，怎么样既能完成任务，又能够让自己虎口逃生，化险为夷。但一直议论到鸡叫了第三遍，还是没有什么很好的脱身方案。你想啊，敌人那边，他们才不怕你脱身呢，甚至你不去不出现都行，那更好，正好可以捕获到真正的那一个，而不必被这个以假乱真的所迷惑。所以，在这件事情里，让自己脱身并不是最重要的。使敌人相信，必须让他们看到你，那才是你此行的真正的目的和意义所在。

天渐渐地亮了。简单地吃了一点早饭后，白莽同志就上路了。临走前，他把他的一支自来水笔送给了我，并对我说，你学了文化，有了知识，将来会用得着的。我忍住就要流出来的眼泪，我知道他这一去，再也不可能回来了……是的，就是从那一个寒风刺骨的早晨起，一直到今天，几十年过去了，我再没有见过白莽同志。当时，我们都以为他已经死了，必死无疑，很难再活下来，没想到他竟然还能活下来。难道，在我们出错的同时，敌人也在出错？这事不能不说是一个奇迹，奇迹呀！说句老实话，白莽同志，毕竟不是霍九，更何况，就算是霍九，不也很早就牺牲了吗。

叶小林走了，白莽走了，又过了大约半年以后，我也离开了。我奉命去二三百里以外的一个地方去办一件事，那里有我们的一支部队，一个旅，也许是一个师。我在路上走了四天，身上带的干粮都已经吃完了，喝水就喝沿途河里的水。要是能正好碰到一口井，又正好有人在井边挑水，那就能饱喝一顿。要是好半天没有一个人来挑水，你就是遇到井也照样喝不上，总不能跳到井里去喝吧。

第四天快要过去的时候，我终于赶到了，在黑墨一样的夜色中，我凭记忆复述了一封信的内容。不敢把信带在身上，一方面是为了我的安全考虑，更重要的是可以避免把信落到敌人的手里，给革命造成更大的损失。

我们所做的工作重要吗？我们曾经以为无比重要，觉得世上再没有比我们所做的事情更危险的了。不是吗？医生给人看病，总不能抢在病人的前面他先死了吧？除非是他本身就有问题，正好赶到了那个节骨眼上。农民锄地，总不能锄着锄着一头栽到地里死了吧？木匠拉锯，总不能拉着拉着就没气了吧？领导讲话，总不能讲着讲着就口吐白沫没救了吧？革命群众喊口号，总不能喊着喊着就都翻了白眼了吧？一家人幸福地围在一起吃饭，总不能吃着吃着就都不动了吧？广义上来说，每一种工作都具有它的危险性，但一种一种地分别去看，又实在不能叫危险。但是，只有我们做的事情不同于别人，一眨眼，一转身，就有可能遭遇不测。一转身，枪顶到了脑门上，再一眨眼，叭，枪响了，脑袋已经开花了，连为什么都来不及想。我们是这样看待自己的，别人也是这样看的吗？我把信复述给部队首长，又办了两件事后，部队首长对我说，你们辛苦了。又说，你们现在什么也不要做，好好保护自己，准备和等待迎接革命高潮的到来。我说，什么也不做，革命高潮能到来么？部队首长说，怎么不做，我们不是正在做吗。最后的胜利，全面的胜利，最终还得依靠正确的指挥，依靠大炮和冲锋，依靠千军万马的厮杀。

我听了，好半天没有说出话来。是他说得不对吗，当然不是，他怎么能说得不对，他说得完全正确。我只是忽然觉得浑身上下一下没有力气了，有一种原来一直很坚固的东西正在以极快的速度嗖嗖地从我的身体里流走了，似乎只剩下一个疏松的空架子还摆放在那里。有刚从外面回来的马匹从我的面前经过，我都没觉得那是马。不是马，那是别的什么东西呢，也不知道，完全说不上来。有一种面粉不知你吃过没有，据说是其中最主要的最精华的部分被提取了，被抽走了，只剩下一堆貌似面粉的东西，名义上还叫面粉，实际早已经不是了。用那样的面粉做饭，无论你的厨艺多好，无论怎么捏，怎么团，都很难再让它们牢固紧密起来。无论做成什么，都是松的、散的、无味的、非常的……涣散，对，就是涣散，像一堆没有灵魂的败絮。

有一阵子，我感到我就是那样的。

不过，后来我想，不管他了，想那么多也没有用。信我已经捎到了，要办的几件事情也都办了，任务完成了，我也该动身返回去了。记得临走前，老赵还一再嘱咐我，事情办完了，让我早一点回去呢。于是，第二天还是第三天，我就去找他们，说我要回去了。没想到，他们却说，回去？回哪儿去？我说，回我原来的地方。他们说，你不要回去了，就留在这里吧，这里也正需要人呢。说着，又指着不远处的一个正在抄写一份什么材料的戴眼镜的年轻人说，田参谋，胶东来的，办完事，也留下来了，也不回去了。我想，我不管他什么田参谋还是地参谋，我和他们的情况不一样。我说，那怎么能行，那边还有工作等着我做呢。他们说，你这个同志，怎么这么死脑子呢，典型的机械主义，都是干革命，在哪里干不一样？回你原来的地方是干革命，留在这里就不是干革命了？那我们都是干什么的？混饭吃的？打发日子的？不要这么死板嘛。你不在了，他们那里就不革命了？那边的太阳就不出来了？你走了，自然会有别的人补上。我说，我没有挑地方的意思，可至少也得和我们的负责人老赵说一声，不然他还以为我出了什么事呢。他们说，这个自然，肯定要说的。同时还要请示一下上级，上级要是有不同意见，你还不能留下来呢，你就是想留下来也不行，我们也不敢留你，也得把你赶走，甚至派专人把你送回去。

白的黑的，正面的反面的，话都让他们说了，我还有什么好说的。

在等待重新安排新工作的那几天里，我首先想到了白莽同志，我坚信他已经牺牲了，早已不在这个世界上了，而我还活着，有一定的自由，能从甲地到乙地，要不是他们非拦着不让走，甚至还能从乙地重新回到甲地去，这就足够了，这就已经很不错了，还要怎么样呢？人不能太贪心、太过分了。所以，我当时就想，无论让我去干什么工作，我都愿意去做。即使是再派我到敌人的窝里去，我也说去就去，没有二话。如果组织对我说，晏永贞，用你的头去撞那堵墙！我也一定会勇往直前地横冲过去，撞它个稀巴烂。

我就是打个比方，实际上组织是不会命令你去用头撞墙的，怎么会有那种命令，是不是？除非是疯了。

从给我分配新工作，我就看到了，也感受到了，党其实是爱护她的每一个儿女的，生怕他们谁有任何的闪失，能让你安全的时候，就尽最大可能地让你安全，有时候让你处于旋涡的中心，完全是因为革命事业的需要。我的新工作是什么呢？咳，这么对你说吧，是一个最最没有危险的工作，是一项最不需要时刻担心掉脑袋的工作，甚至比医院的护士、学校里的老师，比他们还要安全。

到底是什么？还是去书店。

这边也有书店，不过这边的书店是真正的书店，不像我们原来的那个书店，那是以书店做外形，作为掩护的，真正干的却是另外的事。他们知道我有在书店工作的经验，所以就让我到书店去。那时候的书店，不像现在的书店，那时候，除了卖书，我们还要印书，还兼着出版社的功能，印象中印书的比例比卖书还要更大一些。不过，我们也没有印过什么大部头的书，全都是一些适宜于宣传教育的小册子。有时候，一篇文章就能印一个小册子。人们拿在手里、装在身上，都很方便，走到乡下、坐在田间地头，给农民朋友们念一段。碰到地主富农，也给他们念一段，有专门针对他们的。告诉他们，应该怎样，不能怎样，如果你怎样，那我们就要对你怎样。

想我参加革命多年，原以为这一生是要从事政治的营生或者军事的营生，却没想到总是和书店粘在一起，粘得那个牢，想揭都揭不下来，即使生拉硬拽地撕下来，抠下来，肯定也没什么用处了，那干脆就不揭了吧。就这样，红卫兵们有时候也要来闹一闹，他们凭什么闹我？我给他们搬出马克思的书、列宁的书、斯大林的书，还有一摞一摞的毛主席的“红宝书”，戳在他们的面前，让他们看看，我就是干这个的。他们看看，也没什么可说的了。“红宝书”帮助我免灾，帮助我辟邪，我的墙上永远贴着马恩列斯毛五位领袖的头像，有他们在，无论谁来了我都不怕。

说到“红宝书”，孩子，晏叔叔要送给你一本“红宝书”，你带上吧，不给你太大的，给你一本小的，六十四开的那种。你要相信晏叔叔的话，带上它，它会保护你、保佑你，关键的时候说不定还能帮助你抵挡一些你可能对付不了的东西。有用呢，在我们这个国土上行走，有大用呢，比指南针和火药要管用得多。第一机械厂有一个叫陈海的人曾经告诉人们说，拿着它去饭店吃饭，有时甚至能顶钱能顶全国粮票用呢，你就把它摆在桌子上，没粮票也能卖饭给你。陈海后来更进一步地传授他的经验说，吃完饭，先不要忙着站起来，而是要先打开伟大领袖的著作聚精会神地读一段，或者高声朗诵一段，那种时候，饭店里的人他能难为你？一来不敢，再一个他们也张不开那个嘴。看你那么认真地学习，高声地朗诵，而且你学习的是什么，是毛主席的光辉著作，你高声朗诵的是什么，也是毛主席的著作，又不是你个人的一封家信，或者别的什么，谁敢过来打断你？即使他们有那个想法，也没那个胆。不过，他的这种做法，我觉得不足取，我总觉得有点儿想要白吃饭的意思。人，任何时候，也没有白吃的饭，也不能白吃饭，对不对？我让你带着，只是希望它能保佑你，帮助你对付一些你对付不了的困难。

孩子，如果你能找到你的爸爸，如果白莽同志，他还活着，还在人世，一定不要忘了告诉晏叔叔一声。

第四章 呆若木鸡

一

你是黎锦书的女儿?

那你的爸爸是谁?孙渡?不对吧,孙渡我不认识,应该是刘高张吧?

什么,孙渡就是刘高张?这我还是头一次听说,真应了那句老话,人是复杂的,原来刘高张还有这么个名字。刘高张我当然知道,黎锦书更知道,她曾经是我们的姐妹和战友。他们当年结婚的时候,我们都在场。

是你的母亲让你来找我的吗?不是?那也肯定不是你的父亲。刘高张,我谅他也不敢让你来找我。当年,我一见面就说他,批评多于夸奖,因为他那个人就没什么好夸奖的,所以他也很怕和我见面呢。我才不管他怎么想,我总是大声地喊他,刘高张,站住,我有话对你说。每次听到我这样叫他,他都会一哆嗦,有时就一溜烟地消失不见了。

你说什么,他们两个人都失踪了?这怎么可能?在我们这个伟大的社会主义国家，怎么会有人口失踪？这是不可能的，你一定是弄错了。

什么，真的不见了，哪里也找不到他们？我还是不太信，我宁愿相信他们又接受了什么新的特别的任务，不便于公开自己的行踪，暴露他们的身份，严守党的秘密，严守国家机密。是的，就是这样，我想他们又是执行任务去了，你觉得呢？

不是？也没有去执行任务？这么说，你还是坚持认为他们是失踪了？小小年纪，不可以这么想问题、看问题呢，这是什么，这是在给我们伟大的祖国抹黑呢，这样做很危险，你知道不知道？你的认识，你的世界观，总是站在一个小家庭的立场上，完全不像是一个新中国的青年呢。

新中国的青年应该是什么样的？你这么问，可见你是真的不知道，你平时不看报不学习吗？胸怀祖国，放眼世界，为解放全人类而贡献一生，这就是一个新中国的青年应该做的、应该具有的精神和理想。如果所在的家庭有问题，就要毅然决然地与那个家庭决裂，与过去告别，让自己投身到革命的洪流中去。我们的几个孩子，我们从小就这么教育他们，让他们从小就树立起一个远大的理想，让他们从小就懂得革命的理想高于天。

当年，在我们革命队伍里，女同志一向比较稀缺，不知有多少人盯着。我们家老谭，打仗是一员虎将，追求爱情也不含糊，在那么多的单身的干部里，他一马当先，很快就把我追到了手。我虽然一开始很讨厌他身上的某些习性，但后来也就慢慢地习惯了。黎锦书，你的母亲，那时候还没有明确公开的恋爱对象，有不少人关注她，有一位还是军区的副政委。但是黎锦书呢，好像一点儿也不着急。实际上，她那时已经与刘高张私底下有过接触了，只是我们都不知道而已。这也再一次印证了那句老话，人是复杂的。就说你的母亲黎锦书吧，我们都认为她单纯得像一张纸、一碗水，可是她呢，竟然还有秘密，竟然还瞒着我们，这叫不叫复杂呢？完全够得上复杂，相当复杂。前后差不多有一年时间，我们都被她这个貌似单纯的人蒙在鼓里。这中间，尤其是我，总觉得自己已经有了男人了，无论如何也不能丢下自己的姐妹和战友们不管，不能眼看着她们单身。且不说她们都长得不难看，有的堪称美丽和漂亮，就是她们长得再不行、再难看、再拿不出手——事实上也没有太拿不出手的，我也得想尽一切办法，把她们统统嫁出去，帮助她们找到她们各自的革命伴侣，你说对不对？

我们共产党人最讲实事求是，所以，尽管你是他们两个人的孩子，但我还是要亮明我的观点，那就是，对于黎锦书和刘高张建立恋爱关系，我是从一开始就反对的。当然啦，我当年要是反对成功了，也就不会有现在的你了，对不对？我这样说，你不会恨我吧？毕竟我也没有反对成，你都已经长了这么大了。

当年，不仅我反对，我们周围好几个女同志都反对。刘高张，听听这个名字，就凭这也不能贸然把自己交出去。但是，你知道你的母亲她是怎么反驳我们的吗？她说，叫刘高张，那又不是他本人的意愿，那是因为工作和斗争的需要，组织赋予他的。如果组织需要他叫王二、李三，他不也得叫吗。听听，她就是这么说的，她把责任归咎于组织、归咎于斗争和形势的需要。唉，黎锦书呀，让我说她什么好呢。

是，名字嘛，不过就是个符号，没有什么，叫什么都行，尤其是战争年代的化名，更不能说明什么。毛主席他老人家还曾经化名叫李德胜呢，那只能说明形势严酷，要怨也只能怨敌人，是他们把我们的人逼得改名换姓。所以，我们也不过只是随便说说，并没有太认真。别说是叫刘高张，马高张牛高张也没问题，看人要看实质，不能光看名字。其实，我们几个女同志之所以不看好刘高张，并不是因为他那个名字，最关键最主要的一个问题就是他曾经被捕过，觉得他在政治上没有什么前途了。

什么，没有的事，他没有被捕过？嘿嘿，你怎么敢这么说，敢这么肯定？你才多大一点儿，你见过什么？历史的问题，你能说得清楚吗？更何况那时候还没有你呢，只有我们这些过来的人才能明白。

刘高张，他当然被捕过。你要不信，你把他叫来，他敢当着我的面说他没有被捕过吗？其实被捕本身并不可怕，多少革命者不是都被捕过吗。李大钊同志还被捕过呢，但那并不妨碍或者影响他成为革命的领袖人物，反倒会为他的革命的人生增添传奇和英雄的色彩，为他的革命生涯涂上重重的一笔。所以我说被捕本身并不可怕，可怕的是什么呢？可怕的是有些问题说不清楚，而当事人又不及时向组织汇报和说明，这就给将来埋下了一个可怕的伏笔或者说祸端。时间拖得越久，麻烦也就会累积得越多，疑点也会越来越多、越来越大。到最后，日积月累，积少成多，事情就会变得水穿不过，针扎不透，成为铁板一块，到那时候，再想把很久以前的事情再说清楚，几乎是再没有可能了。到那时候，就不再是一个你想不想说，愿不愿意说的问题了，而是一个你能不能说清楚的问题。你有时间了，你也想明白了，你想说了，别人还没有时间听呢。世界并不是你一个人的世界，是由无数人共同编织起来的一个世界，每一个环节，每分每秒都在运转，都在运动，没有人会专门停下来等你。不是没有等过你，当初曾经专门等过你，等你把事情说清楚，你死活不来，那又能怨谁？如果全世界专门停下来等待某一个人，如果是那样，世界就会成为一潭死水，真正的一潭死水，成为一个不运动的世界。那可能吗？绝无可能。更何况，大千世界，茫茫人海，不可能所有的人，每一个人都是清清白白的，一览无余的，有个别一些人斑斑点点，不清不爽，那也是正常的，非常正常。

你有事，你有问题，给你机会让你说，你不说。不说，慢慢就说不清楚了，说不清，那你就只能永远背着了。有人说，背到死大概就行了吧，总可以了吧，就能彻底放下来了吧？那可不一定，有些东西，死了也还得背着。你放下了，给谁放下？没有人能替你背着，每个人都有每个人要背负的东西。

我们认识刘高张的时候，他好像已被又一次降职。有人向我们介绍说，这个人受到过很多处分，处分对他来说早已不算什么了，因为往往一个还没有结清，另一个就又背上了。那时候我们就看出他这个人在政治上应该是没有什么前程了。一个人，在政治上没有了前途，难道在别的方面还会有吗？同样不会有，因为政治决定着一切。政治工作是一切工作的生命线，这就给我们定好了调子。有人不喜欢政治这个词，甚至还觉得它可怖，可是我却一想到它就觉得亲切，一想到它就觉得浑身的血液都在奔涌，就想全身心地扑上去。也有人不关心它，可是没关系，它会主动去关心他们的。

面对刘高张这样的一个人，黎锦书，对，就是你的母亲，她是怎么想的呢？我曾经自以为了解她的立场和理想，可是后来才发现不是那么回事。女人的心，深起来的时候深如龙潭，可是要浅起来的时候呢，又浅得像一滴掉在桌子上的眼泪，上天入地，忽阴忽晴，这就是叫人最难以把握的地方，复杂性也正在这里。

我是怎么知道的？那还用怎么知道，因为我本身也是个女人呀，虽然我是一名革命的女性，把一生都献给了党，献给了革命事业，不再纠结儿女情长，婆婆妈妈，可是这个身体，毕竟还是一个女人的身体呀，这一点始终没有变呀。我再革命，再坚强，也不能说我不是一个女人吧，是不是？

你的母亲黎锦书，她呢，一半是革命者，一半是女人。是女人不怕，也没有罪，但正是那另一半影响了她。有一年，军区组织部需要一名科长，黎锦书原本应该是最佳人选，但很可能就是因为那时候她已经与刘高张打了结婚申请，最后选调了别人。

这不是影响吗？这不是影响又是什么？这样的影响，一个人一生中不要说有多少，有那么两三次，甚至一两次，就已经足够你受的了，就足以让你被革命的洪流越抛越远。你想在后面追赶，赶得上吗？你在走，时代更在走，更在飞速地前进。你在途中的一个不知名的小站上昏头昏脑地下了车，再想搭上原来的那趟车，永远没有可能了。

黎锦书，她就是那个在途中小站上昏头昏脑地下了车的人，我也曾经劝过她，希望她能慎重考虑。我后来专门调查了一下，其实在她之前，曾经还有过一个叫辛丽的姑娘，也对刘高张有过好感，甚至还送过钢笔和笔记本给他，差一点儿就要成了。但是后来，随着刘高张的问题越来越多，辛丽也渐渐地看出了苗头。常看见刘高张挑灯夜战，趴在一张用木板搭成的简易桌子上，不停地写啊写，到底在写什么呢？辛丽一开始还好奇，但是很快就明白了，只要看见他在写，不用问，如果不是一份检查，那就必定是各种各样的澄清材料。渐渐地，年轻上进的辛丽终于失望了，犹如初升的朝阳，本应该是灿烂明媚的，可总是被一只黑色的翅膀遮着、挡着，这怎么能行呢？什么时候才是个头呢？和这样的一个人共度终生，真不敢想象。辛丽终于毅然决然地把自己的最后的决定告诉了刘高张：咱们，就做普通的同志吧。

就成了普通的同志。

一个辛丽头脑清醒地抽身出来了，还没有来得及欢呼，可是，另一个黎锦书又糊里糊涂地陷进去了。

唉，每次看见黎锦书，我都会想起长征过草地时，陷在深深的泥沼里的那些红军女战士，我多么想把她拉上来。

关于他们的结婚申请，还曾经有过一次误会。负责审查材料的同志看到“关于刘高张结婚申请的报告”时，不禁有些光火地说，这些人真是乱弹琴！还有没有一点常识和组织观念，怎么能三个人共用一个申请？退回去，让他们重写，各人写各人的，不要再混在一起。

后来，有人提醒说，刘高张是一个人，不是三个人。

负责审查材料的同志像是被噎住了。

一九四七年，随着形势的恶化，部队、机关、医院、学校，开始到处转移。为了减轻转移和行军途中的负担，我们做出了重大的牺牲，东西、物质，能不带就尽量不带着，能藏的就藏，能销毁的就尽量销毁。我们富有吗，我们当然不富有，因为我们是无产阶级，哪一样东西不是同志们用生命和鲜血换来的？是敌人不让我们带，我们只能忍痛放弃。丢弃、销毁财产的时候，一些同志在感情上难以接受，胡子拉碴的男子汉号啕大哭，比失去爹娘还要伤心。有的趴在印刷机上不起来，有的抱着迫击炮，要与这些刚刚才到手不久的重武器同归于尽，共存亡。除了这些，还有为数众多的各种材料、文件，其中就包括同志们从各种渠道、以各种方式递交上来的各种申请、报告，比如结婚申请、入党申请、甄别报告、情况摸底等等的内容。在所有的文字材料中，结婚申请应该属于最不重要的一种文字材料，这样的东西，即使落到了敌人的手里，也没有什么了不起的，没有什么可怕的，因为它涉及的仅仅只是某一个个人的问题，并非全局，也不是重要的机密。敌人拿到它，只会了解到“共”军方面有一男一女要申请结婚了，要成立和组建家庭了。这样的信息，除了能反映我们革命阵营的繁荣、壮大、欣欣向荣，再不能为他们提供什么有用的东西。不是吗？有人想要结婚，组建家庭，说明形势很好，一切都正常而美好。通过一张结婚证，敌人最终只能得出这样的一个结论，而这样的一个结论，也许只会让他们感到气馁，甚至对战争的信念发生动摇。

不过，就算是这样的材料，我们也尽量不留给敌人，能销毁的就都就地销毁。因为凡是我们这边的，对于敌人来说就都是重要的秘密。比如，某一位同志要从机关或者部队派往敌占区工作了，而不幸的是他的结婚申请早就被敌人看到了，那他去了就等于是自投罗网，那还怎么工作？我说这些是想说，你的父母，刘高张和黎锦书，他们的第一次结婚申请，随着别的材料一起被销毁了，化为了灰烬，纷纷扬扬的纸灰从解放区一直飘到国统区，提前预演、预示了敌人的灭亡。

在我的印象里，整个一九四七年和一九四八年，再没有哪一个人向组织提出过结婚申请，或者别的什么申请，形势不允许，一切也都不允许，人们也没有那个心情和工夫。戎马倥偬，一切都在转移和运动之中，你要提出结婚？轻一点儿说，你是头脑发昏，精神失常，很可能患上了严重的失心疯。往重里说，你那样做，完全是置大局于不顾，置革命事业于不顾，已经完全丧失了一个革命战士应有的原则和立场，枪毙了也不冤呢。那是一种什么样的形势？天天转移、运动，人与人随时都有阴阳相隔的可能。今天见一面，很可能明天以后就再也不会相见了，能考虑那种事情吗？就连首长们的子女和家属也都常常要失散了，有的失散了，就再也找不回来了。我听一位第四野战军的老同志讲，我们的一位领导，在他当年带着部队去东北的途中，他的一个孩子就丢在了一片黑豆地里，幸亏后来又找见了。那要是找不见呢？真正的革命战士，真正的革命者，谁不是革命利益的先行者和维护者？实事求是地讲，谁要是在那种时候提出什么结婚的要求，甚至表面上没有提出来，而心里暗自有那样的想法，他都不配是一个革命战士呢。真正的战士，心里永远想着的都是战斗、牺牲，而绝不是喝喜酒、入洞房之类的庸俗的事情。敌人的大部队追着你漫山遍野地跑，你入什么洞房？你不是精神病是什么？别人都在抛头颅、洒热血、浴血奋战，你却像个乌龟王八蛋一样钻进所谓的洞房里？像话吗？这样的人，我们这边鄙视，不需要，敌人那边也不需要。敌人也不都是傻子啊，他们一样也需要真正的特别能卖命的战士，而不是那种时刻都想入洞房的，要那种人有什么用。入洞房，谁不会入，就他会入？

一直到了一九四九年春夏之交，形势完全好转，全国解放大局已定。形势一片大好，就又有人想结婚了，这其中就包括你的父母，刘高张和黎锦书，他们又一次写了结婚申请。可以毫不夸张地说，他们的结合，包括你的孕育和出生，都是沾了新中国成立的光，都是乘了新中国成立的东风，要是没有这样的大事，你还不知在哪里呢。

对了，有一个问题我得核实一下，你是哪一年出生的？不是在一九五〇年以前吧？什么，就出生在一九五〇年？哦，那就对了，时间上也能对得上。你要是出生在一九五〇年以前，那就又有了大问题。

什么大问题？这还用问吗，在那以前，在新中国成立以前，组织上还没有批准他们两个人结婚呢，那怎么就会有了你？这还不是大问题吗？隐瞒事实，欺骗组织，这起码是铁的事实吧，你就是一个最好的跑不了的证据。还好，他们没有那么做，说明还是有一定的觉悟的，这功劳我想应该记在黎锦书同志的头上。

所以，他们的结合，还有你的孕育和出生，都要感谢新中国的成立呢。没有新中国的成立，这一切都谈不上，世界上也不可能有你这么一个孩子，对不对？那一切就都会是另外一副模样，至于是什么模样、什么前景，谁也说不好。所以，感谢要从心里感谢，要在行动上表达自己的感激之情，光在嘴上说说可不行。

我问你，你常在心里感谢党、感谢国家、感谢人民吗？

嗯，怎么不说话？你这个年轻人，也有那么点儿问题哩。我告诉你，你可不要学习你的父亲刘高张的那一套，虽然你们有血缘关系，但那并不代表你就一定要走他的路。血缘关系，不是旧社会的师徒关系，他说东，你就不能往西。他对的地方，你可以学习、可以继承，甚至发扬光大，都没问题。可是他不对的地方，甚至错误的观点、思想、行为，不仅不能学，还要与其做斗争，必要时还得和他划清界限，斩断牵连。不能因为他是你的父亲，就不要原则，不要立场。父亲怎么了？只要他不对，只要他有问题，我们一样可以斗争他、打到他，乃至消灭他。

不过，根据我的印象和经验，刘高张的身上也没有什么值得你发扬光大的东西，教训和启示反倒不少。你不觉得他更像是一面镜子吗？别人能通过他看到自己，能明白自己应该怎样，不应该怎样，不能怎样，唯独他自己看不到他自己，不知道手往哪里放，脚又该往哪里放。镜子本身能看见自己吗？永远不能。好的时候，完整的时候不能，有朝一日打碎了，那说不定倒有可能了。一小片一小片地参差错落地互相凝神着打量着对方，以为看到的是别人，殊不知那正是它自己，一个破碎零散的自己，一小块一小块的自己，九十分之一个自己，万分之一个自己。

我这样说刘高张，说你的父亲，你不要不高兴，因为事实就是如此。我们共产党人、马列主义者，最讲实事求是，好就是好，不好就是不好，有问题就是有问题，不能闭着眼睛信口开河，把坏的说成是好的，把错误说成是功勋吧？那样一来，还谈什么立场，原则和党性？而一个人要是没有立场、原则和党性，又怎么能在世上活呢？我的看法是，一天也活不下去。有问题就得揭出来，把盖子揭开，一层一层地展示出来，像处置身上的脓疮一样把它刺破，把里面的出了问题的脓和血都统统地赶出来，这就叫惩前毖后、治病救人，这是我们一贯的方针，非这样不行。如果藏着掖着，任由毒素蔓延和侵害，那个人必死无疑。在我们漫长的革命征程中，这样的例子是不少的。

刘高张，我知道他不喜欢我，一看见我就躲。不过，我可不管他喜欢不喜欢，愿不愿意见我，我又不跟他谈恋爱，更不可能嫁给他，他喜欢不喜欢我，关我什么事？归根结底，说一千道一万，他其实是害怕我，怕我批评他，怕我牵他的牛鼻子。我为什么要批评他，为什么要牵他的牛鼻子？还不是为他好，还不是一心想把他牵到一条正确的道路上来吗。他本身也是个革命同志，而且眼看着就要娶我们的姐妹和战友黎锦书为妻，我能不着急吗？我不能眼看着黎锦书跟一个有问题的人绑在一起吧？不能作壁上观吧？可是他，不理解我的一片苦心，可悲哪，可叹啊，我的一片苦心被朝着相反的方向理解了。他当年要是能够虚心地正确地接受我的批评和意见，能听我的，全国解放后，当个市长县长、党委书记什么的，不是没有可能。

什么，革命不是为了做官？是的，你说得对，你说出了我们革命人集体的理想和精神，我们当初干革命也确实不是为了能够让自己高高在上，我们不是农民起义，把张三赶下来，再把李四扶上去，我们是在实现革命的理想。可是你知道吗，一个人，担任的职务越高、越重要，就越能够为革命为人民做出更大的贡献，这一点你懂吗？一个农民，种两亩地，那他的贡献最多就是两亩地或者略多一些的贡献，不可能更大。一名工人，一天车一个零部件，那就是一个零部件的贡献，不可能是整台机器的贡献。当然，你会说，要是少了他那个零部件，那台机器可能会转不起来。是的。可是要是把他的安上去，少了别的零部件，他还是转不起来。所以，这样的贡献都是局部的，只有大家齐心协力，才能共同创造更大的贡献。而一位高级干部，领导几十万人，甚至几百万人，他的贡献有多大，谁能说得清？你能计算出他的贡献吗？革命不是为了做官，可是当一个重要的位置需要你的时候，你能不接受吗？能眼看着党和人民的利益蒙受损失吗？我想，任何一个有理想有觉悟的人都不会无动于衷、袖手旁观的，千斤的重担也要挑起来，万丈的深渊也敢跳下去，这才是一个革命者应有的精神。

我是这样说的，也是这样做的，无论任何时候，无论什么情况，革命的需要就是我的理想，工作的需要就是我的使命。毛主席挥手我前进，奋勇前进！不是我一个人是这样的，我们绝大多数人都是这样的。

你们这一代年轻人，或者是比你们更大一些的一代人，其实不是那么令人放心的，红旗传到你们的手里，真担心它会变了颜色，或者变得不那么鲜艳。那样一来，我们几代人拼命打下的江山就又会有问题。我，虽然有我的具体的工作，但我时常都会想到这样的问题。人，不能埋头某一种工作，而不关心党和国家的命运。

你关心国家大事吗？看你好像也不太关心，这可不好，要关心，要学会关心。毛主席不是早就号召过吗，“你们要关心国家大事”。不能只关心自己的私事、小事，自己家里的那点儿事，那才有多大一点点事呀，与轰轰烈烈的革命运动相比，简直不值一提呢。大家都在革命，都在奋斗，而你却说，我要找我的爸爸，我要找我的妈妈……听上去完全就是一个还没有断奶的孩子嘛，肯定要被人笑话的，我听了都觉得好笑。

我的几个孩子，有比你大的，也有比你小的，还有和你差不多的，我不允许他们在家里，都让他们到时代的大风大浪里锻炼去了。有时候他们也会想家、想回来。我就对他们说，不要回来，和贫下中农在一起，和工人师傅们在一起，那比什么都重要，他们会教给你们怎样做人、怎样干革命。

二

说来也真是奇怪，在年轻的一代人的身上，都普遍地会存在着小资产阶级甚至资产阶级的思想。我不说你，也不说别人家的孩子，我就说我的那几个孩子，怎么在他们的身上也会有那种东西呢？追根溯源，也不应该有呀。

我和我们家老谭，都是不掺一点儿假的无产阶级战士，坚定的革命者。老谭，大别山的子弟，农民的儿子；我，进步学生，十五岁加入共青团。老谭的革命生涯比我更早，十二岁就参加了苏区的赤卫队。为什么这样两个人生出来的下一代的身上，也会有那种与我们的使命和信仰相违背的东西呢？老谭对我说，莫不是串了种？这当然是玩笑话，可其中也包含着他的迷惑和无奈。我也真是百思不得其解。后来，我逐渐明白了，资产阶级思想、小资产阶级思想，就像寄生虫一样，从一个人刚一出生以后就开始有了。而人如果不进行自身的改造，那种东西就会越来越多，越来越大，直至最终占领整个生命。到那时候，这个生命就已经变得反动了，就已经到了我们的对立面了，我们所能做的，只有俘虏他、改造他，或者直接消灭他。

弹指一挥间，往事越千年。多少拿枪的敌人被我们消灭了，又有多少不拿枪的敌人在我们的教育和改造下，由鬼变成了人，变成了社会主义的新人。

无数的事实都在表明，很多人都有改造的必要。玉不琢不明，鼓不敲不响，教育和改造是最好的甚至是唯一的出路。像你这样的年轻人，你以为你们就不需要被教育和改造吗？恰恰相反，更加需要，更加有必要。比如你，什么也不干，不关心国家大事，不学工，不学农，也不学军，却在到处寻找自己的父母，你以为你这样做就是正确的，就是合情合理的吗？错！大错特错！这不是一个新中国的青年应该干的事。

我再强调一遍，你现在的所作所为，不是一个新中国的青年所应具有的精神面貌，而是一个还在吃奶的孩子才能干出的事。一个还在吃奶的孩子，找他的爸爸，找他的妈妈，那是正常的，也是应该的，因为他饿了嘛，或者是尿湿了，他不找他的爸爸妈妈又能找谁去？他只能找他们解决他的问题。不找他们，或者去找别的人，反倒不对了。所有这一切的原因都是因为他还太小，没有大人的帮助就什么也干不成。而你，你是什么情况？你难道还在襁褓中吗？你早就过了那个时候。所以我说你的行为是不对的，哪有你这么大的孩子还到处寻找爸爸妈妈的？以我的判断和分析，他们应该还在，一定在我们这九百六十万平方公里的土地上的某一个地方，在做他们应该做的事，你那么着急干什么？他们肯定没有跑出国境去，既没有去苏联，也没有去美国。换一种说法，就算他们真的都不在了，永远不可能见着他们了，那你又能如何，你难道还不活了？就这么一直找下去？想想都觉得这事荒唐呢。全国人民都在热火朝天地干革命，而你在干什么？

雷锋同志，从小失去父母，他难道也像你一样到处寻找他的父母吗？他又能找谁去？他谁也没有找，而是不计得失，踏踏实实地为人民服务，终于干出一番惊天动地的事业。你就不能向他学习，以他为榜样吗？为了寻找你的父母，你走了那么多的路，到过那么多的地方，我相信你一定在路上见到过不少螺丝钉，你捡到过几个？没有吧，一个也没有捡过吧，我相信你也没有。为什么雷锋同志能捡，捡起来交到库房去，而你就不能捡呢？难道说你要比雷锋同志更繁忙或者更高贵吗？不是你没看见，你看见了也不会弯腰去捡，你缺少的就是一颗为人民服务的心，缺少一种高尚的精神和品格。雷锋同志能护送一位有病的大嫂回家，还帮她抱着孩子，你能吗？

什么，你也能，你也曾经帮人抱过孩子？能那样最好，不过，我还是有点儿怀疑。一个人做一件好事并不难，难的是一辈子做好事，有几个人能像雷锋同志那样？大多数的人都是恰好碰上了才做一下，碰不上就不做，过后就又忘了，因为私字又抬头了，又开始咬噬人的灵魂了，就像库房里的耗子一样。耗子咬破的还仅仅只是一个又一个的麻袋，麻袋破了还可以重新补好，耗子也可以被消灭——灭鼠工作不是每年都在进行吗，可是一个人的千疮百孔的灵魂又该如何修补呢？

当年在根据地的时候，我没少帮助过刘高张修复他的灵魂和思想上的破洞，可是他呢，不仅不感谢，反而处处躲着我，就好像我是一个多么可怕的人，真是叫人伤心又愤怒啊。不感谢，不领情，也就算了，因为我帮助他，无非是想让他回到一条正确的道路上来，那才是真正的目的，原本也没有想让他感谢，想让他领情，只要你能认识清醒，改过自新，那就行了。但是他辜负了我的一片苦心，也辜负了同志们对他的期望。很多时候他不认为自己有错，你给他指出来，他不仅不虚心接受和改正，反倒用一些别的所谓的道理来驳斥你，与你论战，那哪成呢？那就不是一个正确的态度。任何一个虚心认识错误，改正错误的人，都不会像他那样。但更多的时候，他呆若木鸡，让人无法知道他究竟在想什么。用心良苦的话、治病救人的话，说了一筐又一筐，天知道他听进去没有。

每一名革命战士，回到根据地，都像是快乐的小鸟一样，都像是游子回到了自己的家，连在睡梦中都能笑出声来。不是吗，还有什么能比回到根据地更让人高兴的事呢？在战火纷飞的岁月里，并不是每一个人都有机会和运气回到自己的根据地的。有的部队专门就是创建革命根据地的，等根据地开创以后，就又走了。某人说好了要下个月回根据地一趟，很多时候那只是一种理想，到时候究竟能不能实现，能不能成行，谁也说不好，多大的首长也不敢给他打保票。因为，很可能就在你说过这话几天以后，甚至就在当天，你就突然牺牲了，或者随着部队越开拔越远了，那不就成了一句空话？还有的人，既没有牺牲，也没有随部队向更远的地方开拔、运动，已经在回根据地的路上了，结果途中又出了事，照样还是回不去，类似这样的事例实在是太多了。所以，一个人，如果没有在根据地真正吃过一顿饭、睡一觉，谁也不敢说自己已经回到了根据地，更不敢相信自己能够回到根据地，因为一切都是未知的，处于千变万化中的。首长批准你回根据地一趟，也不能保证你就一定能够回去，因为有无数的因素在左右着那件事，那中间，谁说了也不算，首长说了也没用，有任何一个哪怕是最小的因素不放行也不成。什么时候，直到你真正投入到了根据地的怀抱里，那一切才能算是真的。

在那样的一种情况下，一个人从前线、从敌人的心脏地带，辗转数百里甚至上千里，腥风血雨地回到根据地，能不高兴吗，能不在睡梦中笑出声来吗？去卫生所换药，去干部学校听课，去河边洗衣服、洗脸，写日记，补衣服，唱歌，吃饭……总之，每一天都令人留恋，不想让它很快地过去，可是它总是又很快地过去了。所有快乐的日子都总是过得飞快，抓都抓不住，还没干什么呢，夕阳已经坠落，根据地笼罩在暮色中，一天竟又要过去了。又一转眼，曙光初现，新的一天又来到了。有的同志说，啊呀，日子过得真是快呀，不知不觉，我来到根据地已经两个月了，又该动身回去了。有的说，我还有一个星期呢，剩下的这七天，我要按分钟来过，一分钟一分钟地度过，将来回去后，即使牺牲了，也不后悔了。刘司令员很快也要回去了，根据地没有专门的牙科，他计划到敌占区的教会医院去补两颗牙。刘司令员看上了干部学校的一名女学员，可是人家嫌他缺两颗门牙。刘司令员的那两颗门牙是长征途中被打掉的，原来他一直以为人有没有门牙无所谓，而现在，他觉得有所谓了，不把那两颗缺了的门牙给补上还真不行。司令员又怎么样，司令员也得像个样子呀，也得按规矩来呀，你不把你那两个难看的黑洞补上，人家照样可以不嫁给你，你总不能王老虎抢亲吧。有人说，彭师长只有一条胳膊，情况比刘司令员还要严重，怎么他的爱人还那么漂亮呢？刘司令员缺两颗门牙就不行？

这就是我们的革命队伍，这就是我们的令无数进步青年心驰神往的革命根据地。如果人生还能重新来一次，需要每一个人再一次做出新的选择，我还会重新选择我们当年所走过的那条路。

但是，凡是有人群的地方，就有左中右。既然有那么多人在根据地感到快乐无比、幸福无比，那么，一定也有人会觉得不那么快乐，尽管后一种人属于极少数、极个别的，但也毕竟存在过，并且代表着一个方面。按照左中右的划分，后一种人代表着哪一个方面，我不说你也应该是清楚的。总感觉他们和革命有隔膜，不是全心全意，似乎很难做到全心全意。把一颗心分成好几份，给革命一份，给别的什么东西一份，自己再悄悄地剩下一份，甚至几份。这么分来分去，能有多少东西？一共也没有多少东西。不是我一个人这么看，这么认识，我们的很多同志都有这样的感觉和看法，眼睛一扫过去就有感觉：此人与我们不同，甚至大不同。

对于这样的人，我们首先采取的就是关心、批评、教育和帮助，如果这些方法都不能奏效，在他的身上不起作用，看不到任何的改进，那就只能采用别的办法了。好在大多数同志都是好的，都是能够认识错误，改正错误的。只有极个别的死硬分子才能让我们运用组织措施，甚至最终运用处理敌我矛盾的办法来处理。谁愿意运用处理敌我矛盾的办法来处理问题？没有别的办法，完全是被逼出来的。

刘高张，我感觉他在根据地就不是那么太快乐的。有同志反映，看群众文艺表演，他都很少笑。我们就在想，那么有意思有意义的节目表演，都不能让他笑，什么才能让他笑出来？这里面就有问题了，这就不单纯是一个笑不笑的问题了，很有可能早就转化为一个态度的问题、立场的问题，甚至路线的问题了。

立场问题、路线问题，那是什么问题？那不是就已经站在了我们的对立面了吗？

什么，可怕？当然可怕，不过又不可怕，因为路线斗争从来就是这样的残酷，从来就是这样的你死我活，没有任何调和的余地。有人说，对于俘虏，对于起义或者投诚过来的敌人，我们尚且都能够接受，甚至还能给予妥善的安排和光明的出路，为什么反倒不能允许自己的同志有一些问题呢？那是因为前者已经服输了，已经认罪了，已经知道自己错了、不对了，想要争取一条新生的活路，并愿意与我们站在一起，成为一家人，成为同一个战壕里的战友。那这样的人，当然应该接受，并且给予光明的出路，使之成为我们的力量，这是完全正确的，我们一贯的政策接受这样的。如果过来一个杀一个，消灭一个，那谁还敢过来呢，谁还敢投奔你呢，是不是？我们一贯都是亮起招牌，表明政策，让我们的对立面发生瓦解，导致坍塌，让他们多多地过来。过来的人越多越好。

而所谓的我们自己的人呢？他们有了错误，有了问题，根本不承认自己有问题，有的人远远不如那些俘虏过来的人谦虚、谨慎，人家能认识到自己的错误甚至罪行，但他们却不能，就好像组织冤枉他似的。有的态度极为恶劣、反动，从某种意义上来说，简直就像是我们的敌人一样，有的甚至比敌人还要可恶。其实很多时候也不是要把他们怎么样，要的也无非就是他们的一个态度，可就连这么一个简单的态度，他们也不给，也不想给，不愿意拿出来。这就有点儿过分吧，有点儿可恶吧，不像话吧？面对这样的人时，我们应该怎么办呢？能用对付俘虏和起义投诚人员的办法吗？显然不能，首先政策就不对，那不适应他们，也不是面向他们的，那就只能用另外的办法。在我们长期的艰苦卓绝的革命实践中，我们已渐渐地摸索出一些行之有效的办法，这些办法、规章、纪律、措施，很好地保证了我们这支队伍的统一和坚强。

年轻人，特别是正在成长中的年轻人，如果不注意改造自己，很容易出问题，就像那些在成长过程中受到某些不良影响的果实，很容易长歪——长歪还在其次，更可怕的是变得有毒。作为一枚果实，一旦有毒，那就不能再吃了，只能被消灭、被深埋。

你愿意被从树上摘下来深埋吗？不愿意？是的，没有人会愿意。但是，就有人长着长着就歪了，有毒了，那怎么办呢？不想被埋也得埋呀。

当年，我们都曾经为刘高张的那些一直都没有说清楚的问题而着急，各级机关不是没有给过他足够的时间和机会，但他都不去好好地把握，都白白地浪费掉了。时间在一个月一个月地过去，一年一年地过去，时局也在不断地发生着变化，也许这个月还有机会，但等到了下一个月，就已经没有机会了。风雨交加，道路泥泞，大队人马正在转移途中，你挡在路上，拦住某一位首长或者负责同志，说我想说说七年前我的那个问题，那可能吗？首长有心接受你的坦陈，也愿意帮助你澄清一些问题，可是别的一些因素也不帮忙不答应呀。敌人的飞机又来了，正在头上嗡嗡地盘旋，连飞行员的脸都看得清清楚楚的，看见人家狞笑一下，然后正准备投弹。你说那个时候什么事最重要？是整个部队的安全重要，还是你七年前的那个问题重要？早干什么去了？七年前你有个什么问题，没有人知道，没有人能了解你的那笔糊涂账。整风期间为什么不说？那不正是需要每一个人都谈问题的大好时机吗？飞机嗡嗡地响，部队集体隐蔽，战士趴下，首长也得趴下。这位同志，你的那些问题，还是等打完仗以后再说吧！你也赶快趴下吧。

东奔西跑，一年时间又过去了。虽然艰难，但仍然过得很快。

对于刘高张，我帮助他可不是一两次，我一直都在帮助他，我其实更是在帮助你的母亲黎锦书。可问题是刘高张他这个人不想让人帮助他，有点儿不识抬举。我记得有一年，我们排练秧歌小戏《兄妹开荒》和《夫妻识字》，听说到时候首长们要来观看，同志们热情高涨，都纷纷报名，要求参加排练和表演。你们出生得晚，没有赶上那个火热的时代，那真是一个人心齐泰山移的时代，人人意气风发，人们的热情比火焰比霞光还要高涨还要热烈，一个人如果不能参加集体活动，那比让他去死还要令人难受。那几天，每天都有人追着我，围着我，要求参加表演，就连吃饭睡觉的时候，旁边都有人坐着，撵都撵不走。虽然有那么多人想表演，但那时候，我首先想到了刘高张，我想，这个人，够倒霉的了，给他一个机会吧，让他利用这个机会好好表现表现，或许对他的处境会有所改善呢，或许他从此就彻底转变了呢。我想让他扮演《兄妹开荒》里的那个兄，扛着陕北的镢头，扎着陕北的白毛巾。我这想得不错吧，我也满心以为他会高兴地跳起来，这么好的事，这么好的机会，谁不会高兴呢？什么样的情景我都想到了，但是，我万万没有想到刘高张听了以后竟然丝毫不为所动，反而声称自己不会表演，从未想过与表演有关的事。不会你可以学呀，是不是？那不是问题，有专门的戏曲老师可以教你，同志们也都能够帮助你，只要你愿意就行。你猜他对我说什么？他硬邦邦直挺挺地对我说，我不愿意。啊，那一刻，我真是又气又失望，竟然是这么一个死活都扶不上墙的人，你帮他架好了梯子，在旁边扶着他，他都不上，世界上有这种人吗？我对他说，你知道有多少人想表演而轮不上吗？他说，那正好，那就让别人上吧，谁最想上就让谁上。我被他噎住了，噎得我浑身发抖。自参加革命以来，我还是头一次被气成这样，日本人占领北平的时候，我也没有被气成这样，当时更多的是愤怒。从那以后我明白了一个道理，对一个人、一件事情，期望得越高、越大，到时候他伤害你也就越深，那怨谁呢？那么多人想表演，我都没答应，却偏偏去找了一个根本不想上台表演的人。别的同志也都劝他，多么好的一个机会呀，怎么就不知道把握和珍惜呢？是呀，这谁都能看出来，这明摆着是给自己在政治上加分呢，足以证明你的内心是要求上进的，是革命的，而不是反革命的。尤其像你这样的人，更是一剂难得的良药。你拒绝，不上，只能让人觉得你内心充满黑暗甚至反动，公然与光明为敌，与人民格格不入。他难道连这都不懂吗？我被他气得当天连饭也没有吃。

我真是不明白，直到今天，我也还是不明白，他不上，他拒绝，也不知道他能从那中间得到什么好处？

当时，就连政治部的周部长都说，这是好事呀，为什么不演呢？刘高张，他对人家周部长也还是他那句话，说他不会表演，闹得周部长的脸上也有点儿挂不住，只好很无趣地走了。他虽然顶撞了周部长，但我相信人家周部长作为一名老革命老布尔什维克，是不会和他计较的，更不会放到心里去。

别人计较不计较，那是别人的事，关键是你做事情不是这么个做法。你难道看不出这是同志们在全心全意地帮助你吗？革命的友谊，同志式的关怀，难道就可以这样冷漠和无动于衷吗？事情走到这一步，我们不禁要反问一句：你是谁？你又有什么了不起的？凭什么非得让你上去演？那么多同志都还等待着上呢，要论表演，谁都比你更擅长、更自然。另外，进行革命文艺表演，既是一项欢乐喜庆的文艺活动，同时又是一项非常严肃的政治任务，你不上，你拒绝，最后表明的是什么？

这件事他给自己造成的影响也很坏，在很多人的心目中，他差不多成了一个浑身漆黑的人。在革命根据地，这样的人属于极少数分子，某种程度上来说，也是很引人注目的。无论去食堂吃饭，还是去劳动，去礼堂开会，背后都会招来无数打量的目光。人们会想、会相互议论，这是个什么人呢，这个人到底怎么了。

刘高张，是的，他到底是个什么人呢，连我也常常说不清他是个怎样的人。

谁也不知道他究竟是怎么想的，每天又在想些什么。第二年，没有人去找他，更没有人去动员他，他竟主动要求参加秧歌剧的演出。更令人吃惊的是，还自己事先准备了演出用的镢头和毛巾。我们在舞台上使用的都是纸糊的假镢头，而他准备的是一把能够真正刨地、开荒用的真镢头。我至今还记得，当他扛着那把真正的镢头找到排练厅的时候，在场的所有的女演员们差一点儿都笑死。但是，笑归笑，不管他准备得如何的充分和周到，他已经不被允许参加表演了。你不是不会表演、不想表演吗，那好，那我们就尊重你的意见。头一年，让你演，你不演。现在尊重你了，不让你演了，你反倒自己主动找上门来了，世上哪有这样的事，就没有这样的事。别人都是干什么的？站在一旁看着你挑，等你剩下了，别人再上来？谁不想表现自己，可那要看机会和条件，并不是谁想表现就能表现的。人里面就有这种敬酒不吃吃罚酒的人，整个一生都在错乱中度过，与所有的希望都擦身而过。

刘高张，他这个人很可能有点儿学问，但是，我觉得他这一生最擅长写的，可能就是各种检查、检讨书、交代材料、证明材料、悔过书、学习心得一类的东西，还没有见过他写别的东西。作为他的女儿，你见过他写别的东西吗？没有？你也没有见过？好，那足以证明他只写过那一类的东西。当年，我就对你的母亲黎锦书说过，我说，你找他干什么，是要每天帮助他誊写检查吗？天真的黎锦书，她以为他犯的是一些无关紧要的小错误呢。

干部甄别委员会的一位负责同志曾经说过，刘高张的情况，够得上复杂，几乎没有人能说得清楚。时间的飞速流逝，岁月的动荡、颠沛，再加上人为的变化，几位重要当事人的离世，使得一切都模糊了。就像一页写了字的纸，被血被水浸湿过无数次后，再也别想看到当初的原样。

是的，别说是一个具体的人和他的那些事，即使是一支人数众多的部队，一个曾经的像模像样五脏俱全的机构，甚至一个完整的国家，只要经过了时间的冲刷，其来龙去脉以及相关的一切，也会日渐变得模糊不清。岁月的泥沙、时光的树叶、人为的遗忘、虫子的躯壳，都会把那一切蒙住，永世不再见天日。对于曾经的楼兰国、西夏国，我们知道什么？又知道多少？当然这些都太过于久远，模糊不清也是正常的。那么，对于一支几十年前的军队，我们难道就能够一清二楚吗？它最初是什么样的，怎样变成了一支军队？它的组成人员、人员的成分、活动范围、演变过程，曾经发生过怎样的一些事情？很少有人能记得。后来的人所能知道的，只能依靠或者借助于一些文字的记载。而如果记载有误，那也只能以谬误为准。捧着谬误当历史，那所谓的真实、真理又算什么？更有些东西，如果连文字记载也没有了，那一切就都成了真正看不见摸不着的传说了，甚至说那一切压根就不曾有过、不曾存在过，似乎也能说得过去。曹操存在过吗？只能说书上有他的事情，有这种可能，可是如果没有那些有关他的文字材料，这个人就是不存在的。有的东西，就算有文字材料，那也并不是百分之百的真实，文字材料那种东西，什么造不出来？孙悟空竟然还有姓氏，姓孙，要我看，让他姓张，姓李，也未尝不可。

当然，刘高张这个人还是存在的，实有其人，你就是他存在过的一个证明，我本人也认识他嘛。但是，对于一个根本不认识他的人来说，那就很难说了，那就又是另一回事了。你对人家说，曾经有那么一个人，叫刘高张，他如何如何。人家根本不知道世上有这么一个人，相信你所说的，是正常的，如果认为是你编造出来的，也在情理中。

三

我在这里干什么？干革命呀。

啊，你这个孩子，你是不是以为我也犯了错误，像你那个父亲一样？年轻人，我以一个过来人的身份、以一名久经考验的革命者的身份，严肃而郑重地告诉你，我没有犯错误，绝对没有！我来这里，完全是为了响应党的号召，响应毛主席的号召，与贫下中农同志们交朋友来了，与工人兄弟们交朋友来了，在交朋友的过程中，接受他们的再教育。与工人阶级相结合，与广大的贫下中农相结合，与革命战士相结合，是我们每一名干部必修的一课。毛主席高瞻远瞩，早就看到并意识到了这一点，只有英明的领袖，才会做出这样伟大的部署。

怪不得你看我的时候，眼神和表情一直都有些奇怪呢，原来问题在这里，我还以为是我早上忘了洗脸呢，原来是把我也当成了一名有问题的干部。也难怪，刘高张和黎锦书，他们两个人是那样一种情况，你作为他们的孩子，咋能不受到一些影响和传染呢。我告诉你，有问题的人都在监狱里呢，怎么可能坐在这里，戴着草帽、端着茶缸、吹着清风、沐浴着阳光，随便而又平静地和你说话呢？你怎么不去找到刘高张和黎锦书，看看他们二人是不是也能像我这样，没有人看着，能随便地与来访的人谈话？他们不行，他们肯定不行，因为性质不一样。我是下来工作的，是执行群众路线来的，不是改造，更不是交代问题来的。

明白了吗？明白了？好。

不知你的母亲黎锦书以前和你提到过我没有，我曾经是一家大型国营纺织厂的党委书记，领导着十几万人。不，不是曾经，即使现在我也还是，因为我从来没有接到过上级组织部门对我的新的任免通知。也就是说，目前我还是那个大型国营纺织厂的党委书记，我仍然还在我的岗位上，你明白了吧？

这是我个人的情况。年轻人容易混淆是非，我觉得很有必要澄清一些事实。

我们家老谭，大别山的子弟，开国的将军，虽然战争早已结束了，目前他不掌握什么具体的部门，可他还在为人民服务，他的那颗为人民服务的心还在嘭嘭地跳动，一刻也没有松懈过，更没有停止过。世界上什么样的工作都有干到头，退休的时候，只有为人民服务永远不会干到头，永远没有退休的那一天。

那么，你说说看，像我们这样的婚姻和家庭，像我们这样的两个革命伴侣，我们能犯错误吗？我们与革命与党会有二心吗？我们早已把我们自己的一切全都献给了壮丽的无产阶级革命事业。

啊，忆往昔，真令人心潮澎湃。

见过延河水吗？那是世界上最美丽的水。

我至今还清楚地记得我们当年的新婚之夜，是在陕北的一间窑洞里，送走前来贺喜的首长和同志们之后，老谭一边解开腰间的皮带，摘下佩枪，一边对我说，天不早了，咱们也睡吧。看到他把上衣的扣子也都一个一个地解开了，我对他说，老谭，你这是要干什么？我那么猛然一说，把他也吓了一跳。老谭说，干什么？睡觉呀。我说，睡什么觉？老谭说，你忙糊涂了吧，今天不是咱们两个人的新婚之夜吗？你忘了？我说，当然没有忘，当然知道今天是什么日子，可那又怎么样？老谭说，什么叫"那又怎么样"？既然知道，那还不赶快睡？我说，老谭，瞧你那点儿出息，还主力旅旅长呢，哪像是个旅长的样子，倒像是几辈子没见过女人似的。听见我这样说，老谭站在地上愣住了，就在那一瞬间，脸也红了，又糊里糊涂地看着我。我也不理他，也不说什么，故意晾一晾他。过了一会儿，他问我，你到底什么意思？不睡觉，坐着？我上下打量了他一下，然后对他说，你先把你的衣服穿好再说。听见我这样说，他叹了一口气，开始窸窸窣窣地穿衣服。其实也不能叫穿衣服，因为他的衣服根本就没有来得及脱下来，只是把上衣的几个扣子都解开了。他把衣服上的几个扣子一个一个又重新扣好，接着又把刚才解下来的皮带重新扎好。还要重新佩枪时，我对他说，行了，枪就算了，这是在家里，又不是在战场上，你拿着枪要干什么？听说不让他佩枪了，他把拿到手里的枪又重新放下。我听见他用他们大别山地区的方言小声地嘟囔了一句。说的是什么，我没有听清，也完全听不懂。能有什么，肯定是在表达他的一种不满的情绪吧！新婚之夜，好几个钟头一直都在地上站着，先是一直忙着招呼客人，好不容易客人们都走了，结果还是站着，还没有上过炕呢，心中有不满是正常的。

老谭的小名叫四，就一个字，他们家乡的人都那么叫他。四，赤卫队今晚要攻打哪里？四，雨下得这么大，你还要出去？老谭几次让我也那么叫他，但我从来没有叫过。一来是因为我的年龄要比他小一些；二来总觉得不太严肃，都是革命同志，阶级战友，哪能搞街坊邻里们的那一套。新婚之夜，我披着衣服坐着，我对老谭说，四，在今天这样一个美好的时刻，你不觉得我们应该克服个人主义的思想，在睡觉之前先干点儿什么更有意义的事情吗？他说，干什么？你说吧。我说，学习一篇毛主席的著作，或者延安新华广播电台的社论。他说，我们不是经常学吗，广播也经常听。我说，那不一样。平时是大家一起学，一起听，场合也不一样，今天晚上，这样的精神食粮只属于我们两个人，只属于我们这对志同道合的新婚夫妇。他说，好，那咱们就学一篇。我说，学哪一篇呢？他说，你定吧，你定了学哪一篇，咱们就学哪一篇。我说，《论持久战》怎么样？他微微咧了一下嘴，说，是不是太长了一点？等学完了，天恐怕也要亮了，能不能挑一篇稍微短一点的？比如《反对自由主义》什么的。我说，那不行，那也太短了一点，根本不够我们学的。

老谭十二岁参加鄂豫皖苏区的赤卫队，基本上没有读过什么书，他的那些文化知识，除了自学了一点儿以外，主要还是我后来一点一点地教出来的，利用一切的空隙，逮住机会就学。我们在一起不谈论什么爱情，主要是学习、关心时局。我们一般都是我念他听，然后他有不懂的地方，提出问题，我给他讲解。当然也有他讲的时候，结合学习，讲一次具体的他本人经历过的战斗，讲如何运用毛主席的战略思想，遵循“十六字”方针，以少胜多，以弱胜强。唱歌，他只熟悉一首歌，

《八月桂花遍地开》，因为那首歌就诞生在鄂豫皖苏区，每一个鄂豫皖苏区的人都会唱，就连当地的老百姓都会唱。

陕北的那个新婚之夜，我后来折中了一下，既没有按老谭的意思，也没有依我的主张，而是挑了一篇不长不短的文章。老谭大约是一直没有吃东西，饿了，在听我念的时候，一只手下意识地捏起几粒花生，想浑水摸鱼地往嘴里放，被我发现后立即制止了他。我对他说，学习毛主席著作，态度要极端的认真，要全神贯注，聚精会神，不能分心。认真学往往还学不好呢，更何况不那么认真。听见我这样说，他终于没敢把花生往嘴里放，而是把那几粒花生又重新放回到篮子里去了。

我们学啊学，一直学到夜已经很深了。我们披上衣服，起身来到窑洞外面，听见延河水在我们的脚下轻声地流着。抬头仰望宝塔山，巍峨的宝塔像一把利剑，直立在夜空中。我们看到枣园的灯光还没有熄灭，杨家岭一带也有亮光在闪烁。我和老谭都不禁激情满怀，夜已经这么深了，首长们还在夜以继日地工作，为中国人民的解放事业日夜操劳，鞠躬尽瘁。我们想到了井冈山的八角楼、黄洋界，茨坪的红米饭，赣南的红旗，湘赣边界的枪声，长征路上的风雪，直罗的炮声和瓦窑堡的马蹄声……又不禁心潮起伏，思绪难平。尽管是新婚之夜，但我和老谭还是都穿着平时的军装，在满天的繁星下，我们不像是一对刚刚结婚的夫妻，而更像是两个真正的革命同志、战友，正在酝酿、谋划着一次新的战斗。我问老谭说，老谭，说说你今晚的感想。老谭说，非常幸福。我说，那你说说看，怎么个幸福？老谭说，我做梦也没有想到，在这战火纷飞的年月里，人竟然还能结婚，而且还是在革命的圣地，在党中央和毛主席的身边，还能干这种事。我说，你那说的是个人的小幸福，其实还有更大的幸福。老谭说，更大的幸福，那是什么？我说，我们每天都在干什么？老谭愣了一下后说，打仗、学习、行军、转移……我说，我们正在为人类的解放事业贡献着自己的一切，那难道不是最大的幸福吗？老谭说，原来你说的是这个，你说得对，我完全同意。又说，我们大别山的人都有很严重的小农意识，认为婚姻、牛、农具，这些都是非常重要的。我说，有则改之，无则加勉，有就应该想办法去掉。老谭说，我好像明白了。我说，你明白什么了？老谭说，我们虽然结了婚，是夫妻了，但首先还是革命战友、同志，其次才是夫妻，我说得对吗？我说，可以这么说，只有真正的革命者才敢于这样说，敢于这样认识问题。不革命的人是无论如何都不敢这样说的，因为他们的婚姻是狭小的、极其脆弱的，是没有根基和广阔背景的，是建立在金钱、肉体和世俗的庸俗的个人主义家庭主义上面的，那样的所谓的婚姻和情感，一阵风就可以摧毁他们，更不用说经受惊涛骇浪、腥风血雨的考验。

到今天，我也还敢说，我和老谭，我们两个人的婚姻，充满了革命的元素，战争的硝烟就是我们的礼花，加农炮、榴弹炮的轰鸣就是我们的礼炮的声音，两个人共同捧读一本毛主席的著作，就是我们的结婚的证明。

很羡慕我们？是的，因为也值得你们这一代年轻人羡慕。不像现在的年轻人，男的骑个自行车，后面带着个女的，两个人扭扭捏捏，一看就是资产阶级思想和小农意识在作怪。让我最感忧虑的是，再过几十年，当我们这一代人全都不在这个世界上以后，我们的江山会不会变色？我们抛头颅洒热血得来的政权会在什么人的手里？马列主义是不是还会被后来的人奉为真理？……一想到这些，我就觉得我们这一代人必须得坚持活着，尽量撑下去，能撑多久就撑多久。我们多活一天，广大的第三世界的人民就会多一份希望。社会、现实，实际上对我们来说已没有更多的乐趣，有时甚至会相当痛苦。我们其实是在为一种神圣的责任和使命而活着，不亲眼看到帝国主义、资本主义灭亡，我们是很难瞑目的。

毛主席在七届二中全会上的讲话，很多人都已不记得了，有的人甚至忘记得干干净净，这是一个极其危险的信号和现象。那天，我让这里当地的一位负责同志背诵一下七届二中全会讲话的其中一段，就是这一段："……敌人的武力是不能征服我们的，这点已经得到证明了。资产阶级的捧场则可能征服我们队伍中的意志薄弱者。可能有这样一些共产党人，他们是不曾被拿枪的敌人征服过的，……但是经不起人们用糖衣裹着的炮弹的攻击……务必使同志们继续地保持谦虚、谨慎、不骄、不躁的作风，务必使同志们继续地保持艰苦奋斗的作风……"

我让他自己选择，他只要能背出这一段就行，因为这一段是最重要的，也是大家最为熟悉的，谁背不出这一段，我认为他就不配作为一个共产党员。但是他支支吾吾半天，脸红脖子粗，根本张不开嘴，背不下来，抓耳挠腮也不行。一会儿说他头疼，一会儿又说肚子疼，一派胡言！要知道是一个成年人啊，还是一名负责同志，完全就是一个赖学生对付老师的那一套鬼把戏。他会背什么呢？他什么都不会背，只记得一些人人都会的最常见的零星的语录，那也多半是为了应付各种检查和场合而勉强记住的，我早就看出他那一套花架子了。这位负责同志，我不想说他的名字，在当地还有点儿名望，可那是一个怎样的人呢？人们也糊里糊涂地听他的话。看到他，我感到无比的痛心和担忧。说实话，我在他的身上看到的不是一个革命者应该有的面貌，甚至相去甚远。你知道我在他的身上看到了什么？我像是看到了李自成的一个部下——革命成功后，进城以后的李自成的一个部下，贪生怕死、满脸油汗、庸俗地笑着，像一名随时准备应付考试的差等生一样，只记得一两个简单的公式，准备了一点可怜的答案……这样的干部，这样的负责人，他能负起什么责呢？怎么能不令人痛心和担忧呢？如果我们将来去马克思列宁那里报到，相信他们一定会责备甚至严厉地批评我们，到那时候，面对无产阶级革命的老祖宗，我们恐怕会无言以对。

哦，再回到先前。我们的第一个孩子，名字就叫延生，他虽然不是在延安出生的，却是在延安孕育的，在延河边开始的，可以说没有延安就没有他，我们就是要让他记住，并一生都打上那里的烙印。这就叫根！世界上有多少孩子是无根的，及至长大、成熟，再变老，最终也还是一具没有根的躯体。这样的躯体，活着的时候，摇摆、犹豫，死后变成一捧土，用不了一顿饭的工夫，就会随风而去，什么都不会留下。

什么人的精神能够不死并流传下来？只有革命者！其余的皆为粪土。

我像你这么大的时候，早已经满脑子革命思想，一心只想着救国救民，别的什么都不想。而你们，至今还把自己当作孩子呢，做着孩子才会做的事情，说着孩子才会说的话，究竟是长不大呢，还是就不想让自己长大呢，我真是不明白。毛主席说青年人是早晨八九点钟的太阳，革命领袖对青年人寄予了多么大的希望呀。你觉得自己是八九点钟的太阳吗？我怎么觉得你们更像是早晨三四点钟的太阳？什么，早晨三四点钟还没有太阳？是的，当然没有了，有也不能叫太阳，一定是怪异之事。

陕北的夜晚，天空深蓝，延河水轻声唱着歌。我和老谭站在窑洞前，畅想着未来。很快我们就又要奔赴前线了，远离首长，远离革命根据地，远离这个中国无产阶级革命的大本营。一想到那些，我们都不禁有些激动。老谭说，等再回到这里时，我可能已经是师长了，也说不定牺牲了，再也回不来了。我对他说，老谭，四，革命要求你活着。老谭说，谁不想活着，可那能由自己定吗？就算是敌人，也不想被消灭呀。我说，万一牺牲了，你想把自己埋在哪里？你的故乡大别山还是陕甘宁革命根据地？老谭面对这个问题，嘴里咝咝地牙痛似的想了半天，然后搓着手说，这可真是个问题，这可把我难住了，两个地方我都想……后来，他又摇着头说，都不可能，哪能那么来去自由，想埋哪儿就埋哪呢？到处都是阻隔、封锁线，你以为大地上就你我两个人吗？只能是在哪里倒下，就在哪里就地掩埋。

我说，新婚之夜，我们怎么说起了这个？老谭说，不是你起的头吗？

远远地，听见延安城里的鸡又叫了。

老谭说，鸡已经叫了第二遍了。

这个老谭，他想回到窑洞里去休息，想说天已经不早了，却不直接说，而是拐着弯说鸡已经叫了第二遍了。那还用说吗，鸡要是叫了第三遍，天差不多就要亮了。老谭会拐弯，我一点儿也不奇怪，哪一个会打仗的指挥员不会拐弯儿？不会拐弯那叫傻子，只会挨打，等着被消灭，当兵碰上个不会拐弯的指挥员，迟早得完蛋。会拐弯是一种智慧，毛主席要是不会拐弯，红军就不会四渡赤水，很难说中国目前是什么样子，中国人民也许还在黑暗与艰难中摸索。

作为你的父亲，作为革命队伍里的一员，刘高张他从来没有对你说过这些？

什么，你们见面的机会本来就不多，仅有的几次？这难道就能成为他不给你讲革命道理的原因吗？这样说站不住脚啊年轻人，这也不是理由，只是一种借口，是在找客观原因。仅有的几次见面，那也可以讲嘛，实在没有时间，还可以写信嘛。总之，机会多得是，方式方法也有很多，就看有没有那种态度和精神，这很能看出一个人的态度。只要是有那份心，任何时候都能找到机会，也能找到方法；反之，也总能找到很多不讲的原因，这几乎是一道衡量一个人革命性的分水岭，到底是在岭的哪一边，一眼就能看到。你还给他辩护，你还说他给你讲过不少，不可能！以我对他的了解，他最多给你讲过几个革命小故事，某某同志二三事，那就已经很不得了啦。

我们的几个孩子，与我、与老谭，在一起的时候其实也并不比你多多少，可是他们对于革命却是如数家珍一般。为什么？就是因为我们会利用一切机会，运用各种方式，对他们进行教育。有一年过中秋节，一家人吃完饭后，老谭说要全家人一起赏月，我立即就提出不同的意见。我说不行，赏什么月！许多正经的事还没有做呢，月亮有什么好赏的，它就在天上挂着，已经挂了多少个世纪了，又跑不了，什么时候都能赏。可是假期一结束，一家人又要各忙各的，有些事情不抓紧办还就是不行。他们问我有什么正经的事情要做，我就拿出《星星之火可以燎原》《人的正确思想是从哪里来的》给他们读，之后又读了《湖南农民运动考察报告》《分田后的富农问题》《目前的形势与任务》和《为人民服务》。期间，老谭因为晚饭时喝了一点酒，略微有些迷糊，我看他的精神状态有点儿问题，立即对他大声喝道，老谭，太不像话了，知道你在干什么吗？听我一喊，老谭立即打起精神，坐得笔直。

事后，一家人都说我们过了一个最有意义的中秋节。别人家过节，吃月饼，赏月亮，胡吃海塞，醉得东倒西歪，而我们却是在学习中度过的，这就是一个革命家庭与众多普通家庭的区别之一。任何地点，任何场合，都可以是传播革命的讲堂，任何时候，都能够进行学习。假期结束的前夜，老谭利用一个小时的时间，给他们讲了遵义会议。你看看，我们一家人就是这样学习的。

来到现在这个地方以后，在我的建议和上级部门的督促下，先后有十二个政治夜校成立起来了，每天晚上坚持学习。最初没有电灯，我建议他们就用煤油灯，每个人从他们各自的家里携带一盏，这样一来，几十盏，有时候甚至上百盏煤油灯在同一间教室里亮起来，丝毫不比电灯差。当年，毛主席在湖南、江西农村搞调查的时候，用的就是煤油灯，有时候甚至是松明子、火把。就是在那种情况下搞出来的调查报告，至今仍然对中国的革命和建设，特别是广大的农村有着极其重要的作用和意义。现在情况好多了，已经不再用煤油灯了，改用雪亮的汽灯。每天晚上，开始上课前，全体起立，高唱《三大纪律八项注意》，或者《学习雷锋好榜样》，或者《大刀向鬼子们的头上砍去》。一个晚上的学习结束后，全体再次起立，共同高唱《国际歌》。

一开始的时候，有人不理解，目光短浅，看不出这种学习的意义和重要性。我就告诉他们，这样的学习太有必要了，我们宁可少耕一亩地，少养一头牛，也不能放松学习。人是怎么退步甚至变坏的？就是因为不学习。

我反对西方列强、反对帝国主义和资本主义，但是在中世纪，西方的哲学家提出了一个观点，我倒是十分的赞同。他们说，无知是真正的万恶之源。这话说得太好太对了。

四

那么多的人在我们的前面纷纷倒下了，牺牲了，很多人连名字都没有留下一个，他们为了什么？不就是为了我们的今天吗？他们难道不想活着吗？当然不是，他们中间很多人都有着壮丽的梦想，有的即使不够壮丽，只幻想三十亩地一头牛，老婆孩子热炕头，那也不失为一种朴素而真诚的理想。可是最终他们却都牺牲了，什么梦也不再做了，一只鸡，三分地也不再能拥有了。

而我们还活着，活下来了，甚至还要继续活下去。对于早已死去的人来说，活下来本身就包含着那么一种不公平的东西，在时间的长度上，你赢了。可是，就是这些赢了的人，还常常觉得命运对自己不公平，这就叫人很难理解了，这就叫贪得无厌。

你也常常觉得命运对你的父母，对你们这一家人不公平，是不是？我能看出来，你一来了我就看出来了，你对世界充满了怨气，你脸色铁青，眉宇间聚集着深深的仇怨，除了仇怨，还是仇怨，再什么都没有。看到你，我就在想，这个孩子已经被太多的仇怨浸染了，而这个年龄，本应该是积极向上、快乐无忧，与仇怨无关的。看到你，我就在想，如果你的父母现在都身居要职、风光体面，你的心里还会有那么多那么大的仇怨吗？一定不会，至少不会像现在这样，你会为自己是高级干部的子女而骄傲。

这说明了一个什么问题？说明了人性的组成部分，绝大部分是糟粕，是可鄙的贪欲，能赢得利益，就高兴，就欢乐，就眉开眼笑，得意扬扬，不能赢得利益，就怨气冲天，就仇深似海。利益是分水岭，翻来覆去，就是因为一个利益的问题。

你要是能懂得他们能活下来，就说明他们已经是幸运者，你可能就不会有现在这么深的仇怨了。

你说什么，你认为他们不是赢家，没有赢得过什么？

好，那我问问你，中华人民共和国建立的时候，他们起码还活着吧？他们也亲眼看到新中国建立了吧？新中国成立以后十几年间，他们也都活下来了吧，说不定至今他们还都在呢，是你想象他们不在了。这一切的一切，又都意味着什么，说明了什么？你咋敢轻易下结论，断言他们不是赢家，还从来没有获得过什么。

你所说的公平、获得，又是指什么？当部长、当将军，就是获得，其他的就都不是？

什么，你不是那个意思，只希望一家人能够常在一起就很好？那样就公平了？不说别人，就说我们这一家人，也都不大能碰到一起呢，天南海北，聚在一起更难。我和老谭，和我们的几个孩子，至今也有八九个月，快一年没有见过了，难道我们也叫喊命运不公平吗？不，我们觉得这没有什么，一切都是正常的，更从来没有觉得不公平过。干革命，怎么能像商人一样成天算计？哪里需要就去哪里。革命需要你去一个遥远而艰苦的地方，你难道能嫌远不去吗，不能够吧？由于某种特定环境的要求，革命需要你长期受到委屈和痛苦，甚至忍辱含冤，你能够抱怨不公平吗？那还叫什么革命者？

刘高张、黎锦书，他们都听到了新中国成立的礼炮声，亲眼看见敌人输了，失败了，逃出了大陆。你知道有多少人为了那一刻，长期忍辱负重，艰难困苦，但他们还是没有等到那一刻，那是怎样的痛苦和不甘心。新政权成立之时，有的刚刚牺牲，有的已长眠了十几年、几十年，你怎么看待这个问题？他们那些人得到过什么公平么？又有过什么级别和待遇？有人忍辱含冤，到死都没有人知道他是谁。

我们家老谭。他是活下来了，可你见过他的身体吗？身上有十几处伤疤，伤痕累累，左肩和腰上至今还有两块弹片没有取出来。每到天阴下雨的时候就开始发作，疼痛，厉害的时候，单靠他一个人的力量，既不能顺利地躺下，又不能无碍地很快地起来。他的胸前的皮肤并不是像正常人一样是平展的，而是成皱褶地扭结在一起。当年在野战医院缝得不好，手术过于仓促，整个胸前的皮肤都错位而痛苦地扭结着，任何人看见，都会吓一跳，不敢再看，也不忍再看。有一个词叫惨不忍睹，什么叫惨不忍睹？老谭的胸前就惨不忍睹。

并不是只有胸前是那样的，要仅仅只是那么一片，那就好了。他的大腿上没有正常的皮肤，当然也就不可能有正常的每个人都具有的毛孔，有的只是一片一片的、一长溜一长溜的光亮的胶质的疤痕，红色的，紫色的，无论如何也不能再把它们叫作是皮肤，只能说是另外的一种物质，用手摸上去，令人心惊而难过。我帮他洗澡，有时也会虚荣心作怪，属于女人的东西会抬头，小资产阶级思想也会短暂地占一下上风，会自觉不自觉地把脸转向一边，好像不太能面对那些创伤。是缺乏必要的勇气吗？也许是。老谭常年在里面穿一身贴身的薄睡衣，他本人更不愿意以那样一副面貌面对我、面对家人。那套贴身的薄睡衣，我要是没有时间帮他洗，他就自己洗，连孩子们替他洗他都不让。最初，连我都不让碰，后来时间长了才慢慢习惯了。他说，是人就都喜欢美好漂亮的东西。老谭为什么这么说？那是因为他的那套贴身的薄睡衣，有时候不免会有脓或者血粘在上面，所以他要自己洗，不想让那些东西暴露在别人的面前。可我是别人吗，孩子们是别人吗？我对他说，那是闹革命的见证，是英雄的血。老谭说，英雄的血和平民的血，难道有什么不一样的吗？我看一样，都是红的，黑红的。人只是立场不同，走的路不一样，至于脓、血，无论从谁的身体里流出来，内容都是一样的。就算是敌人的血，也不是绿的，也是红的，也能够称之为鲜血。我不相信蒋介石的血不是红的，日本人的血不是红的，希特勒的血不是红的。至于脓，天底下，无论谁流脓，都会叫人看着恶心。英雄的脓也恶心人哪，总不能因为是英雄流出来的，就因此说是琼浆玉液吧？

这些，还都仅仅只是他身体上的困难。没有人知道，他还有心里的困难，精神上的伤痕。要不是你一再叫喊不公平，我是不会和别人说这些的。

自从一九三二年十月撤离鄂豫皖革命根据地以后，几十年过去了，老谭中间只回去过一次，只停留了一天，以后就再没有回去过。我曾经劝他，应该再回你的大别山老家去看一看，如果我有空，我也愿意一同陪你回去，看看大别山的乡亲们，他们为革命做出了巨大的牺牲和贡献。但老谭说，你以为我不想回去吗？我比谁都想回去，时常一趟一趟地在梦里回去，沿着油菜地的田埂走，贴着无人居住的墙根走，一看见有人过来就马上躲起来，最想看见熟人，又最怕碰到熟人。

老谭说他不敢回去，无颜面对大别山的乡亲们。当年，有那么多的子弟跟随他出来闹革命，经过一次又一次的大大小小的无数的战斗，经过东西南北的转战，绝大多数的人都牺牲在他乡的土地上，再也回不到大别山，再也回不到鄂豫皖去了。乡亲们见了面，跟我要人，打听某某的下落，我该怎么办？

几十年了，老谭几乎夜夜都做噩梦，有时梦见作战、转移，有时就直接梦见乡亲们向他要人。梦见整个鄂豫皖革命根据地都在下雨，阴雨连绵，白雾茫茫，油菜花开得正黄正艳，但没有人顾得上欣赏。衣衫褴褛的乡亲们拿着镰刀，举着火把，像当年支援革命一样在纷纷追赶他、围堵他、询问他、质问他。母亲要儿子，妻子向他要丈夫，兄弟向他要兄长。他们问他，为什么你回来了，他们却至今都没有回来？他说，对不起，都牺牲了。都牺牲了，那么多人都牺牲了，集体都跳了河，堵了枪眼？他说，不是一下都牺牲了的，是几十年间，分别在不同的地方，先后牺牲了的。今天一个，明天又一个，有的没出鄂豫皖就死了，有的死在川陕，还有的牺牲在太行山。那为什么你没有牺牲，为什么你活下来了？乡亲们啊，这真把我问住了，我也不知道我为什么没有牺牲，又凭什么活下来了？这真是扯不清呢，也许是命运的问题，命运在作怪？别说什么命运，那为什么他们就没有命运，那么多人都没有命运，就你一个人有命运？乡亲们哪，命运这种事，谁又能说得清呢，人是靠什么活下来的呢？越来越多的事实和迹象都在表明，人是依靠各种各样的偶然因素才活下来的，中间少了哪一个哪一环都不成。我家男人怎么就没有偶然因素？你家男人是谁？怎么，领人的时候认识，死了就不认识了？都不记得了？

当年可是你亲手把他领走的呢，我回屋里拿了一件蓑衣，等再追出来的时候，你们已经在雨里走远了，我站在雨里叫着万牯的名字。啊，你是万牯的堂客，琮英妹子？豫西突围的时候，万牯已经是代理排长了。那后来呢，他人呢？不知道，漫川关战斗以后就再没有见过。我曾经还嘱咐过他，但凡有机会，就往家里捎一封信。我没有见过一封信。万伯还好吗？好什么好，能好得了吗，三十年前就被砍了头。他的两个妹妹呢？都活埋了。先是游街示众，从光山游到英山，从黄安游到麻城，游得不耐烦了，就活埋了。还乡团不是人哪，吃完蒜不漱口，杀完人不洗手，砍头就像摘帽子。红十师、红十一师、红十二师、红七十三师、少共国际师都走了，他们就来了。说着皖西的话，哼着鄂东北的调，以为是邻近村里的，却不料是河南人摸过来了，枪上挑着孩子，怀里抱着母鸡，见人就抡刀，比在家里切菜还要熟练。为什么枪上挑着孩子，怀里抱着母鸡？因为母鸡能吃，孩子不能吃，一路挑着，掉了就掉了。对不起，对不起！他把头深深地低下去，低到真心认罪的程度，低到好像他本人就是还乡团的一员的程度，低到能从自己的两腿间看到那半腿深的烂泥路，看见昔日的鄂豫皖苏区，举目望去，视线里全是他太熟悉的缠人的烂泥路。国民党的汽车、坦克、机械化摩托，都陷在泥里，好几个时辰动不了。他听到他们在咒骂，他妈的，这还打什么仗呢，这鬼地方，多先进的工具也用不上。四，我儿光义呢？他不是一直和你在一起吗？覃叔，您老还能走动，牙呢，牙还能咬得动吗？别打岔，我问我儿光义呢？他不是一直和你在一起吗？以前是在一起，可是日本人投降以后，我们就分开了，我去关外，他去苏北。这么说，人也是没有了？不一定，也许还活着呢，也许哪一天就突然坐着小汽车回来看您来了。胡说八道，我不信，要回来早几年前就回来了。你倒好，走时一大群，回来就你一个。对不起，乡亲们，我也没以为自己能活下来呢，谁知道人生的哪一环上出了点儿岔，就让我阴差阳错地给活下来了，我给大家弯腰鞠躬了，对不起呀乡亲们！在弯下腰的一刹那，他好像又看见了当年的纷乱迅疾的人影和暴动的路线，看见了风雪中的大别山和阴雨里的鄂豫皖。又是阴天，又是雨天，雨天就又会出现缠人的烂泥路。天色青黑，天空低垂，像锅盖一样盖下来，每一个生灵，不管是什么路上的，不管是赤色的还是白色的，不管是马列主义还是三民主义，全都在那低垂的穹盖下奔走、愣神。记忆中的这片土地总是这样的天气，好像从来没有晴朗过一天，就连血也多是暗红色的，甚至常常一片漆黑。他就曾梦见他父亲的血就像一碗漆黑的皂角水一样，流洒在地上，不到一顿饭的工夫就全干了，黑乎乎地糊在地上，上面落满了苍蝇，有人从旁边经过时，苍蝇们轰的一声爆炸开，护食与抵御同时进行。他没指望父母亲能有坟，乱世乱岁月，死的人多了，怎么可能人人都有一个坟。更何况，连何时死的，怎么死的，都没有人能说得上来。但是，让他意外的是，有人告诉他，他的父母竟然真的有一个坟，具体位置不清楚，好像就在大别山的某一个皱褶里。啊呀，他的心不禁惊讶了，眼睛不禁湿润了，先别管找到找不到，这是故乡人对他这个当年的红军连长的最高的奖赏啊，这就是一种最高的待遇呀。你们不在，你们的父母能够秘密地下葬，入土为安，这不是一种高于普通人的奖赏和待遇又是什么？是谁冒着生命危险干的呢？他后来调查清楚了，是当地的农会，是农会的两名干部冒着暴露和杀头的危险干的。啊，关键的时候，还得是组织，组织的关怀和温暖，在穿越了漫长的腥风血雨的岁月之后，又一次抵达他的面前，又一次传递到他的心里，又一次烘热了他的情感。尽管那是最基层一级的党的秘密组织，平时就散落、隐匿在百姓中间，很少有人知道他们的另外的身份，他们就像蚂蚁或土拨鼠一样默默无闻地工作着，对于山外的世界和形势基本不甚了解。延安，他们知道，太行山，也听说过，但那两个地方在哪里，在哪一个方向，距离大别山有多远，他们完全不清楚。不过，第二年，他们就都死了。元宵节的雪地里，农会的这几名干部被全部剿灭，无人幸存，倒不是由于这件事，而是有人把他们像节日的祭品一样和盘托了出去。黑夜里，元宵节的黑夜里，大别山元宵节的黑夜里，农会干部们的血也是黑乎乎的，即使是有雪地的映衬，也还是看不出丁点的红色。怪事，赤色分子的血竟然不是红的？敌人后来在镇公所点着灯笼品尝汤圆的时候，忽然想到了这个问题，有人当时就吓了一跳。以后，前后有好几年，这一小片的农会组织再也没有恢复和建立起来，也许是伤得太厉害了，像是砍人砍到了筋上。直到七八年以后，上级才又秘密地派来一个人，重新建立了农会。那时候，他正在遥远的太行山浴血奋战，完全不知道大别山区是一副怎样的面目。遭罪那是一定的，哪里的人不遭罪，无论什么样的制度，人都免不了要遭罪，只是程度不同而已。人活着本身就是一个忍受的过程，不断地在不同的年月和不同的地方忍受各种各样的东西。能忍下来的，你就是长寿之人，一直到达耄耋之年。不能忍的，忍受不下去的，那就只能中途退场，也没有人强行挽留你，执意扣住不让你走，谁走都行，门没关，通往另一个世界的门从来都是敞开着的。四，我把小满交给你了，你可要照顾好他。放心吧，我在他就在，到了革命大家庭里，所有的人就都是一家人了。可是后来……他不敢往下想了，他倒是在呢，可小满呢？小满是什么时候不在了的，他也说不上来。无数次的战役，小满的节点就在其中的某一场上。真是没办法向正德爷爷交代呀，走时拍着胸脯，答应得响亮，其实也是个靠不住的人呢。好在老头也早已不在人世了，小满的这一桩事也没有人再计较，再来追究他，这一笔账就算是一笔永远的死账了，不会再被提起。可是也奇怪，明明知道正德爷爷早就不在人世间了，可不知为什么，他却总觉得老头没死，就混杂在那些乱哄哄的人群里，也不说话，只是用一双大别山人特有的深陷的眼睛在远远地注视着他。大别山的老头，都是倔老头，女人们也足够刚烈，只要没有得到男人的确切的消息，就一直等着，哪怕等一辈子。某种意义上来说，不说话比说话，比大声地嚷嚷、闹腾，更可怕、更令人不安呢。他想过，老头要是忽然穿过人群，朝他走过来，他一准得骇死过去。因此他暗暗地用力，尽量地调整着视线，尽量地不让自己的目光往老头站着的那片地方落，尽量地假装没看见，尽量地假装目不暇接。几只牛像世间稀有的动物一样一动不动地站在田里，杜鹃在稍高一些的地方飞着，不无惆怅地叫着，是在述说什么吗，还是在无意地空叫？杜鹃是鸟类中的好嗓子，有它们在，山野就永远都是活的，是运动着的。当年，他们在田里干活儿的时候，在山上埋伏的时候，它们就在他们的头顶上面飞着，在高高的树上唱着，多少年过去了，现在的它们，有的出生可能还不到半年，当然不会认识他这个生人，不知道他从哪里来。他当然也不认识它们，不知道它们是杜鹃家的第几代玄孙，只看到它们长得和它们的祖先一模一样，就连叫声，就连嗓音也是一脉相承地遗传下来的。是的，就是那个音，还是那个调。天上飞的没有变，地上卧着的也没有变，放眼望去，在似乎没有穷尽的山川的皱褶中，还是那些几十年前的旧房子，没有一块新砖，没看见一片新瓦，黑旧仍然是最主要的色调，烟熏火燎仍然还是最主要的味道。几百年，几千年过去了，蓑衣斗笠仍然还是最主要的甚至仍是唯一的防雨工具。斗笠越戴越黑，蓑衣越披越硬，越披越干，呈灰褐色，甚至像干草一般灰白。人行在雨里，就像一只鸟在直立行走，展翅欲飞，在浸透了血的鄂豫皖大地上翱翔。孤舟蓑笠翁——那是另一种境界和人生模式，那不是大别山人的真实生活写照。披着蓑衣，戴着斗笠，三叔公曾数十次由乡间翱翔到县里，却从来没有办成过一件事，每次都是赤手空拳地去，最终又无限惆怅地回来，拿不到任何一纸证明。翱翔也是白翱翔，往返也从来都是空往返。因为没有人能够证明他曾经在三十多年前，靠一己之力，掩护过七名红军伤病员，且时间长达半年之久，那怎么可能？掩护一两个人，掩护一时半会儿，三五天，那很正常，也好理解。而长达半年，掩护七个不能动的人，谈何容易？一个人要吃的没吃的，要穿的没穿的，自己还活不了呢，凭什么能隐蔽、照顾、掩护七个人？即使是七个小猫小狗，也怕是照顾不过来呢。昔日伤员今何在？当年的那七个人，三叔公不知道他们如今都在哪里，是否还都活着？而光凭他自己说，自己给自己作证，那是万万不行的，弄不好还会被人笑话的。别人会笑话他也许是穷疯了，急眼了，什么辙都想出来了，竟然想从历史的深处捞一笔，什么人呢？让大别山丢脸呢，给鄂豫皖大地抹黑呢。我什么人？三叔公说，天地知道。以后，三叔公不再披着蓑衣往县里的有关部门翱翔，只是在逢集的时候偶尔去一次，变成了纯粹的赶集，不再掺杂任何心事，不再怀抱任何目的。原来一直横陈、阻隔在心里的那些事一旦放下、抛开，人就会相对轻松不少，三叔公又恢复成一只精瘦的大别山老鸟的样子。他说，三叔公，我去找找他们，向他们说明你的情况，如果能碰到旧日的相识的同志，事情也许会更有转机。三叔公说，不要去找，我早就想明白了，我不应该这样做事情呢，甚至都不应该有那种想头，不怨别人说，自己这事做得确实有点见不得人，想起来都脸红呢。三叔公说罢，脸前真的就飘过一片羞惭的红云。之后，他看见那片带着人间气息的红云越过众多黑旧歪斜的老屋，越过密匝匝的树林和艳黄的油菜地，往后山去了，后山一带的獾狐们的皮毛一瞬间被映红。三四十年前，他见到过类似的情景，狐狸们在夜半时分轻手轻脚地来参加农会的秘密会议，默默地蹲在一边，只用耳朵听，不发言，不出声，听到紧要关头时，也会皱起眉头，扭脸往旁边看。鄂豫皖边区的深夜，从来都不是一个完全熟睡完全密封的世界，总有人醒着，总有人在琢磨事情，并付诸行动，总有数不清的豁口在黑暗中静悄悄地敞开着，日夜不息地吐纳着。大别山的方言从谷底、从山间、从那些敞开的豁口处流出去，包括生硬的普通话在内的外面的声音再流进来，两路队伍常常不知不觉地擦身而过，彼此都没有感觉，都没有注意到对方的存在，都以为在来回的路上只有自己。遥想当年，他第一次在故乡的土地上听到赣音、晋音，以及所谓的普通话时，也曾觉得无比的别扭，但却新鲜。新鲜的原因也只因与革命有关，如果没有这一点，相信再动听再优美的讲解，也不及杜鹃的一声啼叫。他一知半解地听懂了一些，但其中有的话一直到死也不懂、不理解。也有的人完全没有听懂，不过不懂也没关系，只要跟着干就是了。世界从来就是一个少数人懂，大多数人不懂的世界，如果人人都是战略家、雄辩家，人人都能运筹帷幄，那就什么也干不成了，那也许就很难成为一个世界了。因此，从来都注定是少数人出主意，大多数人跟着干，干得多了，自然也就懂了。谁一生下来就是战士？刚满月的孩子，连牛，甚至连爹娘都不认识，更不用说刀枪剑戟。杀人的心，豹子胆，也都是一点一点看会的，一年一年地练出来的，所有的人都是这样一路过来的。时至今日，他早已忘记了自己的第一刀当初是怎么砍出去的，第一枪是在哪里是在什么情况下打响的。总之，之后就越来越顺手了，甚至成为本能的一种。“革命”这个词，看似像一副干硬沉默的骨架，却不料其中蕴藏着无限的生机和出路，包含着一个无限广阔的世界，让很多长期营养不良的人从中吸吮到了无穷尽的营养，也让很多自以为拥有铜江山铁富贵的人一夜之间输得精光，山穷水尽。这么一看，命运也许还真是有可能不是早已注定了的。不过，也更有可能就是早已注定了的，注定你一革命，就会从此岸渡到彼岸，摇身一变，闪烁出一个新的世界。只要你在渡的过程中不掉下去淹死就成。奇怪的是革命本身，那么一副干硬沉默的骨架，真不知道那么多的营养的汁液是从哪里来的。到现在他也还是想不明白，理不出个头绪，说不清其中的奥秘。水牛和黄牛，是乔装改扮后的一家人，还是素无往来的远房亲戚？鄂豫皖的山川，还是旧时的模样，所不同的只是如今隐现在草木中的身影早已变成了纯粹的砍柴的人、赶山的人，而不再是过去的红军战士或者白军的兵丁，更不是化装成砍柴人的来路不明的探子。他看出这山川间有怨气，有悲哀，有冲天的怨气、亘古的悲哀和深深的寂静。很多人都死了，而他还活着，这就是一种不公平。人世间为什么要有这种不公平，为什么不能让所有的人都一样？那样的话，就不再会有怨气，甚至仇恨。他思索着，怎样才能消除人间的怨气？他问一位领着一个孩子的大伯，是孙子吗？对方说，儿子都没有了，哪来的孙子？公家的人真会说话。公家的人？他吓了一跳，这话的味道不太对呀，其间横亘着隔膜，充满了生分和距离，甚至不乏敌意。大别山难道已经不认他这个子弟了？鄂豫皖边区千家万户的门窗也都对他永远地关上了？也有人说，将军怎么了，将军也扯淡，没有仗打，他们就是一块生锈的铁，没什么用处，能混吃等死，度过余生，就已经是不错的下场。一块生锈的铁，每年掉一点渣渣，这就是所能做的，掉上几年，也就掉光了，彻底掉完了。他想说，我就是一块生锈的铁，你们见过我掉渣渣吗？捡一点给我看看。可是没有说出来。傍晚时分，又下起了雨，远山衔黛，近水含烟，他正在凭窗远眺，一位远房的婶娘忽然从后门闪进来，把用布包着的六七块糍粑递到他的手里，并对他说，你快走吧，以后也不要再回来了，乡亲们明天一早还要来找你呢。他一惊，当天夜里，他就渡过了白河。历史仿佛在重现，仿佛在重新上演，他不禁想起当年第一次暴动失败后，他也是这样逃离家乡的。其时，整个鄂豫皖边区都在下雨，雨大得让人睁不开眼睛，只能低着头狂奔。雨水里掺杂着血泪，有别人的血，也有他自己的血。那时候他才多大，十六岁多一点，还不满十七岁，却已经是赤卫队里富有斗争经验的老队员了。

五

你叫我什么，阿姨？不行，暂时还不能这么叫。知道为什么不能这么叫吗？因为这个词，这个称呼，具有极大的阶级调和性，一切的阶级、路线、原则，都因此有可能会被抹杀，而所有这些东西，都是不能被抹杀的。你不懂，所以我不怪你。不过我一讲，你就明白了。一个资本主义、资产阶级阵营里的孩子，管一位无产阶级阵营里的女同志叫阿姨，那么一叫，那还有什么阶级性可言，那还有什么路线和原则上的矛盾？那不成了亲戚、朋友，甚至是欢乐和谐的一家人了吗？那我们还斗争什么，还有什么好斗争的？那样一来，两个阶级、两条道路的矛盾和斗争一下就都不存在了，这不是最大的调和是什么？同样的道理，如果一个无产阶级阵营的孩子，管一位资产阶级阵营的太太、小姐叫阿姨，那又是什么性质的问题？那不等于投向敌人的怀抱里去了吗，那不是背叛又是什么？一声阿姨、叔叔、伯伯，所有的界限便都被混淆、模糊了，甚至会将许多重要的概念连根拔起，土崩瓦解。

我们的一个孩子，在他两岁多一点儿的时候，在一本党史资料上看到一张蒋介石的照片，竟然管照片上的人叫老爷爷，还问我这个老爷爷在干什么。我当时听了，如晴天霹雳，五雷轰顶。干什么？他能干什么？他在害人，在伺机反攻大陆，梦想夺回他永远失去的蒋家王朝。想我和老谭，都是坚贞不屈，出生入死的革命者，怎么生出这么一个不争气的孩子？这种事，在我们这样的家庭里是绝对不允许发生的。当时我就冲上前去，二话没说，一个耳光就把他从床上打到了地上，从此他再不敢叫。他知道自己错了，犯了很严重的错误。虽然那一个耳光使他在医院里缝了五针，但我认为那五针是非常值得的，甚至是极其划算的，因为那可以保证他牢记血的教训，终身不再犯类似的错误。那样的收获，别说缝五针，五十针也是值得的。

有人说我斗争性太强，凡事有点儿小题大做，我却不这么看，我恰恰觉得我做的是非常正确的，一巴掌就能换回一名有坚定信念和正确理想的革命战士，世界上哪还有这么便宜的事？这是小题大做吗？说这种话的人，他们没有想过，也从来没有深思过，一个孩子那么叫，也许并不可怕，可要是祖国大陆的所有孩子们都那么叫，那是什么性质的问题？那不够可怕吗？那不是意味着堡垒已经被从内部攻破了吗？不是意味着我们的江山要变色了吗？如果是那样，那无数人的牺牲又将被置于何地？一切都不堪设想啊，仅仅只是想一想，后背都会冒凉风。

我做得不对吗？不可能不对。我的那一巴掌，也是两个阶级、两条道路的又一次具体的较量，把它看作是一次微型的解放战争也没有什么不可。较量的结果是，我们赢了，我们无产阶级阵线又一次取得了胜利。

当然，具体到你，我不让你叫我阿姨，并不代表你就是那个阵营的人。我只是觉得，在一些问题还没有最终弄清楚之前，应该先保持必要的冷静和谨慎。你的父母，他们究竟是一种什么样的情况，我也不是很清楚，无论任何时候想起来，都像是在一场大雾里，对面是什么情况，周围有什么，好像都被遮挡着，一时很难让人做出正确的判断和决定。你应该叫我什么？你就叫我同志吧，这个词，既简单，又意义丰富，从辛亥革命起，我们叫了多少年，一直沿用至今，没有比这个更客观的了。历代的封建统治，特别是那些山大王们，之所以不成器，与他们的那种称兄道弟的恶习也不无关系，哥们姐们，三老四少，营造一种封建的虚假的家庭般的欢乐和团结，貌似团结，实则同床异梦，同室操戈，一到关键时刻，立即分崩离析，作鸟兽散。大难临头各自飞，是他们唯一的出路和结果。而在我们的革命队伍里，从上至下，一律以同志相称。泽东同志、恩来同志……当年在江西苏区就是这么叫的，同志之间，有意见当面指出，直言不讳。四十一名同志开会，二十二票赞成，十九票反对，人人都能坦陈自己的意见……那是一个多么健康多么令人怀念的年代啊。

至今，在我们这个阵营里，我们仍然这样相称。

你叫我同志，我会很高兴，同志之间是不分年龄的，年龄不是问题，职务更不是问题。列宁同志就最喜欢别人叫他列宁同志或者伊里奇同志，而很不喜欢别人以什么头衔或职务称呼他。事实也正是如此，我们什么时候听说过有人管他叫列宁书记或者伊里奇主席？你听说过吗？没有？当然没有。

什么，为什么毛主席要叫主席呢？因为他是人民的大救星，每天叫上一百遍，一千遍，也表达不尽人民对他的崇敬之情和感谢之心，这是全体人民共同的心声。

啊，你这个孩子，你不要再说了！你一张嘴，我就看出刘高张在你的身上遗传了什么！龙生龙，凤生凤，老鼠的儿子会打洞。你知道吗，你不断地让我想起刘高张。我现在终于确信了，没错，你就是他生的，一点点疑问也没有。

作为一位长辈，作为一个过来人，作为一名老布尔什维克，还作为你的母亲黎锦书曾经的战友和姐妹，我得说你几句。你知道你像什么吗？你像一颗长歪了的树，从来没有人替你修剪，有了虫子也没有人替你捉，所以你才越长越歪，还抽出很多危险的枝丫，东一根，西一根，完全不像一棵树的样子。有的地方还在不断地冒出新芽，可惜的是，那也统统都是一些危险的信号，一旦长大，很难说会长成什么。看到你，我感到忧虑，你自己可以不忧虑，我却不能不感到忧虑，不仅仅因为你是黎锦书的女儿，更重要的还是我们这个伟大国家的一个公民。不能做国家的栋梁，至少也应该做一片社会主义的瓦、做一块社会主义的砖吧？哪怕是一个螺丝钉，也要把自己拧到需要你的地方去。

一颗歪树，能干什么？什么也不能干，什么用场也派不上，做个板凳都不能坐，即使是作为风景，也不好看哪。我们的国家，不需要歪树，不需要老树、枯藤、昏鸦，更不需要古道西风瘦马，需要的是参天大树，能够与暴风雨搏斗的勇敢的海燕。你长不成栋梁，长成个椽子也行哪，可是你，把自己弄成一个四处流浪的野姑娘。

你小小年纪，口无遮拦，革命意识淡薄，就在刚才，随随便便地议论革命领袖，妄加猜测和评论，我也差一点被你带到沟里去，引到邪路上去。革命领袖，是我们指路的明灯，能够随便地妄加议论和猜测吗？猜测他，就等于是在窃取国家的最高机密，既是一种对革命没有信心的表现，同时又是一种严重的犯罪行为，那是无论如何都不能被允许的。对于革命的领袖，我们只能敬仰和服从，常怀敬爱之心，听他指挥，他指向哪里，我们就打到哪里，他指向东南方向，我们就决不朝正南方向偏移一步。

我说这些，你能明白吗？能明白？好。

现阶段我们的主要的任务就是深入贯彻落实中央精神，将革命进行到底。我多次对这里的老乡们说过，要斗争，要革命；不斗争，不革命，就不会有前进和发展，就是死路一条。很多人害怕矛盾，不想斗争，那是因为他们不知道，一个没有矛盾的世界，就不是一个真正客观的世界。关于这一点，毛主席在他的光辉篇章《矛盾论》和《实践论》里早已经讲得很清楚了，但我们的学习和领会还远远不够，可以说还差的十万八千里呢。列宁早期致考茨基的信中多次讲到斗争的必要性和重要性，我们有能力发动革命，我们同样也有能力将革命进行到底。考茨基、普列汉诺夫，他们正是由于不具有列宁般的眼光和斗争精神，所以才最终从革命队伍中出走，分离出去，甚至站到了革命的对立面。

本来一个好好的人，为什么突然中途下场了、退缩了，直至最后完全变了色？这样的例子在革命的进程中其实不少。

我以前常和老谭说，我们会在革命的中途下场吗、退缩吗？老谭很认真也很坚定地说，不会的，真要是下场了，我们又能去哪里呢？我对老谭说，老谭，你的这个问题提得很好，算是提到关键点上了，甚至是一个核心的问题和源头的问题。不是吗，中途下了场，我们去哪里呢，我们又能去哪里呢？我们只有坚定地跟上，不仅不掉队，必要时还要冲在最前面，任何艰难和挫折都不能阻挡我们的这种决心。

你知道我为什么要对你说这些吗？我就是想让你知道一条正确的路是如何走的，又是怎样走出来的，目的只有这一个。而这些，都是你此前的生活中所没有的、缺失的，或者完全不熟悉不知道的。这样一说，忽然又发现其实这也是在给你补课呢，认真地补上这人生的最重要的课程。你认真领会了，掌握了，今后就不会出问题，或者少出问题。

你想一想你的父亲，刘高张也好，孙渡也罢，他这一生前前后后地出了多少问题，别人想帮助他，帮都帮不过来呢。而你，还是一张白纸，这也是你最为有利的地方。刘高张，他早已经不是什么白纸了，上面画得乱七八糟，痕迹摞痕迹，这一片还没有擦掉，那一片就已经又覆盖上去了，谁能辨认得清楚？他肯定没有告诉过你一条正确的路应该怎样走，因为他自己都不清楚，不明白，又怎么能告诉你呢。即使告诉了你，恐怕也是一条又危险又错误的路。这么一看，他没有告诉你，反倒比告诉你要好得多，坏事反倒变成了好事。这不禁让我想起一些文化水平不高的启蒙老师，从小教孩子们念错别字，致使其长大后一生都在念错别字，一生都在发着错误的音，甚至错误地理解着各种意思。这样的危害，还仅仅只是狭义的知识教育上的危害，最多被人笑话无知，它伴随一个人的一生也是非常不好的。但是，如果是人生道理路上的危害，那还能说小吗？

你想问什么？我还要在这里住多久？我不知道，我服从组织的决定和安排，上级要求我在这里住多久，我就住多久。某一天，如果突然召唤我回去，我也马上就走，千里江陵一日还。那说明我在这里的任务已经完成了，又有新的工作在等待着我去做。我相信上级对于每一个同志都是有安排有考虑的，把我放到这里自有放到这里的道理，到时候召唤我回去，也自有召回的原因。虽然我们唯物主义者不相信什么前因后果，但我们相信道理、信奉真理。对于一个革命者来说，还有什么比为革命工作、献身，更令人快乐，更有意义的呢？古往今来，走遍世界，再没有比为革命工作更有意义的事了。你能体会到我说的这些吗？能？不，你不能，你还体会不到，以你一直以来的经历和目前的情况，你还无法体会到我说的这些，因为你还不是一名革命者。从普通的老百姓，到一个真正的革命者，那中间有很漫长很艰辛的路要走，除了要有一不怕苦、二不怕死的革命精神，还要不怕被冤屈，不怕被打击，被长期压制，不怕离婚，不怕六亲不认，众叛亲离。总之一句话，为了革命，什么都不怕，一切都可以舍弃。个人的一点委屈算什么呢，要是与整个革命事业比起来，恐怕微小的连一滴水都不是。所以，牺牲个人，也是我们的一个信条。事实上，一个人活在世界上，如果连死都不惧，那还有什么可怕的呢，再没有什么可怕的了。如果非要说一定还有什么好怕的，我想，那一定就是怕自己不能继续为革命工作，担心自己再没有那个机会。对于一个真正的革命者来说，那应该是他最大的痛苦和最害怕的事情，那就等于剥夺了他的一切。

你说什么，刘高张也最害怕自己不能继续为革命工作？这是真的吗？但愿他也能这么想，有时候，仅仅只是有那么一份心，就是好的。

不过，有一件事情我至今还清楚地记得，就在一九四八年秋天，有一个学物理的，据说是刘高张早年的同学，不顾民族的危难与存亡，死心塌地地去了美国，认贼作父去了，投到帝国主义的怀抱中去了。走之前，他与刘高张见过一面，那时候的刘高张，正在等待对他的问题做出结论，我们不知道他们那天到底谈了些什么，负责执勤的战士也因为风大而没有听到他们的谈话的内容。屋外狂风大作，所以屋内的两个人的谈话根本听不清楚，满耳朵都是呼啸的风声，确实很难听到什么。这件事最终的结果是，那个人很快就走了。

走了就走了吧，也没有什么可惜的，留下来又能如何？那样的人，即使不走，即使每天在一起，也不会和我们一条心的。你能相信他，指望他会全心全意地为人民服务，为共产主义事业奋斗终生吗？不可能的事。

虽然说走了一个和我们不是一条心的人没有什么可惜的，

但事情却是一码归一码，这中间有一个问题却不容忽视，那就是，在他们两个人的那次谈话中，刘高张到底起没起作用？如果起作用了，又起到了什么样的作用？当时，我们很多人都认为没有起到什么好作用，肯定不是什么积极的作用。如果他当时能够热情挽留，以一种积极的正确的思想去开导他、劝解他，以国家兴亡、民族大义这样的道理施加于他，再以同学之间的情谊感动他，相信那个人也许不会走得那么坚决，绝情。

当时的刘高张是一个什么状况呢？刚刚结束了又一轮的学习和甄别，正在等待一个结论。人呢，也还没有恢复到完全自由的程度，活动范围还相对比较狭小。在那样一种状况下，他的真实的心理究竟是什么样的，谁也不清楚。他有可能对他的那位同学说出什么样的话，怎样的意见，也确实很难让人做出准确的分析和判断。

可以设想一下他们当时谈话的内容。屋外飞沙走石、狂风大作，还有战士持枪警戒。屋内，两个多年未见的人，他们能谈些什么呢？开会的时候，有的同志发言说，不能排除他（指刘高张）有推波助澜、助纣为虐的可能。

当然，这只是同志们的一种猜测和推想，有那种基础，也有那样的可能，但不一定就是事实。而事实的真相究竟是怎样的，谁也不是真正的清楚，那个人走不走，最关键的还在于他本人，刘高张作为他的同学、熟人，只是一个因素，而且还是一个外因，而外因是不起决定作用的。起作用的是内因。所以，他要走，刘高张也拦不住，他要不想走，刘高张也不可能把他撵走，硬推出去。

不过，还是要正确对待同志们的猜测和怀疑，因为人家怀疑你也是有道理的，为什么那么多人，不怀疑别人，非要怀疑你，还不是因为你不够清白，不够透明吗？你身上有那种不得不让人怀疑的东西，就不要怕被怀疑。走路有影子，就不要怕影子斜。我说过，一个真正的革命者，是不能怕被怀疑的，无论任何时候，都要能经得起各种各样的考验和测试，真金不怕火炼，怕炼的，那就一定不是真金。

我怕炼吗？哈哈，测试起我来了，当然不怕。我要是怕，还有什么资格说这种话。我现在不就是正在接受考验吗？让我到这个地方来，我就来，与广大的贫下中农同志们交朋友，与他们一同战天斗地，反帝防修，为解放全人类贡献我们的力量。某一天，如果有人突然对我说，同志，你不能在这里了，你得走，那我立即就走。

今天的人们，生活稍微有一点儿变化，就会大惊小怪，以为天塌了，以为地陷了。其实在过去，在战争年代，这样的事情可以说要多普遍就有多普遍。今天你在华北，你就做着华北的事。等明天你到了东北或者华中，好，那你就留在东北或者华中吧，在哪里不是干革命？还能挑地方吗？哪里需要我们，我们就去哪里。能因为一个地方寒冷或者贫穷，你就不去吗？正是因为那里寒冷和贫穷，所以才让你去的。又富裕又温暖，那你去了干什么？当老爷，当小姐？能因为一个地方的斗争过于残酷激烈，而要求到一个相对平静相对安逸的地方去吗？这样的人在我们的革命队伍里基本没有，属于极个别。比如我，最早一直在南方开展抗日救亡工作，因为参加了一个参观团，去陕北参观，去了以后就决定不走了，要留下来了。那是一种缘分。那些黄色的不长草木的山梁，数不清的皱褶、沟谷，一看见就觉得亲切，突然看到了自己要走的路，还回去干什么？不回去了，那里的一切都吸引着我。就连口感粗粝的以前从未吃过的小米和黑豆，也是那么的富有战斗精神。而南方的大米和糯米、小桥流水、花园亭台，与它们相比，那就是一种明显的软弱和堕落，只能把人吃得苍白软弱，说话有气无力，越来越堕落，那还怎么战斗？当然，他们是不想战斗的，只知道醉生梦死。有人说，每天吃黑豆，容易便秘，甚至流血。我说，革命哪有不流血的？坐在紫檀木的太师椅上，坐在花园的凉亭里，那也许不流血，你去坐呀。

如果不到北方，我就不会认识老谭，更不会认识你的父亲刘高张。你的母亲黎锦书虽然也是南方人，但也是到了北方以后才认识的。这就是人的命运。当年不到陕北，我的婚姻和人生就会是另外一种样子，而绝不是现在这样的。一个人的命运，一旦与革命相融，成为革命的一部分，那这样的命运就具有了不同于一般的意义，就不再是一个单纯的个人的命运了。

是的，我现在就是一方面在这里安心地工作、生活，一方面等待组织的召唤。任何时候，只要一声召唤，我立即踏上新的征程。我唯一不放心的就是老谭，他得一个人照顾他自己，他得自己给自己做饭，可是他不大会做饭，真不知道这些日子以来他是怎么过来的。我曾经打算雇一个人帮他，可是他说，我们当初革命是为了什么？不就是为了推翻那些家里有佣人的人吗？现在我们胜利了，怎么能反过来向他们学习呢？那革命岂不成了一件谋私利的事情？如果大家都这么做，到时候，社会矛盾积攒到一定阶段的时候，就又会有人起来革我们这些人的命，历史在几十年后又一次重新上演，那不是最大的讽刺又是什么？

老谭吃过很多的苦，从他们那个地方出来的人，没有吃过苦的人不多。

你说什么，你不再到处寻找你的父母了？哎，好啊，这就对了，早就应该这样。他们是他们，你是你；他们有他们的命运，你有你的生活，有你要做的事情，不要混在一起。现在，你的当务之急，不要再到处乱跑，赶快回到你的户籍所在地去，去街道上报名，响应毛主席的号召，去上山下乡、插队落户、去接受贫下中农的再教育。农村是一个广阔的天地，每一个青年在那里都是大有可为的。当你成为一名扎根农村的优秀的知识青年，到那个时候，你再叫我阿姨，我就会响亮地答应的，我说到做到。但前提必须是，你要响应党的号召，响应毛主席的号召，一辈子扎根农村干革命。你能做到吗？能？好。到时候，我可不想看到一个涂脂抹粉、穿着皮鞋、穿着花裙子的你。那我们就全失败了。我想看到什么呢？我想看到的是一个头发上落着麦秸、腿上沾满牛粪的你——那时候，你就行了，就是一名真正的合格的社会主义新人了。

第五章　黑色笔记本

家

每次回到家里　总是
没人在家
能听到钥匙跑着
前去开门的声音
钥匙一直深入进去
然后返回来　说又是你一个人回来的
他们都不在
而一个正常的家庭　是听不到
那种细微声音的　钥匙
用小虫子般的声音和你说话　汇报家里的情况
这种事绝大多数的人都不会经历
比如宋小杰　他就从来没有听到过那种
低于地平线的谈话

他能扑住一只奔跑的兔子
却永远也别想捕捉到那种声音
因为　不管他什么时候回去
总是有人在家
他的父母在争吵　打闹
不为主义　更不为真理或者路线
而是为生活中的一些细节
一家人仿佛被发丝般的东西缠绕
又好像被无形的粗麻绳捆绑
被某种希望所诅咒
锅碗满地飞
血溅穿衣镜
为他们兄弟姐妹　也为我们
创造出一幅生机勃勃　花红柳绿
烟熏火燎的人间图景　好
羡慕他们家
斗志昂扬　人声鼎沸
一家人如阶级兄弟　不打不成交
在不共戴天与亲密甜腻之间
反复运行　多年奔走

表面上看
国家发生什么
很少进入他们吵闹的范围
很多人也都这么认为　小人们为小事烦恼
其实不然　一个人的梦魇

一家人的悲喜　怎么可能
与你所在的国度没有关系
一个命令　一个披着庄重外衣的玩笑
面露微笑　或者神色凝重地
从幕后来到台前
人间这潭水　霎时间就波涛汹涌
哭爹喊娘

我的父母
我宁愿他们也是一对冤家
每天争吵
至于为立场　还是为生活琐事争吵
那不重要
重要的是吵
因为争吵　就意味着有人存在
而且　至少是两个以上的人
一个人　无法争吵
只能自言自语或者沉默不语
就像我　早已不懂争吵　不会争吵
已变得舌头发硬
更像是理屈词穷
真担心某一天
会把汉语说成俄语
把白雪念成黑水
把梦想转述为绝望

一个时常能够聆听父母争吵的孩子
是一个幸福的孩子吗
我以为是
不管别人怎么看
那是他们的事
因为　一个争吵不休的家
毕竟也还是一个完整的家
孩子们从外面回来
看见家里有人　有灯光
有声音
会骤然感到自己是有归宿
有家的人
哪怕他们为国际形势争吵
因国内现实或历史遗留问题动手
那也是好的　因为
无论怎样
家里至少不冷清
门后黑暗的地方也无鬼影

于一九六七年五月

失踪的革命者

戴松辽伯伯说　那时候
他们有一个口号
叫作革命　革命
死了也要革命

我像很多无知的人一样
也不懂　除了傻笑
剩下的只有茫然　死了
还怎么革命
但是戴松辽伯伯却像女人或者孩子耍赖似的说
就能　我们革命人就有那个本事
后来他又说到精神
说其实就是一种精神
人是要有一点精神的呀

打那以后
我开始留意
他说的那种东西
我发现并意识到　这事
比寻宝容易不了多少
越过高山　平原
走过北满　南满　陕甘宁
看见银幕上有人在握手　点头
左手打枪
右手拥抱
银幕下有人躺着
哭泣　有人
悬挂在桂花树下
有人正在搬家　越走越荒凉
横穿大半个中国　地势逐渐升高
像是在验证并践行

人往高处走的道理
也有人只是近距离地坐着马车　举家从县城
挪到乡下
有人抽着“处处红”
若有所思地站在路边

有一天
我睡在晋察冀
一个小镇上
梦见一对年轻人　在结婚
张灯结彩　红旗招展
原以为是一个吉祥的好梦
所以忍不住想讲给人听
就连牡丹江来的一名搞外调的干部
也不禁露出罕见的笑容
但旅馆里的茶炉师傅
常给人释梦的贺老头告诉我
梦见谁结婚都不好
张灯结彩更可怕　主大凶
我问他　可有破解的办法
他说出门　往东南方向行五百步
烧两张纸
就没事了

我没有往东南方向去
一来也是怕万一真的看到

五百步以外的狰狞
二来我是骗他的
我没有梦见什么年轻人
也没有人张灯结彩
更没有红旗在梦里招展
我梦见的其实是我的父母
他们像两滴水
先后在不同的时间　不同的地点
掉进同一条河里

又看见他们像两片树叶
穿着枯黄的军装
一生一事无成　却又
罪行累累
又像两个擅自跑出来的孩子
遇到了可怕的东西
也没有玩好
哭着　跑着
蜷曲着　被风吹着
匆匆地　狼狈地
捂着脸
回到森林

一九六八年二月

上山下乡

带上脸盆
带上毛巾
还有两块
出厂时就连在一起的肥皂
还有一张
需要被改动和清洗的脸
去上山下乡
接受贫下中农的再教育

贫下中农　别人不熟悉
我对他们可不陌生
这些年走南闯北
没少得到过他们的恩泽
一碗水　半个饼
吃饱了　聊聊天
问村里可还有恶霸地主
回答说早就没有了
普通地主倒是还有几个
专供开会使用
遇有卧床不起者
由富农来顶替
富农是什么　富农
就是候补地主

上面有候补委员
我们这里有候补地主
老人抱住狗
让我从旁边的小门走
说上了河堤
就安全了

冰冻还未消融
便已开始往地里运肥
我们和贫下中农一起挥动镬头
一小块黄冰
以百米冲刺的速度
跃进一位中年贫农的嘴里
还没有来得及多想
便已在嘴里化了
不久　他突然宣布
粪是甜的
没有人赞同
也没有人敢反对
毛主席讲过　只有亲自尝过
才知道梨子的滋味
在这个问题上
只有他才最有资格
宣布鉴定结果
这是春天时的事

现在已是隆冬
焦丽敏率先与贫下中农相结合
嫁给一名当地的民兵为妻
已有身孕
常回到点上来
找我们聊天
挺着大肚　懒洋洋地
靠在门框上
嗑着瓜子
嗑一会儿　忽然说
哎哟　我不行了
我得躺一会儿
一开始我们不知道她怎么了
后来才明白　原来
有一个幼小的贫下中农
正在她的肚子里面　生气
踢她

转年春天
她生下一个孩子
我们前去祝贺
其夫名叫王水军
把我们看作是娘家人
盛情地请我们抽烟　喝红糖水
享受与产妇一样的待遇

烟是朝鲜烟
糖是古巴糖
都是进口货
都是托他在供销社工作的姑父搞来的
王说　感谢毛主席
俺家有后了
要不是他老人家　派来
知识青年
俺这个孩子
至今还不知在哪里转悠呢
产妇焦丽敏　罩着当地的花头巾
带着几分幸福的虚弱模样
低声向我们求证
我这革命　可够得上彻底
大家齐声说　绝对够
一竿到底　一骑绝尘
已经走到我们所有人前面去了

我不知道
焦丽敏的今天　是否
就是我的明天
如果我也嫁给一个当地人
不管他叫王二狗
还是张三娃
我都会折断
手中这支笔　安心

做一名泼辣或沉默的农妇
做几个孩子的母亲
洗衣　做饭　喂鸡　养狗
与圈里的母羊同月怀孕
与黑沉沉的大地一起醒来
逢年过节　也无亲可探
倒能省下一笔路费和旅途之累
无论农闲还是农忙
时刻准备着　接受
党支部书记的关怀
在组织的注视下　洗心　革面
染上赤色的指甲
除去个人主义的汗毛
用海鸥牌洗发膏
抹遍全身　听见
前胸后背　大腿内侧
传来海鸥的叫声
听见邻居大嫂叫我　娃他妈
你出来一下
俺家的鸡　不小心
又把蛋下在你们窝里了

一九六九年四月

第六章　烈日下的晦暗

一

一九六九年的春天，也就是去年，我听说拒门那边有一个放羊的。一个放羊的，有什么稀罕的，对不对？可是刚一听说这事，我心里就咚咚地打起了鼓，一个人激动了好几天。天底下放羊的多了，为什么这个放羊的让我觉得他特别，觉得应该引起注意？因为我得到确切的消息，说这个人也是一个犯了错误、有问题的人，每天在野外放羊，很少和人说话，头发老长，胡子老长，像是有几年没有剃过。我当时就想，嗨，说不定这次有门，说不定这个放羊的真的就是你的爸爸。你千呼万唤好多年，现在他终于出现了，你说，我能不当回事吗？

我决定把手边的几件事情忙完，和领导请好假以后，就去看看这个放羊的，看看他到底是谁，是不是你的爸爸，如果是，那不就好了吗，你们父女不就可以团聚了吗？以后，你们再共同努力，说不定还有可能找到你的母亲，那就更别提多美满了。一家人胜利团聚，多年的心愿也就了啦，人生在世，还有什么比那更叫人高兴的呢。是的，在这件事情上，我也意识到自己多少有些贪心和过分，可是人活着，谁不是这样的呢，找到父亲，紧接着就又想找到母亲。手里有了一块钱，很快又会想两块，想要是能有三块钱、五块钱，那岂不是更好？今天刚把窝头换成馒头，明天就又会想，饺子应该比馒头更好一些，贪心和野心一点一点地滋长，豆芽一样，每天生长那么一点点。如果这就叫得寸进尺、贪得无厌，那没错。如果一个人因为这样的贪心受到批判和处理，那也确实不能算有多冤枉，批判你、处理你，也是应该的，因为你总是不满足，总是想千方百计地远离艰苦奋斗。那还能行？

准备动身去拒门的那几天，我这个一向谨小慎微的人开始变得有些丢三落四，有好几次把钥匙忘在家里，不得不翻窗户进去，有一次连窗户也进不去了，只好从外面把门板卸下来。我明白，并不是我的记性变坏了，而是因为心里有事，铁砣一样，沉甸甸地压在心里，很多别的事情自然就被怠慢了，忽略了，轻描淡写了。一个心里没事的人体会不到那种感觉。

一共请了四天假，徒步走到拒门，就用去了整整两个白天。我一算，时间非常紧，紧到不能再紧，就算是去了拒门，什么也不干，气也不喘一口，紧接着就掉头往回返，那也还得需要整整两天的时间呀。来回四天，全都耽搁在路上了，正经办事的时间反倒没有多少了。可是，难道就因为这样的情况，真的去了以后就立马再掉头往回返吗？那还去他干什么，那还不如不去呢，你说是不是？所以，无论时间再紧，我也都得想办法找到那个放羊的，究竟是不是，他到底是谁，只有亲眼见过了，了解过了，才能最终确定，悬在心里的那块石头也才能放心地落下来。

在那些从来没有出过门的人们的心目中，拒门属于人来人往的繁华之地，其实却也不过是个荒凉的小镇，一个小时就能逛遍全镇。你说什么，拒门是什么意思？没什么意思，只有一个意思：拒绝胡人进入。对，就是那个意思，那是它真正的含义。我要告诉你的是，我见到了那个放羊的人，但他不是你的爸爸。随后，我又找到好几个人打听了一下，确信他不是你的爸爸，因为他并不是从外面押解或者转过来的。那个人就是一个当地的人，原来是一个数学老师，也可能是一个物理老师，这首先就排除了所有的可能。只有一点和你爸爸是相同的，那就是他也确实犯了错误，是一个有问题的人，不然怎么能去放羊呢。至于他犯的是什么错误、有什么问题，我没有再多打听。打听那些有什么用呢，对不对？没用，那是人家的事，只要确信他不是你的爸爸，这事就和咱们没关系了。世上犯错误的人、有问题的人多了去了，打听也打听不过来。最关键的是，就算你都打听清楚了，那又能怎么样呢，没有意义。

来回四天，最终等于白跑了一趟。

不过也不能说没有作用，作用我认为还是有的，最起码把那个地方给排除掉了，以后也不用再把牵挂和注意力放在那里了，这不是一种作用吗，这也是一种作用。减少干扰，去除掉没有用的东西，就等于向目标又迈进了一步。啊，对，越说越对了，就像打一个洞，要是不把中间的那些土掏出来，去除掉，运走，你又怎么能到得了洞的那一头，对不对？有它们在中间挡着、阻隔着，恐怕永远也到不了洞的那一头。

这么一看，这么一想，拒门那一趟，还真的没有白跑，是有积极作用的。

不要灰心，再慢慢找。所有的人都在这个地球上呢，谁也不可能跑到地球外面去，是不是？有的人需要找二三十年，三四十年才能找得到呢，那也得算是快的、幸运的。

也不要老想这件事，找不到的时候，想也没用，整个人都陷到那里面去反倒不好。你的爸爸妈妈，他们要是知道你这样，他们也会难过的，你说是不是？等到了该找到的时候，不用太费劲，自然就找到了。世界上的事常常都是这样的，你费尽了所有的力气，反倒不行，有时候不想它了，它竟然不声不响地在你的面前出现了，你相信这样的事情吗，我信。等将来某一天，他们夫妻突然同时出现在你的面前时，你就什么都信了，就会想起我今天说的话。

你笑什么？你认为不可能？我却觉得这样的可能还是有的。世界上的事情，只要是未知的，没有展开的，那就什么样的可能都会有，那中间就包括希望。怕就怕水落石出，已成定局，那反倒不好办了，让人再没什么可想可念的了。就像一盏灯，你一直远远地望着，一直心存幻想，幻想着各种各样的可能，但是某一个时候，却突然灭了，四周一片黑暗，并且告诉你，这一回是永远地灭了，从此不再亮了。那你又该如何？

也没有办法，是吧？灯灭了，也还得要摸索着活下去。有灯要活，没有灯也要活，很多人其实都活得漆黑一团。

什么，更为难得的是很多人并不觉得自己活得漆黑一团？你说对了，这一点很重要，这恐怕也是我们这个世界能够一直延续下去的一个非常重要的原因。仔细一想，真的就活得漆黑一团吗？好像也并不是，该看见的不是还都能看见吗，倒是灰蒙蒙的时候好像更多一些。啊，我好像明白了，不能太亮，也不能太黑，正是那灰蒙蒙的大多数延续了世界。

我知道，为了找到他们，前些年你走了不少地方，这几年不再到处去了吧？恐怕请假也不那么好请了吧？不管做什么，人到了一定的年龄，都会有一份属于自己的事情要做，让自己进入到某一种秩序里，一旦进去，就不能再事事由着自己了，需要遵章守纪，在一定的轨道上运行，不能跑到章纪或者轨道的外面去。动物还需要收敛野性呢，在圈里圈着圈着，野性就没有了，慢慢就规矩了，就像个样子了，更何况人呢。比如狗，经过了几千年的驯化以后，基本上不会吃人了吧，看见生人，最多叫两声，除非得了疯病，那也由不得它了。据说熊猫也曾是猛兽呢，可是你看现在，它还猛得起来吗？软软的一团肉，毛茸茸的一堆，已成为一种可亲可爱的象征，谁能看出它当年的雄风？人和动物一样（人本身也是动物嘛，是不是）也是需要被约束的，大到党纪国法，小到各种规章制度，每个人都得穿上一件无形的紧身衣，各种螺丝铆钉一紧再紧，就这样紧约束慢约束还不行呢，还有那么多的人在不断地出问题呢。就说今天的熊猫吧，我没看出有什么不好，一切都不需要自己去操心，有人爱护着、保护着，再用不着为了活着去斗争、去冒险、去拼命，作为一个生命，已经够幸福的了吧，还要怎么样呢？总比成年累月地被围捕、被追杀，几天吃不上东西，要好得多吧？

所以，我劝你，不要盲目都到处去找，有线索了，就去看一看，如果不是，那也没有什么，那就再回来，既省时又省力，也不损失什么。

哦，你早就在这样做了？唉，那就对了，看来你是真的长大成人了，明白不少道理了。是的，因为这里面还牵涉一个请假的问题。假，不是不能请，有事的时候，请一两次，甚至十次八次，都是可以的，这个世界上，谁没有请过假呢，恐怕没有那样的完人。但是关键是你不能经常请假，长期请假、那会把你自己的前途断送掉的，这样的例子是不少的。你的路才刚刚开始，就算是老了，也不应该把自己的前途毁掉，是不是？有的人就是经常请假、长期请假，到头来把自己变得人不人鬼不鬼的，等于完全走上了另外的一条漆黑无边的路。

刚才你说，除了各地的监狱，凡是觉得有可能的地方差不多都去过了，那为什么没有去监狱呢？什么，根本打听不出什么消息来？哦，我明白了，即使人就在里面，也没有人会告诉你。随便透露某人在某监狱里，也是一件违反纪律的事，换成是我，就算我有无限的同情和想帮助的心，我也不敢告诉你。

看着那些高墙时，你想过什么？什么也没想？

二

北边那些地方，最远去过哪里？

黑龙江的海林，还有塔河和呼玛？

我是这么想的，他要是到了深山老林里，到了某一个非常小的林业点上，比如在那里抬木头，或者干别的，你又怎么能找得到呢？那种地方，连老虎和熊想找到他们都不一定能找得到呢，你一个生人，能知道他们在哪里窝着？

南面呢，去过海南岛？

什么，只是在海峡这边朝南面望了望，没有上去？你怎么知道他不在那个岛上？那里自古也是发配人的地方呢，不是因为穷山恶水，只是因为太远的缘故，去了就很难再回来，想跑也没地方跑。我也希望他不在那里。

多少年不见了，我怀疑你们假如有一天真的见了面，也不一定能认出对方来呢，他们在变，你也在变，人要是变化起来也是很厉害的，相貌在变，说话的声音在变，就连走路的姿势，一举一动都会变呢。即使碰到了，也完全有可能擦肩而过呢。有一年，我和一个生人在路上吵了一架，双方甚至还动了手，互相推搡。正好当时有一支拉练的部队路过，又是披着伪装的汽车，又是插着树枝的坦克，又是蒙着绿色篷布的大炮，才把我们冲散了。等后来回到家里一看，看见那个和我动过手的生人正在我们家里吃饭呢，不禁大吃一惊！后来才知道，那哪是什么生人，竟然是我的一个舅舅，十七年没有见过面。我妈对我说，你真有出息。那位舅舅说，也不能全怨他，我不是也没认出他来吗。

不会擦肩而过？那当然是最好的情况，谁又愿意与自己想见到的人擦肩而过呢？可问题是事情往往并不如我们想的那样，甚至经常正好是反着来，你想要的总是长久不会出现，你不想要的，却不断地碰到，甚至就好像在你的眼前和身边扎了根一样，赶都赶不走，似乎永生永世都摆脱不了，没有人能说得清那是什么缘故。你敢说，这些年来，你就真的没有和你的父母擦肩而过过？在某一个地方，他们也许刚刚离去不久，你随后就赶到了，那又怎么能碰得上？有时甚至仅仅只是因为背对背站着，也会因此错过。活着，一年一年地过着，老有一种感觉：世界好像总是在有意无意地与人们开着各种各样的玩笑，有相当一些的让人难以招架、无法承受。有人也许会说，不就是个玩笑吗，有什么不能承受的？可是，我想说的是，那要看是什么样的玩笑，有些玩笑，沉重如山，你根本无力承受。

你就有那样的感觉，觉得世界在和你们这一家人开着一个没完没了的玩笑。从你很小的时候起，就把你的父母藏起来，然后让你满世界地找。

这个玩笑开得也有些太长太大了，这么多年过去了，你还是没有找到他们。最让人无奈和捉摸不定的是，这中间，他们一直都在不断地变换着藏身的地点，如果始终就待在最初的那个地方不动，也许你早就找到他们了，是不是？

现在，紧张的劳动、学习和开会，使你没有时间和机会再像以前那样到处去找他们了，我觉得这对你来说并不是一件坏事。成人不自在，第一说明你已经真正成人了，第二，说明你已经有了属于你个人的工作和生活。这中间，最重要的一点就是，你并不是在单干，而是和全国人民一起共同战斗，听党的话，听毛主席的话，抓革命，促生产，深挖洞，广积粮，备战备荒为人民！反帝防修，胸怀祖国，放眼世界，上山下乡，插队落户，在广阔的天地里锻炼成长。你的父母要是知道你目前的情况，他们也会高兴的，他们一定会高兴的。如果你还像以前那样风餐露宿，东一头西一头地到处去寻找他们，那才叫人操心呢！哪个做父母的能够放心？他们不希望你那样，他们更希望你能走上一条光明正确的路。

听杨晓丹说，你最近参加了“五洲四海合唱团”的表演，这是多好的事情啊！这是你人生路上的一大飞跃，说明你已经把自己融入了集体当中，融入了革命大家庭里，这是一个人新生的开始，可喜可贺。合唱团的排演紧张吗？干革命哪有不紧张的。现在你们在礼堂里，在田间地头排演，比过去在枪林弹雨中排演轻松多了，完全不用担心唱着唱着会突然中弹倒下，可以说没有任何的危险。听说每一名队员每天还有两毛钱的补助？看看，党和人民是多么的关怀和重视你们，仅仅是放开喉咙唱唱歌，叫唤两声，就受到这么好的待遇，要是不好好珍惜，不好好表现，又能对得起谁？其他人，包括我在内，我们平时也哼哼一些调子呢，还有人也在认真地唱歌呢，我们哪有什么补助。

还听说你参加了反坦克训练，挟着炸药包去炸坦克……

什么，坦克是假的，是纸糊的？唉，你还是太年轻，容易犯教条主义和本本主义的错误。由此看来，整风运动不仅在一九四二年的时候很有必要，在任何时候都很有必要。训练嘛，演习嘛，没有必要弄一辆真正的坦克来，又不是要真正的打仗。演习、训练，除了苦练杀敌本领，重要的是要培养一种反帝防修、保卫祖国的革命的英雄主义的精神，敢于打退一切来犯之敌。人不犯我，我不犯人，人若犯我，我必犯人，就是要让你们青年人牢记毛主席的教导，时刻准备着，奋勇杀敌。你计较坦克的真假，在意工具的好坏，这我可要说你，这就是你的不对了。就算是纸糊的，那它看上去也是一辆坦克，又不是一只公鸡或者一只山羊，对不对？训练的是一种精神，不要太在意方法，不要计较那些细枝末节。比如，过去人们没有纸，用手指或者树枝在地上练习写字，你能说因为既没有纸，又没有笔，在地上写，那就不叫写字吗？不能吧？我们多少干部和战士的文化知识就是通过那种办法才学到手的，由此提高了干部战士的修养和干革命、为人民服务的本领，一直到今天还在发挥着作用。

每一个大队，都有一到两辆纸糊的坦克，还有真正的步枪——那可不是纸糊的。稍微大一些的村子，甚至有好几辆，步枪以外还配备有机枪和冲锋枪。一个公社有十几、二十几个大队，你算算有多少辆？一个县，有十几、二十几个公社，那又是多少？全国有多少个县，那又是多少？恐怕没有人能数得清。全民皆兵，又有这么多的坦克，我们的人民怎么会得不到更好的锻炼？任何敢于来侵犯我们的敌人，光是我们的数不清的坦克，也足以把他们吓死了，更不用说我们的人民的汪洋大海，不管他是来打鱼的还是游泳的，无论谁来了都得淹死。

你、我、我们周围的人、每天见面的人，还有无数远在天涯的人，从来没有见过面的人、战斗在各条战线上的人，我们都是组成那汪洋大海的一滴水。无论任何时候，只要记住自己是那一滴水就行了。一滴水有没有用，重要不重要？要说重要也非常的重要，因为它是汪洋大海的组成部分。要说不重要呢，也真的不重要，汪洋大海少了一滴水，和没少以前一样，于全局无碍，你说它重要不重要？

我说这些的主要意思是想说，作为一滴水，无论任何时候都不要想着离开汪洋大海，离开了，你就再什么都不是，你会很快干掉，很快被蒸发掉，消失得没有任何痕迹。

你说什么，你的爸爸他是不是一滴离开汪洋大海的水？……啊，这个怎么说呢，他的情况又有些特殊，说是吧，的确也很像，可是真的就是那样的吗？又很难说，谁也说不准……你的爸爸妈妈，他们……我这纯粹是在瞎说啊，咱们随便聊天，不算数的……我倒是更觉得他们很像是波浪汹涌、惊涛拍岸的时候，被溅起来的一滴水……被溅起来以后，总有一段时间是在半空中吧？对不对？可是又不能总在半空中停留着吧，到时候还总得往下落吧？对不对？究竟他们落到哪里了，是又落回到了海里，还是压根就没有回到海里去，而是直接被溅到了岸上？这就成了一个问题了，这就成了一个难题了，到现在为止，包括他们最亲近的人——你在内，可以说谁也不知道他们到底落到了哪里，所以也没办法下结论。一滴水要是被溅到了岸上，你还能找得到吗？关于他们的情况，长期以来仅仅只是停留在猜测、估计和建立在猜测估计基础上的判断，那谁能判断准呢，谁有那个把握呢，又没有亲眼见过，无论说多少，做多少分析和判断，都是空的，甚至还有可能都是错的，违背事实的。

不是吗？你想象他正在汗流浃背地扛木头、搬石头，而他却有可能正在某地视察、登高远眺、谈笑风生；你心情沉重地觉得他很可能正在几百米深的地下弓着腰挖煤，而他也有可能正坐在明亮整洁的办公室里，喝着咖啡或茶……

什么，不可能有那样的事？他也从没有喝过咖啡？看看，急了不是？唉，你急什么，我不是在比喻嘛，不喝咖啡，喝别的什么也行呀。我想说的只是一种可能性，人在世上，好多可能都是有的，其中有许多还是超出想象和预料的。古人、今天的人们，都常说，士别三日，当刮目相看，说的不正是那种变化和道理吗，要是没有任何可能，又怎么会令人刮目呢？

我明白你的意思，你是希望他们好，却又不太敢相信他们能好，是不是这个意思？就是？不是我看出来的，谁都能看出来。

有一次，说到你的时候，一个叫郭双印的人忽然问我说，那个女娃是哪里的人？我说，中国的，毛主席派来的，怎么了？他眨着眼睛想了一会儿后说，我还以为是台湾的呢。我对他说，凭什么说人家是台湾来的？你才是台湾的呢。

你认识这个人不？不认识？一个一贯阴阳怪气的人。

这事并没有完。郭双印果然又阴阳怪气地说，都说自己是毛主席派来的，都声明自己扛着毛主席的大旗，也不知到底谁才是真的？就连一个劁猪的，竟然也说他是毛主席派来的，专门派他来给贫下中农们劁猪的。

几年前的红卫兵，现在的知识青年，他竟然敢怀疑，竟然敢怀疑他们的来路和身份。我们又问他，是个什么样的劁猪的，说他是毛主席派来的？他说，常在南边一带的几个村子里走动，镶着金牙，胸前佩戴着金灿灿的主席像章，一把劁猪的小刀时刻揣在裤兜里，从来不消毒，用的时候只是拿出来在裤子上擦一擦。

郭双印说的那个劁猪的人，我们后来也了解过，不是骗子手，就是一个兽医，是黑水公社兽医站的。他说他是毛主席派来的，我们觉得，好像也能说得过去。每一名工作人员，每一个干部战士，每一个人，谁不是在毛主席的指引下前进的呢？只是那个人说话做事多少有点儿咋呼。到了村里，看见一户人家，就推门进去，老乡，你们好啊，我是毛主席派来的，专门给你们劁猪来的。人家让他坐下来吃饭，他说，毛主席不让我吃你们的饭呢，不拿群众一针一线，只让我给大家劁猪。小猪在哪儿呢，赶快叫出来吧。

什么，不拿群众一针一线，也不带走一片云彩？

这里的人们，好多人虽然表面上看上去迷迷糊糊的，其实心里并不傻，尤其像郭双印那样的一些人，总喜欢打听一些事情。在你们来的这些年轻人中，谁的父亲是中央的部长、局长，谁的父亲是部队的军长、师长，谁的父母是普通的工人，都打听得很清楚呢。那个叫什么小周的年轻人，他的父亲不就是中央的一位部长吗，有好几户人家都托他买过缝纫机呢。重要的是，最让人们信服的是，好几台缝纫机都买回来了，正在那几户人家里轻声响着，发挥着作用呢。如果他不是部长的儿子，能搞到那么多缝纫机吗？

那几户买到缝纫机的人家，时常说，得感谢毛主席呢，要不是他老人家派来知识青年，我们怎么能认识小周？盖上十八层被子也梦不到人家小周。要不是小周，我们又怎么能买到名牌的缝纫机？要不是小周的爸爸是部长，而只是一名普通的棉纺厂或者化肥厂的工人，恐怕认识小周也没用，他会和我们一样没办法。

当然，他们也打听，甚至暗中调查过你的父母，但是我相信他们什么也没有打听出来，什么也没闹清楚。这么些年，你费了那么多工夫，去了那么多地方，你都没有弄清楚。他们又怎么能弄清楚呢。

所以，郭双印才会对你有那样的疑问，他们真的不知道你的父母是干什么的。

三

你先后去过四十八个农场，都是大型的国有农场，那些地方办的中小型的农场没有去过吗？也去过？

还去过一些只有三五十人的小农场？肯定也没有吧，那些地方基本都是当地的人，和改造、和犯错误没有关系，就像一个重新组合过的生产队，人们的身份也都是一样的，都是农场的职工，谁也不比谁高，谁也不比谁矮，不存在谁左谁右，也没有红黑之分。

不过， 还是那句话，去过了和没去过就不一样，去过了就等于又排除了一段距离，就等于又向前迈进了一步，距离最终的目标也就更近了。还用打洞做比喻，每去过一个地方，就等于又往深处打了几米。

世界上也没有这样的计算仪器和计算方法，我这样计算，我这样理解，你觉得有道理吗？有道理？

几年前，与咱们这里相邻的苍河县体委有一个长跑教练，山东人，放着长跑不研究，却非要自以为是地参和书法，逢人就说，他经过研究，发现毛主席的字比蒋介石的字高五倍，比郑板桥的高三倍。他说的高是指艺术水平，而并不是字的尺寸，我到现在也不知道他是用什么方法，怎么计算出来的，怎么会得出那样一个有具体数字的结果。现在？早就犯了错误，不当长跑教练了，在苍河县农场劳动改造，夏天拔草、割麦子，冬天烧锅炉。农闲时，跟在农场的拖拉机后面慢跑，车上有东西被颠簸下来时，他就立即捡起来，再放上去。农场也在尽量地发挥他的长处呢。

人不能没事找事，更不能自以为是，年轻人不能，到了一定年龄的人更不能。苍河县体委那个长跑教练的事就很能说明这个问题。

你现在遵守纪律，不再到处跑，这就很好。有时候自己在心里想想父亲母亲，想象他们可能在山南海北，那不算违反纪律，更不犯法，那是可以的，只要不影响到工作就行。马克思还给他自己的家人写信呢，对不对？革命领袖也有自己的私事呢，不全是公事。但是，最主要的还是公事。列宁一天工作十六个小时，但仍然还是觉得用于工作的时间太少了，远远不够，倒是花在其他事情上的时间有些过于多了，类似吃饭、睡觉、走路，在这些事情上浪费掉的时间叫人心疼，他是恨不得把一天二十四小时都用来工作。而大多数的普通人呢，能不工作就尽量不工作，能够获得一次偷懒的机会，内心就会窃喜半天，这就是普通人与伟人的区别。革命领袖之所以是革命领袖，是因为他们的身上有太多的过人之处，那些东西，大多数的普通人很难具备。我们普通的人是什么呢？是真正的贫乏，是一小截一目了然的木头，或者叫劈柴（与此对应的应该是广袤深邃的林海），一小段浅直的水渠（与此对应的当然是汪洋大海），一粒纽扣，一颗钉子，一张纸，一滴水，一撮眼屎，一个哈欠……普通人群里有三头六臂的么？神仙班里就有。普通的百姓能够拥有千手万面么？菩萨就拥有。某人的容貌遭到毁坏，想重新换一张都不能够，因为贫乏，一辈子只能顶着那张吓人的坏脸生活，直到去世，去世了也还是那张坏脸，直到完全腐烂，那一切才会最终不复存在，才算结束。

我说这些，只想表达一个意思，因为你还年轻，要尽可能地让自己丰富、深邃、不同凡响，不要觉得大多数人是什么样的，我就应该是什么样的。要向杰出的目标看齐，不要混迹在庸常里自得其乐，自以为过得不比谁差，那算什么理想。

你明白我的意思？那就好。

小周能为老乡们买到缝纫机，他有那个能力和条件，那就让他买去，那不是好事吗。

小阎既会唱歌又会跳舞，老乡们看得哈哈大笑，那就让她唱去、跳去，那也是好事。

你的父母没有音讯，你不能因此就让自己也变得没有音讯。你就在这里工作、生活、心存理想，当将来某一天他们突然来找你的时候，你是能够找到的。他们会找到一个内心丰富，感情深邃的孩子，会立刻发现他们这么多年的罪并没有白受，世界其实从另一个方面、另一条渠道，一直都在悄无声息地关照着他们、奖赏着他们。世界也许会对他们说，我替你们养大了你们的女儿，一直注目着她成长、成熟起来了，现在该把她交还给你们了。那时候，他们会怎样？他们最想说的只有一点：感谢世界。

什么，不会有那样的时刻？一个心存理想的人是不能够这样说话的。

你觉得他们可能早已不在这个世界上了，那得要有确凿的证据，你有证据吗？没有吧？没有就不能下那样的结论。

假设事情真的就像你说的那样，他们早已不在这个世界上了，那你怎么办？也追随他们去？不能，是吧？当然不能，更得坚强地活着，坚强加顽强，理想加信念。要是他们在黄泉路上，猛然回头，看见你远远地随后跟来，那才是最让他们伤心的事。他们会想，这一生啊……真是一言难尽。仅留下一个孩子，还是一个没什么出息的孩子，父母不在，就不敢独自在世上生活，怕黑暗、怕孤独、怕电闪雷鸣，甚至刮风下雨……门一响，头发就冷飕飕地往起站，看见窗外有黑影，有白牙，浑身的汗毛也像听到集合号的士兵一样纷纷起立。

但是，令人宽慰的是，所有那些你都不怕，你也是从风浪里走来的一个孩子，周围再黑暗再死寂也不会动摇你的决心。闪电在头顶上面的天空里相互厮杀，有时缠绕在一起，有时远远地对峙，宛若人世间的胜负之争，胜利的一方露出耀眼的狰狞的微笑，负伤的落荒而逃，也从来没有阻止过你的脚步。你一天天长大、成熟，对于你来说，最艰难最无助的时候都已经过去了，还有什么好怕的呢？

啊，我说这话的同时，也忽然提醒了我自己：当最艰难的时候已经过去或者正在过去的时候，当事人往往是不知道的，没有任何的感觉。也许是在苦水里泡了太久的缘故，以为什么都没有变化，一切都还是老样子，也不敢相信会有变化。但是事实的真相却是，每一年，每一天，每一分钟，事情都在不知不觉地发生着改变，直至人人都能看到的扭转。你看不见，感觉不到，是因为那种改变有它自己的速度和方式，太过于微小和细碎。再加上你本身的愁苦和灰暗的心情，怎么会相信有天翻地覆之说？相信一块铁板会变成水、化成烟？森林里少了一棵树，没有人会知道，只有当所有的树木都消失了以后，人们才会看到。

我记得，有一年，一个叫薛生荣的人要被释放了，当解开他身上的绳子，告诉他，他没事了，可以回家了的时候，他仍然不敢走，不相信是真的。最让人难忘的是，他认为并没有给他松绑，四肢仍然紧缩在一起。后来在别人的提示下试着活动了一下一条胳膊，当发现竟然能够自由活动了的时候，那张脸上出现了一种人世间最为奇怪的神情，那种神情，好像无论用什么样的词去形容都不准确。

你捆过猫吗？把猫的四条腿用绳子捆起来，捆上一两个小时，然后再放开。再行走的时候，猫就不会走了，猫的步履就会发生很大的变化，最初也是不敢动，后来开始试探着出脚，每一步都是极其小心和沉重的，每一步都是痛苦和怀疑的表现，似乎不再记得自己会走，不再记得自己也曾善于飞檐走壁、穿房越脊……只有假以时日，才能恢复早先的灵敏。

你说什么，你就是一只被捆过的猫？

四

关于你的爸爸妈妈，你本人也好，其他熟知情况的人也好，都是从最坏的方面去想、去猜测：监狱呀，劳改农场呀，那些地方找不到，甚至就直接猜想他们都已经不在人世了，这也的确有点儿像是一只被捆过的猫的想法。这么多年，你从来就没有朝别的方面去想过吗？世界上的事情，任何事情，都不外乎是三种情形：好的情形、坏的情形，还有不好不坏的。

对，我说的就是好的方面的，或者是处于好的和不好不坏的之间的那种情况，因为关于不好的方面，已经想得太多了。人遇到事情，首先从坏的方面去着想、去打算，是必要的，但是也不能完全朝着一个黑洞里去，在黑洞里待的过于久了，就会彻底迷失方向。因为别的可能性也是存在的，任何可能性都有。

你不妨好好回想一下，你的爸爸妈妈，如果他们真的是党的敌人，国家的敌人，你作为他们的子女，能不受到一点儿影响么？根据我的理解和看法，你完全也有可能被关起来。可是，这些年来，你被关过吗？你被审查过吗？没有吧，一次也没有吧？这说明了什么呢？

还有，也是很重要的一点，也请你多想想：你虽然没有当过红卫兵，你认为是受到了父母的影响和不公正的对待，但是，你现在也是响应毛主席号召，上山下乡的知识青年。当年那些真正的正经的根正苗红的红卫兵，他们轰轰烈烈一场，他们的最终出路不也是上山下乡的知识青年吗。从这一点上来说，你和他们难道不一样吗。你和他们是完全一样的，你并不比谁差，也并不比谁矮多少，你与他们殊途同归。这又说明了什么呢？

这些问题你从来都没有想过吗？没有想过是不对的，要想，也应该去想，只有把各方面的情况都认真想过了、分析过了，才能做出正确的认识和判断，才能让自己真正成熟起来。这样，就不会总是去想，我的爸爸妈妈被打死了，被残害死了。

我说这些是想说，有没有这样一种可能，你的爸爸妈妈，他们共同或者分别接受了某种秘密的工作，不便于与家人联系？他们相互之间也没有音讯？

你也这样想过，但是又觉得不太可能？

那有什么不可能的，我认为完全有可能。秘密工作，不同于其他任何工作，其中的许多东西，不是我们普通的人所能理解和想象的，它要求高度的机密，绝对的封闭，不能有丝毫的公开和暴露。就算你是他们最亲近的人，也不能够让你获知他们的使命。使命如果是神圣的，不容触碰的，那就更会不为人所知。你的爷爷奶奶、外公外婆，如果他们都还健在，他们也同样不可能知道他们的儿女在干什么。

南屏有一个何老太太，她的一个儿子在外面工作，已经有十几年没有回来过了，但是每年都能收到她儿子寄回来的钱，证明人还在。写信也没有确切的地址，只写几号几号信箱转。你怎么看这个问题？没有人知道她的儿子到底是干什么的。

你想说什么？既然他们在做最秘密的工作，那就应该是对国家有贡献的人？那还用说吗，那当然是，国家不会忘记他们，人民也不会忘记他们。

什么，人民根本不知道他们是谁？唉，那是因为他们的工作还不能够公开，等将来有一天能够公开的时候，人们是会记住他们的。

父母在为革命工作，可是这些年来却从来没有人关心过你的生活，过问过你的冷暖？啊，我明白了，原来你是在这个问题上陷入了怀疑主义的泥潭。对于这个问题，我是这么理解的，别看这么些年从来没有人关心过你的生活，过问过你的冷暖，那是因为你还能活下去，如果真要是到了那种活不下去的地步，我觉得，到时候一定会有人或者组织突然出现，关心你的生活，过问你的冷暖的。可是，你这不也都挺过来了吗，没有人关心也照样长大了。就像悬崖上的树、石头缝里的草，没有过人工的培育和呵护，只靠吸取大地的养分，就让自己长大了。现在的你，身体健康，意志坚定，和那些长期在父母身边的孩子有什么不一样的？唯一不一样的，就是你比他们更坚强，更能禁得起风吹雨打。按照我的看法，你更应该感谢生活对你的磨炼呢。

说到这里，我忽然生出一种新的感觉，需要特别提醒你一下，如果你的爸爸妈妈，他们真的就像我们所想的那样，目前正在从事一种秘密的工作，你从现在起就不能够再继续打听他们的消息和所有的情况，因为那会对他们、对他们所从事的工作，以及对你本人，都会是一种损伤。说得小一点，是一种不被允许的违纪行为，如果往大的方面说，是对革命工作、国家事业的一种损害，你打听他们，就是在暴露他们，而暴露他们，就是在暴露党和国家的机密。

所以，不仅不能再打听，当有人问起他们的情况时，你还应该尽力维护，说他们是工人阶级或者是医生，或者是做别的什么工作的革命干部，说你们一家三口人生活得幸福快乐，都在各自的岗位上为国家为革命做着各自的贡献。就应该这样说，这不是很好吗，这有什么不好的呢。当有人有意或者无意地问起你的情况时，我就是这样对他们说的。无论再有什么样的疑问或者不明白的，我一说你是毛主席派来的，他们就不再敢作声了。在我们这个国家，那就等于通了天了，谁他也不能再说什么。

你被批准上山下乡，插队落户，你难道不认为这是组织对你的一种特别的关照吗？你从来就没有想过这个问题吗？

关于你的父母，我觉得你应该这样去想：

第一，不要想象他们正在劳改农场里挖渠、伐木、烧火做饭、流血流汗，你怎么能肯定他们一定就在劳改农场里？你去过那么多的农场，不是都没有吗？

第二，也不要想象他们正在某一座监狱里做操、反省、劳动、低头认罪，你怎么能知道他们一定就在监狱里？

第三，更不要想象他们早已长眠于地下，青草做伴，蟋蟀为邻。要死也得有个死法，你以为死就那么容易么？

所有这些都不要去想，要想什么呢？要想他们肩负重任，神圣而光荣，可能刚刚结束了一天的工作，穿着军装或者便装——雪白的衬衫、笔挺的裤子，正在某一座幽静的小楼前散步、喝茶，正在思考着明天的工作，或者畅想着未来。国家还需要我们去建设，帝国主义、修正主义依然存在，广大的、苦难的第三世界国家的人民还需要我们去解放、搭救……最好的大米，我们不吃，送给苦难的第三世界人民吃；最好的布料，我们不穿，送给水深火热的第三世界的人民穿，因为解放全人类的重任就落在我们的肩上，让我们感到从没有像今天这样沉重……道路是曲折的，前途是光明的。

听说今晚你们还要举行革命歌曲大合唱，还要表演《兄妹开荒》和《夫妻识字》，快去准备准备吧。到时候，四乡八里的人们都要来观看呢。十二盏汽灯已经全都就位，整个现场都会被照得雪亮。到时候，大人笑，孩子跳，老乡们会像过年过节一样高兴呢。

二〇一三年二月二十七日写毕，
四月二十五日修改。
七月十日改定。

编后记

除了另外三部长篇小说以及部分短篇小说由于版权等原因未能收入外，这次编辑出版的作品系列囊括了我目前面世的全部作品，共计有长篇小说六部、中篇小说四十四部、短篇小说三十七部。在各册的编排上，力求和谐。不过，因篇幅字数的差异，有时又确难做到内容与风格上的高度一致甚至相近，如此，同一册之中，有时会有完全不同面目的作品并存。阅读一本风格内容相近的书犹如在一个熟悉宁静的地方漫步，反之，则如同在同一座山上浏览四季；对于阅读者来说，很难说哪一种方式更好。也许，这中间并不存在可比性。此外，部分篇章中偶有另造之词句，我视之为自己之词句，更视之为一个写作者对于语言、对于表达所做之努力或曰贡献。我不喜并厌恶被无数人咀嚼过无数遍的词句及语言，故在与各册编辑商榷后，使它们得以保留。保留它们，也意味着保留了我之所思所想，更是一次与它们生离死别之苦痛的避免。

这套作品系列，贯穿了我迄今为止的写作生涯，从最早到最近。

感谢此系列最早的策划者续小强、孟绍勇二位青年才俊，感谢北岳文艺出版社，感谢北岳文艺出版社众位编辑朋友在此系列的编辑、校阅、出版过程中付出的大量艰辛的劳动和努力，她们认真、求真、严谨细致的工作作风和编辑精神给我留下了深刻难忘的印象，也使我深为感动。

吕　新

二〇一七年十月二十四日